果鋭《かえい》

Kurokawa Hiroyuki

黒川博行

幻冬舎

果鋭

1

着信音——。眼が覚めた。枕もとの携帯をとって開く。非通知ではない。

——はい。

——堀やん？　わしや。

——ああ。

聞き憶えのある野太い声は伊達《だて》だった。

——眠たそうやな。

——寝てたんや。

壁の時計を見た。まだ十時半だ。

——長いこと会うてへんけど、どないしてるんや。

——どうもこうもしてへん。日々、怠惰な暮らしや。食うて、寝て、起きたら食うて、また寝る。

誰に会うこともない。喋《しゃべ》ることもない。馴《な》れてしもた。

——そらあかんで。飯でも食お。出て来いや。

——どこへ。

——キタはどうや。

キタか——。気が向かない。電車の乗り換えがある。

——ミナミにしてくれ。宗右衛門町《そうえもんちょう》の『菱鰻《ひしまん》』。知ってるやろ。

——分かった。十一時半でええか。

——了解。十一時半。

電話を切った。なぜかしらん、了解、という言葉が出たことに驚いた。まだ引きずっているのだろうか。忘れようとしている刑事《デカ》稼業を。

上体を起こした。左膝に手をあてて立ちあがる。湿った布団はそのままだ。

台所へ行き、流しで顔を洗った。冷蔵庫から発泡酒を出し、椅子に座って煙草を吸いつける。窓の外で子供の声がした。そう、今日は日曜だ。

ぼんやり椅子に座って時間をつぶし、ポロシャツにチノパンツで部屋を出た。狭い階段を降りるのはうっとうしい。ステッキが邪魔になる。なぜ二階の部屋を借りたのか、そのときは考えていなかった。バス通りまで歩いてタクシーに乗った。


宗右衛門町——。伊達は鰻屋《うなぎや》の座敷にあがってビールを飲んでいた。堀内はローファーを脱ぎ、ステッキをおいて伊達の向かいに腰をおろした。

「堀やん、汗かいてるぞ」

「暑いんや、今年は。十月やというのに」

おしぼりの袋を破り、額と頸《くび》を拭いた。

「なに食う」

「おまえは」

「まだいうてへんのや」

伊達は品書きを広げた。堀内は鰻重《うなじゅう》と冷酒、伊達は白焼きとう巻き定食を注文した。

「堀やん、家にくすぼってばっかりしてたら尻に根が生えるぞ。たまには外の空気を吸わんとな」

卓に片肘をついて伊達はいう。

「誠《せい》やんだけや、誘うてくれるのは。おれ、友だちおらんしな」

堀内が入院しているとき、見舞いに来たのは伊達と競売屋《けいばいや》の生野《いくの》だけだった。退院したら復帰しろ、と生野はいったが、本心かどうかは分からない。堀内も不自由な足で動きまわるのは億劫だ。

「わしも似たようなもんやで。知り合いはおっても友だちはおらん」

「おたがい、世間を狭うしたな」

そう、堀内も伊達も大阪府警を退職した。今里《いまざと》署暴力団対策係の相棒だったが、堀内はヤクザとの癒着、情報漏洩《ろうえい》、伊達は愛人のヒモに刺されたのが監察にばれて府警を追われた。伊達はヒラヤマ総業という競売屋の調査員になり、堀内もまたその競売屋に拾われたが、ヤクザとトラブって腹と尻を刺された。梅田のリッツ・カールトンの近くだった。堀内は中崎町《なかざきちょう》の救急病院に搬送され、五日間も生死の境をさまよっていたらしいが、そのあいだのことはなにも憶えていない。お花畑も光のトンネルも見ることはなく、眼をあけたらピンクの服を着た看護師がICUにいた。体中の血を抜かれたような倦怠感、個室に移ってからも眠ってばかりで、半月後にようやくベッドから降りようとしたら、床にころがり落ちた。座骨神経損傷による左下肢の運動障害。四カ月のリハビリをしたが、いまも左の膝下が痺れたままだ。ステッキをつかずに歩こうと思えば歩けるが、小さな段差につまずいてしまう。リハビリの医者は、気長にがんばりましょうというが、そんなものは気休めだ。自分の体は自分がいちばんよく知っている。

冷酒が来た。口をつける。辛口で旨《うま》い。

「堀やんの杖、なんちゅう木や」

「木やない。カーボンや」持ち手はT型で杖先にゴムが嵌《は》めてある。

「傘の柄みたいなんは嫌いか」

「ビンテージもんのステッキか。ええけど、高いな」

伊達は遠慮がない。普通、脚の不自由な人間に杖のことは話題にしないだろう。

「仕込み杖にしたらどないや。座頭市みたいな」

「あほいえ。おれに仕掛けてくるやつはおらん。おれはもう足を洗うたんやで」

堀内を刺したチンピラは逮捕され、殺人未遂で九年の実刑を食らった。堀内にも非はあったが、それは不問にされた。ヤクザに襲われて死にかけた元警察官に罪状をつけるのは、検察もためらったのかもしれない。

「誠やんはどうなんや。仕事は順調か」

伊達はまだヒラヤマ総業にいる。物件を調査して、面倒な連中が占有しているようなときは、むかしのコネを使って排除することもある。月に三十や四十万は稼いでいるだろう。

「ま、ぼちぼちや。生野のおっさんともうまいことやってる」

生野はヒラヤマ総業の営業部長だ。バブルのころの地上げ屋から競売屋に転身した。海千山千の悪党だが、伊達や堀内には面倒見がよかった。

「実はな、堀やん……」

伊達が顔を寄せてきた。「生野のおっさんの知り合いに堺のパチンコ屋がおる。七十すぎの爺《じじい》や。その爺が半グレに脅迫されてる。なんとかしてやれ、とおっさんに頼まれた」

「半グレ……。どういうやつや」

「詳しいことは分からん。これから調べるんや」

堺のパチンコ屋は新井世守《あらいよしもり》といい、美原区黒山《みはらくろやま》の国道309号沿いと大阪中央環状線の一条通交差点近くに郊外型のホールを所有している。一週間ほど前、黒山のホールに大山と名乗る男が現れて金を要求した、と伊達はいう。「──大山は新井に三千万、要求した。新井は払うとも払わんともいうてへん。大山は今月中に返事をせい、いうて帰りよった」

今月中……。あと十日ほどしかない。

「ちょっと待てよ。新井はなんで脅されたんや」

「その理由が分からんのや。生野が訊《き》いても、新井は口を濁した。弱みをにぎられた、とはいうたらしい」

「なんや、雲をつかむような話やの」

「おれはおもしろい話やと思てる。三千万の脅しというのは半端やないで」

「三千万な……」冷酒を飲んだ。

「な、堀やん。一枚、噛《か》んでみいへんか。こいつは金になりそうな気がするんや」

金が入ったときは、生野に二割の口利き料をやり、残りを折半しよう、と伊達はいう。

「生野は二割も寄越せというたんか」

「いうた。涼しい顔でな」伊達はうなずく。「あのおっさんは食えん。金の匂いを嗅ぎつけるのは一流や。大山とかいう半グレを抑えるのは、わしみたいな暴対崩れがええと踏みよったんや」

「生野と新井はどういう知り合いや」

「二十年ほど前、黒山の製缶工場をヒラヤマ総業が競落《けいらく》した。敷地は二千五百坪。その跡地にホールを建てたんが新井や」

「ホールの名前は」

「ダラス」

「ケネディー暗殺か」

「いまどき、誰も知らんぞ。そんなこと」伊達は笑う。

そこへ、白焼きが来た。伊達は小皿に醬油を注ぎ、わさびをのせて口に入れる。堀内も箸をつけた。舌の上で身がほぐれる。

「旨いな。久しぶりの鰻は」

「鰻は江戸前がええ。わしは蒸したほうが好きや」

「東京の鮨屋には鰻のにぎりがない。あれはあかんで」

「にぎりは穴子やろ。鰻は焼きたてを食わんとな」

伊達はビールを飲みほして、焼酎のロックを注文した。

「で、生野は新井に金をもらう約束したんか。大山を抑えたときの成功報酬」

「値段までは約束してへんやろ。けど、三千万の脅しを抑えたら五百や六百万はとれる。わしはそのつもりや」

六百万の二割は百二十万。あとの四百八十万を折半すると、堀内の取り分は二百四十万だ。駄賃としてはわるくない。

「けど誠やん、なんでおまえひとりでできることをおれに振るんや」

「わしはな、堀やんと組みたいんや。相棒やろ」

「相棒か……」

そう、伊達はいい刑事だった。まっすぐで裏表がなく、いったんこうと決めたらしゃにむに突っ走る。相手がヤクザだろうがなんだろうが、怯《ひる》むことがなかった。そのブレのなさがバッジを取りあげられた原因なのだろうが。

「分かった。乗ろ。そのシノギ」

「生野にはいうといた。堀やんといっしょにやる、とな」

「相変わらずやのう。おれの返事も聞かんと」

「飯食うたら堺に行こうや」

新井に会ったことはない、と伊達はいう。「契約は最初に詰めとかんとな」

「どうせ、食えん爺やろ。生野といっしょや」

焼酎のロックが来た。鰻重が遅い。堀内は冷酒のお代わりを頼んだ。


コンビニでメモ帳とボールペンを買い、ミナミから阪神高速で堺へ。中央環状線を東へ走り、丹《たん》南《なん》の信号を右折した。阪和自動車道の高架をくぐった交差点の角に『ダラス』はあった。敷地は二千五百坪と聞いたが、思っていたより広い。鉄骨二階建の駐車場の奥に白い建物が見える。近ごろの郊外型パチンコホールは塔屋にネオンを張りめぐらせたりせず、外観はおとなしい。巨大な菓子箱を地面に伏せたようだ。

タクシーを降りた。七千円の料金は伊達が払った。大阪の多くのタクシーは五千円を超えた料金が半額になるから案外に安い。生野に電話して、新井には、伊達と堀内というふたりが行くと伝えるよう頼んである。

「堀やん、リハビリ行ってんのか」

ホールへ歩く堀内に、後ろから伊達がいった。

「やめた。めんどい。金もかかる」

「手帳は」

「手帳？」

「身障者手帳や」

「んなもんは要らん。おれが障碍者に見えるか」

「いや、見えんな。杖ついてるだけや」

「ものはいいようやの」伊達にいわれると腹も立たない。

ホールに入った。点滅する光。耳を聾する音。空気もわるい。冷房が効きすぎている。シマは十列ほど。左端から七、八列はスロットだ。景品カウンターの手前に休憩コーナーがあり、老人と主婦が紙コップの茶と缶コーヒーを飲んでいる。

伊達のあとについてホールを一周した。パチンコ台が三百台、スロットマシンが二百台か。ちょうど二時。日曜とあって、客は六分の入りだ。

「堀やん、ちょっと打ってみるか」

「せえへん。パチンコはやめた」

「スロットは」

「やり方が分からん」

「メダルを入れてボタンを叩《たた》くだけや」

「おもしろいとは思わんな」

「いまどきのパチンコは一分間に百発や。当たりが出んと、一時間で六千発。二万円は溶かすぞ」

「どえらい博打《ばくち》やの」

「博打やから客が来るんやないか」

「おれは貧乏人やで。アパート住まいのくすぼりや」

「くすぼりは鰻食わんやろ」

伊達は煙草をくわえ、ポケットからライターを出した。それを見とがめたのか、ホール係が寄ってきた。ロビーは禁煙だという。

「おいおい、まだ火ぃつけてへんぞ」

「煙草は喫煙コーナーで吸うてもらえませんか」

ホール係は腰がひけている。無理もない。スポーツ刈り、無精髭《ぶしょうひげ》、黒のニットシャツにグレーのゴルフズボン――。伊達はまちがっても堅気には見えない。

「わしらは客やない。新井さんに会いにきた。案内してくれるか」

「オーナーですか」

「そう。ホールオーナーの新井さんや。堀内と伊達いうたら分かる」

「お待ちください」

ホール係は景品カウンターに行き、電話をしてもどってきた。

応接室へ――。案内され、奥へ行った。トイレの横、《ＳＴＡＦＦ　ＯＮＬＹ》と書かれたドアをホール係が押す。伊達は礼をいい、ホール係は離れていった。

伊達につづいて階段をあがった。二階はゴーッという音がこもっている。床下を玉が還流しているのだろう。

廊下の右、伊達は《応接室》のドアをノックした。どうぞ――、と返事があった。

天井の低い八畳ほどの部屋だった。照明は蛍光灯、窓にブラインド、プリント合板のキャビネット、布張りのソファ。ずいぶん安上がりな応接室だ。

「新井です」

ソファに座っていた男が立ちあがった。「すんませんな。わざわざ来てもろて」

「どうも。伊達といいます」

伊達はヒラヤマ総業の名刺を差し出した。新井も出して交換する。「こっちは堀内。ぼくの友人です」

「名刺ないんですわ。今年の二月までヒラヤマ総業におったんですけど」新井の名刺を受けとりながら堀内はいった。

「そうですか。伊達さんと堀内さん……。ま、どうぞ」

伊達と並んでソファに腰をおろした。新井も座る。

「飲みものは」

「コーヒーもらえますか」

「堀内さんは」

「コーヒーを」

新井はテーブルの電話をとり、ホットコーヒーを三つ、と伝えた。白髪、痩身、ダークグレーのスーツは見るからに仕立てがいい。飴色《あめいろ》の眼鏡は鼈甲《べっこう》だろう。金無垢《きんむく》のロレックスは、いかにもといった感じだ。

「生野さんに聞きました。おふたりは刑事さんやったそうですな」

「所轄の暴対ですわ。堀内は同僚でした」

「ほう、それは、それは」新井は大げさにうなずいた。

「煙草、よろしいか」

「はいはい、どうぞ」

新井はテーブルの下からクリスタルの灰皿を出した。伊達はロングピースを抜いて吸いつける。

「美原署の生活安全課に知り合いの刑事さんがいてるんやけど、そのひとも暴対係やったそうです。がっしりしててね。柔道三段かな」

「美原署の柔道三段……。誰ですか」

「高橋さん。知ってはりますか」

「いや、知らんです」

「伊達さんも柔道を？」

「ぼくは大したことない。いまも町道場に通うてますけどね」

伊達は首を振るが、半端な強さではない。胸板の厚さは尋常ではなく、耳は畳ずれでつぶれている。柔道四段。大阪府警の強化選手だったころは、身長百八十センチで、体重九十五キロ。いまは百キロを超えているかもしれない。伊達は千里山《せんりやま》の道場で学生や社会人に稽古をつけている。

「生野さんから聞いたんやけど、新井さん、半グレに脅迫されてるそうですな」

伊達は本題に入った。「なんで、半グレやと分かったんですか」

「相手はゴト師ですわ。ゴト師はヤクザやない。半グレでしょ」

「不良中国人ですか」

「いや、ちがいますな。日本人です」

ゴト師は大山と名乗った。黒のスーツに白のワイシャツ、齢は三十すぎで顔が生白く、片耳にピアスをしていた、と新井はいう。「ゴト師は一匹狼やない。グループですわ。大山がグループのリーダーか、交渉役か、そこは分からんです」

「大山がゴト師やと思た理由は」

「裏ロムですわ。うちの台につけさせろと要求しよった」

裏ロム――。パチンコ台に取り付けて出玉を操作する改造部品だ。それくらいのことは知っているが、具体的にはどうするのか。

「パチンコ台に裏ロムをつけたらどうなるんですか」堀内は訊いた。

「パチンコ台はパソコンと同じで、プログラムで動いてます。そのプログラムを記憶してるのが『チップ』やけど、そこにCPUとかROMとかRAMといった電子部品が装着されてる。ROMは読み出し専用の記憶媒体で、プログラムはここに入ってます。裏ロムは正規のロムやないから、制作者の意図したとおりに作動する。……要するに、打ち子が特定の打ち方で玉を打ったら、玉が出るように台が改造されてしまうんです」

十年ほど前までは裏ロムが蔓延《まんえん》したが、いまは大当たりの抽選方法が変わり、基板ケースが透明になるなど、チップのセキュリティーがアップしたので、ホールのパチンコ台を外部改造するのはほぼ不可能だと新井はいう。「――そやから、大山はぼくに、裏ロムを仕込ませろと脅しよったんです。閉店後に台を開けてチップを交換するのを黙認せい、とね」

「しかし、新井さんが黙認しても、ホール係が台の裏側を見たらチップが交換されてると分かるやないですか。基板ケースも透明なんでしょ」

「いまどきの裏ロムはケースからチップまで、見た目はいっしょですわ。ケースに貼ってる証紙までそっくり同じです」

「そんな精巧な裏ロム、いったい誰が作るんです」

「それはたぶん、メーカーの開発部におった連中ですわ。プロのエンジニアですな」

「そいつらがゴト師に裏ロムを卸してるということですか」

「いや、裏ロム屋に金をもろてプログラムを作ってる。チップを製造するのは中国の電子部品メーカーですやろ」

「システマチックですね」

「分業ですわ。ゴト師、打ち子、裏ロム屋。気の利いたゴト師は自分で玉を打ったりしませんな」

「大山はいつ、新井さんのとこに来たんですか」伊達がいった。

「先週です」新井はドアのほうを見やって、「そう、体育の日でしたな」

「この応接室で？」

「周辺機器の営業やというから、会うたんです」

「大山は名刺を出しましたか」

「出すわけない。ソファに座るなり、ぼくを脅しにかかった」

「片耳のピアスのほかに特徴は」

「痩せぎすで、眼が落ちくぼんでたね」

覚醒剤をやっているのかもしれない、と新井はいう。

「シャブ中は眼がぎらついて、汗の臭いが甘い。そうでしたか」

「目付きはわるいけど、臭いまでは分かりませんわ」

「大山は何台ほど裏ロムを仕込ませろというたんです」

「十台です。各シマに一台」

「打ち子は一日になんぼほど抜くんです。その裏ロム台から」

「少のうても十万円は抜きますわな」

「十台やったら百万やないですか」

「いや、打つのは三台ほどでしょ。それを順繰りにまわしていく」

「一日三十万。一カ月に九百万やないですか」

「莫大な損害ですわ」新井は吐き捨てる。

「打ち子が玉を抜いてるのは分かるんですか」

「分かります。ホールコンを見てたらね。明らかに玉の出方がおかしい」

ホールコン――。ホールのメインコンピューターのことだろう。

「なるほどね。近ごろのパチンコはホール全体がコンピューターなんや」

さも感心したように伊達はいう。「わし、こう見えてもパチンコファンですねん。週に一、二へんは駅前のホールへ行く。わしみたいな素人が勝つ方法、あるんですか」

「残念ながら、ないですな」あっさり、新井はかぶりを振った。「たまに勝つことはあっても、トータルしたら絶対に負けます」

「パチプロでも勝てんのですか」

「そんなもんは絶滅しました。人間がコンピューターに勝てるわけがない。プロの釘師も勝てませんわ」

「なんと、世知辛いもんですな」伊達は首を傾けてけむりを吐く。

「釘師て、いまもいてるんですか」

堀内は訊いた。パチンコ台がコンピューター化されるにつれて釘調整の必要性が薄れ、釘師の代わりに店長が釘を叩いていると聞いたことがある。

「このごろは見ませんな。ひとむかし前は、ゲージ棒とハンマー持ってホールを渡り歩くフリーの釘師もいてましたけどね」

新井はソファにもたれかかり、鼈甲の眼鏡を指で押しあげた。「いまは代理店の営業担当が釘師をやってます」

「代理店いうのは、パチンコ台の販売代理店？」

「そうです。ホールは代理店を通して遊技機メーカーから台を買うんです。それがこの業界の慣習ですわ」

遊技機メーカーが釘調整をすることはない。製品は〝素〟の状態で出荷する。そのため、代理店の営業員がホール側の指示によって釘を叩く、と新井はいった。

「釘調整をしたら、玉はそのとおりに流れるんですか」

「流れます。そこが釘師の技術です」

新台入替などでホールに台を設置したあと、店長は代理店の営業員に〝何回転にしてくれ〟と指示する。平均は五・八回転。一分間に打ち出す百個のうち五・八個の玉がスタートチャッカー――大当たりを誘導する穴――に入る確率だという。「――不思議なもんですわ。多少のバラつきはあっても、シマ全体にしたら、ちゃんと五・八回転になりますねん」

「けど、おかしいんやないですか。そういう釘調整のサービスはあるにしても、代理店を通したらマージンをとられる。メーカー直で台を買うたらええやないですか」

「同感ですわ。確かに無駄金です」

新井はうなずいた。「代理店は納品と設置をするけど、なくてはならん存在やない。つまりは寄生虫ですわ。寄生虫が食うていけるのが、我々の業界ですねん」

閉鎖的なパチンコ業界において、ヒットした台を〝売る〟〝売らない〟〝優先的にまわす〟〝遅らせて困らせる〟〝ヒットした台に在庫の台をつけて売る〟といった格差をつけ、無駄に販売台数と単価を吊りあげているのが代理店だと新井はいう。

「しかしね、堀内さん、メーカーはホールに台を売るより、代理店に丸投げしたほうが数も捌《さば》けるし、設置やクレーム対応とかの面倒もない。ホールはホールで代理店を便利使いにしてるから、排除しようてな発想もない。ぼくがいうのもなんやけど、体質の古くさい変な業界やね」

「ま、業界いうのは、どことも変なもんですわ」

話を引きとるように、伊達がいった。新井は伊達を見て、

「伊達さん、いまのパチンコ台はなんぼやと思います」

「さぁ……。二十万くらいですか」

「四十万円ですよ」

「それは高いんですか、安いんですか」

「異常に高い」

新井は吐き捨てた。「パチンコファンが四円パチンコから一円パチンコにシフトチェンジしてる、このデフレの時代に、遊技機単価は二十万、三十万、四十万とあがりつづけてますねん。液晶テレビが三十万から二十万、十万以下とさがりつづけてるのに、こんなあほなことはないでしょ」

「そうか、四十万というのは高いですね」

「四十万円の洗濯機てありますか。四十万円の冷蔵庫てどんなんです。遊技機の原価はせいぜい十七、八万ですよ」

この爺、なにを勝手なご託を並べとんのや──。堀内は嗤《わら》った。そのクソ高い台を一年に百台、二百台と新台入替して、なおかつ億単位の年収を懐に入れてるのはおまえやないか。泣きの涙を見てるのはパチンコファンやぞ。


ノック──。ドアが開いた。白いブラウスに赤のベスト、チェックのスカートのスタッフがトレイを持って入ってきた。堀内たちに一礼し、コーヒーカップをテーブルに置く。ご苦労さん──。

新井はいい、スタッフはにっこりして出て行った。

「愛想がよろしいな」

「コーヒーレディですわ。お客さんあってこその商売です」

「中にはめんどい客もおるでしょ」伊達はカップに角砂糖をふたつ入れた。

「ま、わるさをする客もいてますわな」

ひところは磁石やハリガネを使う客もいた、と新井はいう。「台のガラスを割る、トイレの便器におしぼりを詰める、駐車場にスプレーで落書きする。負けた腹いせですな」

「そういう客はどうするんです。所轄に突き出すんですか」

「警察が来たらイメージわるいでしょ。店長が処理します」

損害を弁償させ、顔写真を撮り、入店禁止にするという。

「守《も》りは」

「守り……」

「これですわ」伊達は指で頰を切る。

「いや、それはない。ホールは暴力団排除です」

新井は言い切った。まんざら嘘《うそ》でもないだろう。暴対法施行のあと、パチンコホールのケツ持ちはヤクザのシノギではなくなった。

堀内はコーヒーをブラックで飲んだ。伊達のロングピースを一本抜いて吸いつける。

「訊きにくいことを訊いてよろしいか」

切り出した。「新井さんはゴト師の大山に脅された。新井さんに弱みがなかったら、はねつけたらええ。……それをせんかった理由はなんです」

「——ジェットカウンターです」ひとつ間をおいて、新井はいった。

「ああ、あれね」

景品カウンターに置いてある計数機だ。玉やメダルを流し込むと枚数や個数を印字したレシート状の紙片が出てくるが、あの計数は怪しい。客は誰もがそう思っている。

「馘《くび》にした前の店長が裏業者に頼んで細工してたんです。四千個以上の玉は三パーセントカットするようにね。そのカット分を店長は隠しカードに貯玉してました」

「なんぼくらい抜いてたんです、店長は」

「一日あたり五、六万」

「ひと月、百五十万やないですか」ばかにはならない金額だ。

「垂れ込みがありましたんや。主任にジェットカウンターの還元記録を調べさせて、店長に突きつけたんです」

店長は白状した。新井は店長を辞めさせて主任を昇格させた——。「ところが、店長は隠しカードのデータをメモリに入れてたんです。バレたときの保険ですわ」

「店長が持ち出したメモリがゴト師の手に渡った。……大山がメモリを持って新井さんを脅しに来たというわけですか」

「そのとおりです」新井は舌打ちした。

どうも怪しい。話ができすぎている。店長がジェットカウンターを不正改造したのはほんとうかもしれないが、それをさせたのは新井ではないのか。月に百五十万のアガリを店長と折半すれば、けっこう大きい小遣いになる。

「店長は裏業者になんぼ払たんです。ジェットカウンターの改造に」

「さぁ、それはいわんかったね」

「けど、相場はあるでしょ」

「百万は払うたんやないかな」

「裏業者に心あたりは」

「ないですな」

「どれくらいの期間、店長はカット玉を抜いてたんですか」

「三カ月やったね。記録を見たら」

「垂れ込みは客から？」

「そうです」

「店長の名前は」

「もうええでしょ。終わったことです」新井は横を向いた。

ますます怪しい。新井が店長を庇《かば》う理由はないだろう。

「要するに、メモリを取りもどしたらよろしいんか」低く、伊達がいった。

「メモリはコピーできますがな」

「ほな、どうしたら……」

「大山が二度とぼくの前に現れんようにして欲しいだけですわ」

「ややこしいことになりそうですな」

「むずかしいですか」

「どうやろ……。ヤクザと半グレはちがうから」

伊達は渋る。このあたりが巧《うま》い。

「ぼくもこの業界は長いから、その筋に知り合いはいてます。……けど、頼みごとをしたら後腐れがある。おふたりが頼りですわ」

「ほな、五百万。それでどうですか」

「ふたりで五百万？」

「そう。元大阪府警、マル暴担ふたりでね」

「分かりました。頼みます」

新井はあっさり頭をさげた。伊達と堀内もさげる。思わぬシノギになった。

「で、着手金をもらえますか」

伊達はつづけた。「ひとり五十万。経費込みで。さっきの五百万とは別です」

「はい、いいでしょ」

新井は上着の内ポケットから茶封筒を出してテーブルに置いた。厚い。「生野さんにいわれて用意してましたんや」

「生野はどういうてました」

「安うはないけど、まちがいない、と」

「そら、買い被りかもしれませんで」

「ひとを見る眼はあるつもりですわ」熱のこもらぬふうに新井はいった。

「大山の連絡先、聞きましたか」

「その封筒に携帯の番号、書いてます」

堀内は封筒を見た。鉛筆書きで、090・2017・70××――とある。

伊達は封筒をズボンのポケットに入れて、

「それともうひとつ。大山と話をつけるには、手ぶらではあかん。解決金が要る。新井さんはどれくらいまで出す肚《はら》ですか」

「そこまでは考えてなかったですな」

「手荒なことはしとうないんですわ。腐れのゴト師が相手でもね」

「――三百、でどうですか」

「けっこうです。三百万ね」

伊達は腰を浮かした。「ほな、失礼しますわ」

「ぼくへの連絡は名刺の携帯番号に」

「了解です」

伊達が立ち、堀内も煙草を消して立ちあがった。新井は堀内がステッキをついていることに、なんの反応も示さなかった。

応接室を出た。

「狸《たぬき》やな」伊達がいう。

「ああ、狸や」階段を降りる。

「もっとふっかけたらよかったか」

「誠やん、足るを知る、や」

「誰がいうたんや」

「老子かな、孔子かな」

「しかし、ジェットカウンターのメモリに八百万の値打ちはないやろ」

「経費込みなら九百万や」

「裏があるな」

「ある。九百万の裏や」

一階に降り、ホールに出た。さっきのコーヒーレディが通路脇に立っている。伊達はそばに行った。

「ちょっとええかな」

「はい、なんでしょう」

こちらを向いた。よく見ると、眼がクリッとしてかわいい。

「ここ、店長が替わったんやろ。最近」

「そうですね。替わったみたいです」

「いつ?」

「わたしが来る前です。半年くらい前じゃないですか」

派遣なので詳しくは知らない、とコーヒーレディはいった。

「あんた、仲のええホールスタッフは」

「いますけど……」

「ほな、その子と話がしたいんやけど、連れてきてくれるかな」

「でも、ホールスタッフとお客さんは私用の話をしたらいけないんです」

「我々は新井社長の知り合いですわ」

「はい、そうでしたね」

「休憩コーナーで待ってるし、頼みます」

いって、伊達は背を向けた。


休憩コーナーのシートに座ってあくびをしているところへ、コーヒーレディがホール係を連れてきた。踝《くるぶし》の見える短いズボンを穿いた、茶髪の小柄な男だ。ワイシャツの名札に《富永》とある。

「すんませんな。教えて欲しいんですわ」

伊達は立ちあがった。富永より頭ひとつ背が高い。「半年前に辞めた店長、なんてひとですか」

「宮平《みやひら》です」

「宮平さんはいま、なにをしてるんですかね」

「知りません。店の外のつきあいなかったし」

「宮平さんが辞めた理由、聞いてますか」

「店の金をごまかしたんでしょ。噂《うわさ》やけど」

「どんなごまかしです」

「そんなん、知りませんわ。業者から金とって、社長にバレたんちゃいますか」

「いまの店長に訊いたら、宮平さんのこと分かるかな」堀内は訊いた。

「訊いても喋らんでしょ。店長が主任のとき、宮平にえらいいじめられたから。……とにかく、えらそうですねん。すぐに切れて、スタッフを怒鳴り散らす。デブがおらんようになってせいせいしたて、みんなでいうてますねん」宮平はデブらしい。

「嫌われ者《もん》でも、どこに住んでたぐらいは分かるんとちがうんかいな」

「古市《ふるいち》のマンションから車で通うてましたわ。黒のクラウン。乗るときは靴脱いで、スリッパに履き替えますねん。セコいおっさんや」

「宮平さん、家族は」

「いてません。あんなおっさん、女が寄りつきませんわ」

沖縄出身だろう、宮平というそう多くはない名前。古市のマンション。黒のクラウン——。それで、元店長は辿《たど》れる。

「富永さん、ジェットカウンターの納入業者、分かりますか」

「いや、分かりません」

「すんませんでした。以上です」

礼をいった。富永は黙って離れていった。

堀内は景品カウンターに行った。ジェットカウンターのサイドカバーを見る。思ったとおり、メンテナンスシールが貼ってあった。《プリンス電研　06・6633・08××》——。メモ帳に書きとった。

駐車場から国道に出た。タクシーは拾えそうにない。

「しもたな。ホールにもどってタクシー呼ぶか」

「かまへん。歩こ」

信号の向こうにバス停が見える。「誠やん、車が要るな」

「いや、今日も乗って来ようとは思たんや。けど、よめはんが美容院に行く、いうてな」

「それでええ。なにごともよめさん優先や」

「車一台では不便でしゃあない。軽四の中古でも買うかというたら、よめはんに殴られた。うちの団地は駐車場が足らんのや」

伊達は南千里の公団住宅に住んでいる。築三十年以上の2LDK。ひとつ年上の妻と、小学校六年、三年生の娘がいる。

「住宅を建て替えて、いまの住人を優先的に入居させるようなプランはないんか」

「ある。しかし、家賃が高うなる。わしはいまのままでかまへん」

「そういや、メダカ、まだ飼うてるんか」

「飼うてる。二、三百匹に増えた」

毎日の餌やり、水替え、稚魚の選り分け——。ベランダに睡蓮《すいれん》鉢を四つも並べて、伊達が世話をしているという。「下の娘や。わしに似たんか、生きもんが好きなんはええけど、すぐに飽きる。この夏はサワガニまで買わされたがな。二十四も」

水槽に砕いたブロックを入れ、水温があがらないように簾《すだれ》をかけ、煮干しやキャベツを与える——。伊達はマメで子煩悩だ。

「堀やん、飼うてみるか、サワガニ。水槽ごとやるで」

「うちは六畳一間でベランダなんぞない。窓を開けたら近鉄の高架や」

退院後、堀内はヒラヤマ総業の生野の世話で、東住吉区西今川のアパートを借りた。今川駅から電車を乗り継いで中崎町の病院までリハビリに通っていたが、面倒になってやめた。いまはアパートでストレッチもしていない。

「堀やんの伝法《でんぽう》の家、どうなったんや」

「里恵子が住んでるやろ。売ったとは聞いてへん」

府警勤めだったころ、堀内は此花《このはな》区伝法に二十五坪の建売住宅を買った。里恵子は子供を欲しがったが、堀内にはその気がなかった。里恵子は訪問販売の『リッチウェイ』にのめり込み、堀内は外に愛人を作った。離婚したのは去年の秋、慰謝料代わりの権利証書を里恵子に渡して家を出た。

横断歩道を渡った。バス停の手前にラーメン屋がある。

「喉渇いた。ビールでも飲も」

油染みた暖簾《のれん》をくぐった。餃子と搾菜《ザーサイ》、生ビールを注文した。

「堀やん、電話してくれるか。ジェットカウンター屋の場所が知りたい」

堀内はメモ帳を開いた。さっきの番号を見ながらボタンを押す。

——プリンス電研です。

——ヒラヤマ総業の佐藤といいます。ジェットカウンターのことでそちらの会社に行きたいんやけど、どこですかね。

——難波《なんば》です。四《よ》ツ橋筋《ばしすじ》の『セントアーバン』いうホテルの東裏。焦げ茶色のビルの三階ですわ。

見当がついた。セントアーバンはラブホテルだろう。

——佐藤さんはホールの方ですか。

——主任です。

――それはどうも、ありがとうございます。

――プリンスさんにカウンターを入れてもろたら、設定もしてくれますか。

――もちろん、納品時の設定はします。なんなりというてください。

――計数をカットして欲しいんですわ。五パーセントほど。

――なんです？

――四千個以上は五パーセントカットですわ。

――お客さん、うちは不正改造しませんねん。

――してくれると聞いたんやけどね。

――ほかをあたってくれますか。

電話は切れた。

「怒りよったで」

「そら、そうやろ」伊達は笑う。

「難波のラブホテル街や。行ってみるか」

「ああ。古市に寄ってから行こ」

伊達はいって、「それ、スマホに替える気はないんか」

「ネットもメールもせえへんのに要らんやろ。ガラケーで上等や」

そこへ、搾菜とビールが来た。

「兄ちゃん、ここ、タクシー呼べるかな」伊達が訊く。

「はい。近鉄タクシー」

「ほな、頼むわ。電話して」

伊達は搾菜を手でつまみ、ビールを飲んだ。

2

羽曳野《はびきの》——。外環状線近くの市民ホールでタクシーを降りた。ロビーから地階の図書館へ。司書に頼んで、ここ十年間の五十音別電話帳を出してもらった。電話帳は年を追うごとに薄くなっている。掲載拒否が増えたのだろう。

「ないな……」宮平という名は載っていなかった。

「もっとさかのぼってみよ」

伊達は二十年前までの電話帳を持ってきた。手分けして調べる。宮瀬、宮野、宮原……。

「あった」

十八年前の電話帳を指で示した。《宮平稔　東古市1・6・35》——。

宮平の父親だと思った。宮平の齢は聞かなかったが、いま四十すぎなら、十八年前は二十代前半だ。その齢で電話帳に載るとは思えない。

「よっしゃ。行こ」

電話帳を返却し、東古市の住宅地図を閲覧した。

市民ホールから近鉄古市駅へ歩いた。踏切を渡り、寂れた商店街を抜けて、最初の四つ角を左へ行く。青い瓦屋根の三階建住宅のガレージに黒のクラウンが駐《と》められていた。門柱の表札は《宮平》だ。

堀内はインターホンを押した。少し待って、

——はい、宮平です。

女の声。若くはない。

——こんにちは。堀内といいます。ダラスの店長さんのお宅ですね。

——浩一は辞めました。いまはちがいます。

——そうでしたか。浩一さん、いてはりますか。

——今日は会社です。

——日曜も出勤ですか。

——どちらさんですか。

——ヒラヤマ総業の堀内です。

——出ます。ちょっと待ってください。

玄関の引き戸が開いた。髪をひっつめにした小柄な女が出てきた。ジーンズにサンダル、派手な花柄ビーズのカーディガンをはおっている。

「すんません。いきなり押しかけまして。ヒラヤマ総業の伊達といいます」

伊達が頭をさげた。名刺を差し出す。女は受けとったが、眼が遠いのか見ようともせず、ジーンズのポケットに入れた。

「おたくさんら、ダラスのひとですか」

「パチンコとは関係ないです。不動産会社の調査員です」

「不動産のひとが、なんで浩一に……」

「息子さんに依頼されたんです。物件を紹介してくれと」

伊達は適当にいう。「聞いてはりませんか」

「聞いてないですけど……」

「男は喋りませんからね」

伊達は巧い。訊き込みのときも、その場で話を作っていた——。「息子さん、会社は」

「大阪市内です。敷津《しきつ》の高陽商会いうとこです」

「パチンコ関係ですか」

「そうやと思います」

「敷津の高陽商会……。分かりました。行ってみますわ」

「はいはい、お願いします」

強面《こわもて》の男ふたりを前にして、疑う素振りはなかった。


古市から近鉄で阿部野橋《あべのばし》、地下鉄御堂筋線《みどうすじ》に乗り換え、大国町《だいこくちょう》駅で降りた。西側出口を上がり、伊達はスマホで高陽商会を検索する。住所は敷津西二丁目だった。

電柱の住所表示を見ながら十分ほど歩いて高陽商会を見つけた。四階建、こぢんまりした白いタイル外装のビル。一階をショールームにしてパチンコ台を二十台ほど並べている。

自動扉のボタンを押してショールームに入った。ふたりをみとめて、スーツの男がそばに来た。鼻の下とあごに薄い髭を生やしている。

「いらっしゃいませ。なにか？」

「宮平さんにお会いしたいんです」

伊達がいった。「ヒラヤマ総業の堀内と伊達です」

「どういったご用件でしょうか」

「私用です。我々は羽曳野から来ました。古市のお宅の権利関係について、宮平さんと相談したいんです」伊達の嘘は年季が入っている。

その図体でよういうで――。いつもながら、堀内は感心する。

「あいにくですが、宮平は出てます」

「何時ごろ、お帰りですか」

「今日はホールまわりで、夜は現場です」社にはもどらないという。

「現場て、新台入替ですか」

「メンテナンスです」

「釘の調整とか？」

「それもあります」

この男はユルい。代理店の社員なのに、釘調整を認めている。

「差し支えなかったら、現場を教えてもらえますか」

「東大阪です。菱江《ひしえ》の『マーチ』」若江岩田《わかえいわた》駅から近い、と男はいった。

堀内はパチンコ台の前に立った。どれも仕様がちがう。

「いまのいちばん人気はどの台です」

「『ウルの女神』ですね。動画が凝ってます」

女神は半裸だ。胸がスイカのように大きい。これでまともに動けるのか。

「人気台はプレミアがついて、ほんまですか」

「最近はないですね。爆裂機がなくなりましたから」

いわれても、堀内には理解できない。爆裂も連チャンも所詮、パチンコは博打だろう。マル暴担のころ、堀内は何度か賭場に踏み込んだ。盆布《ぼんぎれ》の上には少なくても百万、廻銭箱《かいせんばこ》には一千万近い金が入っていた。賽本引《さいほんびき》のテラは均《なら》して五分だから、一晩に一億が動けば五百万が胴元のシノギになる。

賭博開帳図利《とばくかいちょうとり》——。博徒は逮捕されて三年は食らうが、パチンコホールの経営者が罪に問われることはない。同じ博打の胴元なのに不公平ではないのか。

「堀やん、行くぞ」

伊達にいわれて振り返った。

「しんどいんか」

「いや、考えごとしてた」

「ほな、行こ」

伊達は髭に礼をいって踵《きびす》を返す。堀内もショールームをあとにした。

「宮平はダラスを馘になって高陽商会に拾われた。あの業界はツブシが利くんかのう」

「釘をいじれるからやろ。特殊技能や」

「なにごとも修練か」

「誠やんの柔道も修練やで。喧嘩《けんか》で怖いもんはないやろ」

「わしは夫婦喧嘩が怖い。殴られても蹴られても抵抗できん」

「それで、ほかの女に手ぇ出してたら世話ないな」

「堀やん、わしはいま、よい子ちゃんや。風俗にも行ってへん」

伊達はむかし、病気をもらったことがある。堀内は知り合いの薬剤師に頼んで抗生物質をまわしてやった。伊達が女と会うための口裏合わせをしたのも一度や二度ではない。伊達は脇が甘いのだ。

敷津から難波のホテル街へゆっくり歩いた。伊達も歩調を合わせて歩く。

「堀やん、無理すんなよ。タクシー拾うか」

「かまへん。これもリハビリや」

左膝が痛い。感覚が鈍っているのに、痛みだけはストレートに感じる。

休み休み三十分ほど歩いてホテル街に着いた。『セントアーバン』の裏手にまわると、古ぼけた焦げ茶色のビルがあった。ところどころ壁面にヒビが入り、黒いモルタルで埋めている。伊達は吸っていた煙草を捨てて、

「これやな」

「ああ」

ビルに入った。エントランスは狭い。メールボックスの３０１と３０２に《プリンス電研大阪支社》とある。

「ジェットカウンターてなもん、どこで作っとんのや」

「愛知県とちがうか。パチンコとパチスロメーカーの本場やろ」

中国の電子機器メーカーに発注して作らせているのかもしれない。

エレベーターに乗り、三階で降りた。〝３０１〟のドアをノックして開ける。手前のデスクでパソコンのキーを叩いていた女が顔をあげた。

「こんちは」堀内はいった。「美原の『ダラス』から来ました。堀内といいます。営業担当の方、

いてはりますか」

「『ダラス』さん……。いつもありがとうございます。末永《すえなが》ですよね」

「はい。末永さん、お願いします」

名刺をくれ、とはいわれなかった。

「いま出てますけど、六時までには帰ってくると思います。どうしましょう」

「待たしてもろてもよろしいか。ここで」

腕の時計を見た。五時四十分だ。

「どうぞ、こちらです」

女に案内されてパーティションの奥にまわった。狭いスペースに応接セットが置かれている。スチールキャビネットには『大阪府遊技業協同組合員一覧』や『保安通信協会指導指針』『改正風営法の手引き』といったファイルと種々のパチンコ雑誌が並んでいた。

勧められてソファに座った。伊達も腰をおろす。

「おたくさんはジェットカウンターのほかに、どんな製品を扱うてはるんですか」

「サンドとか、玉の洗浄機とか、周辺機器全般です」

製造販売はジェットカウンターだけだという。

「ジェットカウンターて、高いんですよね」

「そうですね。百万円はします」

「プリンス電研のシェアはどれくらいですか」

「関西では一〇パーセントですけど、中部地方だと一五パーセントです」

「ほう、そらすごいですわ」

大阪と名古屋のほかでは大したシェアがないようだが、全国には一万二千軒以上のパチンコ・バチスロ店がある。会社を維持していくには充分な売上があるのだろう。

「あの、お飲みものは」

「いや、けっこうです。ありがとうございます」

伊達がいうと、女は頭をさげて応接コーナーを出て行った。

「愛想がええな」

伊達はクリスタルの灰皿を引き寄せて煙草をくわえた。「齢はどれくらいや」

「三十六、七か。四十は行ってへんやろ」低くいう。

「わしはああいう背の高いのが好みや。乳も小さめやしな」

「見もせんのに分かるんか」女は厚手のカーディガンをはおっていた。

「堀やん、人間は縦に伸びるか、横に膨れるかや。うちのよめはんは背が低い分、乳がでかい」

「おまえは縦も横も大きいやないか」

「わしはおふくろがでかいんや」

父親は百六十五センチだが、それより背が高いという。「おふくろは絶対に身長をいわんかった。いまは縮んだけど、百七十はあったやろ。おふくろは自分の背が目立たんように、わしにいやというほど牛乳を飲ませた。それでこんなデブになったんや」

「そら誠やん、牛乳やない。遺伝や。おまえは母親に似たんや」

「うちのよめはんは飛びあがってわしを殴りよる。運動神経もないのに、ぴょんぴょんとな」

思わず、笑ってしまった。どこまでほんとうなのか、伊達のよめはんネタは聞くたびにおかしい。

それで刑事《デカ》部屋の笑いをとっていた。が、伊達も堀内もいまは刑事ではないし、同僚もいない。伊達が笑いをとれるのは堀内しかいないのだ。

「誠やんのよめさんはええな。ぴょんぴょん、飛びあがれて」

「あ……」

伊達は堀内のステッキを見た。「そんなつもりやなかった」

「いや、ちがうんや。気にするな」

足がわるいことに引け目はないといった。「身から出た錆《さび》や。後悔も反省もしてへん」

「堀やん、できるんか」

「なにが」

「あれや」

「おう、元気やぞ」

「ほな、このあとで行くか。わしが奢《おご》るし」

「ま、気が向いたら行こ」

ここは難波のラブホテル街だ。デリヘルもあればソープもある。

と、そこへ、足音が近づいてきて男が顔をのぞかせた。度の強そうなセルフレームの眼鏡、黒いスーツにモスグリーンのネクタイをしている。

「すんません、お待たせしました。初めまして。末永と申します」

男は一礼し、名刺を差し出した。伊達が受けとって自分の名刺を出す。

「ヒラヤマ総業さん……」

「不動産業です。美原の『ダラス』の土地売買を仲介しました」

オーナーの新井からプリンス電研を教えてもらった、と伊達はいった。「ダラスの前の店長の宮

「あんなに台を開けてたら、客ウケもよかったと思いますよ」だが、伊達はホールスタッフ
平さん、知ってはりますよね」

「はい、もちろん。いろいろお世話になりました」末永はソファに座った。

「宮平さんは今年の四月、ダラスを解雇されました。その経緯はご存じですか」

「いえ、知りませんが……」

「宮平さんはジェットカウンターを細工して、四千個以上の玉を三パーセント、カットしてました。カット分は隠しカードに貯玉して、一日あたり五、六万、ひと月に百五十万ほど抜いてました」

伊達は新井から聞いた話をそのままいう。「ジェットカウンターて、還元記録が出ますよね。それで宮平さんの不正がバレたんですわ」

「そうでしたか。まさか、あの宮平さんが……」さも驚いたように末永はいった。

「宮平さんて、どういうひとですか」

「どういうひとて……。個人的なつきあいはないし、よう知らんです」

「けど、接待したことはあるでしょ。周辺機器の営業担当として、ホール店長を」

「何回かは食事をしましたけどね」

「金にシビアなひとですか」

「さぁ、どうでしょ」末永は言いよどむ。「あれこれ要求されたことはないです」

「酒は」

「お好きでした」

「馴染みの店て、あったんですか。宮平さん」

「あの、伊達さんは、なんでそんなことを」末永は警戒しはじめた。

「新井さんが困ってるんですわ。宮平さんは隠しカードのデータをメモリに入れて持ち出したんで

す。……ジェットカウンターの不正が表に出たら、ダラスには大打撃やし、プリンス電研にも累が及ぶ。我々は宮平さんからメモリを取りもどしたいんですわ」

「…………」末永は俯《うつむ》いて黙っている。

「不動産屋の我々が、なんでメモリを取りもどしたいか、なんで新井さんに頼まれたか、疑問に思てますよね。ちがいますか」

伊達は笑った。「我々は元刑事ですねん。大阪府警の暴対」

末永は顔をあげた。伊達と堀内をしげしげと見る。

「宮平の馴染みの店、教えてくれませんかね」

「千年町《せんねんちょう》です」

ぽつり、末永はいった。「『ミルキーウェイ』いうラウンジです」

「宮平につくホステスは」

「まりこ、です」

「字は」

「こうです」

末永は指でテーブルに書いた。〝茉莉子〟と。

「宮平と茉莉子は客とホステスというだけの仲ですか」

「さぁ、そこまでは……」

千年町、ミルキーウェイ、茉莉子――。堀内はメモ帳に書いた。

「あとひとつだけ教えてください」

伊達はいう。「ダラスのジェットカウンターの不正改造は、おたくがしたんですか」

「そんなあほな」

末永は慌てて手を振った。「うちは絶対にしません。誰になんといわれようと、そんなことはしません」企業コンプライアンスにかかわる、と大げさにいう。

「しかし、カウンターは改造されてた。宮平にはできんでしょ」

「そういう業者がいるんですよ。金をもらって不正改造をするやつが」

「その手口は」

「設定を変えるんでしょうね」

「末永さんにもできますか」

「できるわけないでしょ。わたしは営業で、技術的なことは分かりません」

「宮平に持ちかけられたことはないですか。その種の業者を紹介してくれと」

「ないです。第一、そんな連中は知りません」

こいつ、とぼけとるわ――。堀内には分かる。視線と口調だ。ここが取調室なら襟首つかんで吐かせるのだが。

「宮平さんの後任の店長からプリンス電研に連絡はありましたか。改造されたジェットカウンターをもとにもどしてくれという依頼は」伊達はつづけた。

「その必要はないですね。カットした玉を貯玉できるのは、宮平さんの隠しカードだけでしょ」

「なるほどね。そういう設定ですか」

伊達はうなずいて、ほかに訊くことはないか、と目配せをする。堀内は黙って首を振った。

「いや、ありがとうございました」

伊達は膝に両手をあてた。「また、なにかありましたら電話します」

「やめてください」

強く末永はいった。「迷惑です」

伊達はにやりとして立ちあがった。堀内も立つ。応接コーナーを出た。

「堀やん、行くか」

伊達はエレベーターのボタンを押した。四ツ橋筋の東側、道頓堀商店街の外れに風俗店が多くあるという。

「いや、ミルキーウェイに行こ。茉莉子を指名するんや」

「今日は日曜やで」

「あ、そうか……」ラウンジはやっていない。

「ま、つきあえ。たまには気晴らしせいや」

ビルを出て、伊達はゆらゆら歩きだした。背中が広い。前から来た中年の男女がラブホテルの玄関に消えた。


『ピンクドール』を出たときは日が暮れていた。

「誠やん、ごちそうさん」三万円の払いは伊達がした。

「よかったか」

「愛想はな」

齢はそこそこ若かったが、太股《ふともも》に薔薇《ばら》のタットゥーがあった。堀内の腹の傷痕を触って、盲腸？と訊いてきたから、刺されたんや、といったら、途端に口数が少なくなった。堀内をヤクザと思ったのかもしれない。女は色白で手足が長く、身ごなしが軽かった。

「飯、食おうや。なにがええ」

「肉やな」

昼は鰻。ダラスを出たあと、ラーメン屋で餃子と搾菜を食った。「しゃぶしゃぶはどうや」

「ああ、そうしよ」

伊達はいって、「食うたら、東大阪へ行って宮平に会お」

「菱江の『マーチ』とかいうてたな」

高陽商会でそう聞いた。「十時ごろには閉店して、メンテナンスにかかるんやろ」

しゃぶしゃぶはおれが奢る──。いって、宗右衛門町に向かった。

3

近鉄奈良線、若江岩田駅を出たのは十時すぎだった。交番で『マーチ』の場所を訊く。警官は地図を示して、大同銀行の角を南へ行け、といった。

マーチは照明が消えていた。駐車場には車が六、七台、駐められている。敷地千坪ほどの中規模店だ。

正面の自動ドアの前に立ったが、開かなかった。ガラス越しに店内が見える。男が五人、シマの通路で話をしていた。

「誠やん、どうする」

「そうやな。アヤつけて引きずり出すか」

「けど、スタッフがおるぞ」

「堀やんに任すわ」

「分かった」

ステッキでドアをノックした。それに気づいたのか、紺のジャケットの男がこちらを見て近づいてきた。

「宮平さん、いてますか」大声でいった。

「なんです」男が返す。

「高陽商会の宮平さんに急用ですねん。ここ、開けてくれますか」

男は壁裏のボタンを押した。モーター音がしてドアが開く。堀内と伊達は店内に入った。

「すんませんな、点検中《いへ》に。宮平さんは」

「あこですわ」

男は振り返った。宮平さん、と手招きする。ひどく肥《ふと》った作業服の男がそばに来た。堀内と伊達を見て怪訝《けげん》な顔をする。紺のジャケットの男は離れていった。

「ヒラヤマ総業の堀内といいます」

頭をさげた。「ダラスの新井さんの使いで来ました」

「ダラス……。わし、辞めましたで」宮平は眉をひそめる。

「承知してます。いまは高陽商会にお勤めですよね」

「あんたら、なんや。ヒラヤマ総業て、代理店か」

「競売屋ですわ。マル暴刑事《デカ》を馘《くび》になってね」

「競売屋がなんの用や」

「そんな、嚙みつくようにいわんでもよろしいがな。唾、飛ばして」

「去《い》ね。目障りや」

「宮平さん、それはないわ。美原のダラスから古市のお家《うち》、敷津の高陽商会……。一日中、走りまわって、ここに来たんでっせ」

「なんや、おまえら、わしのこと嗅ぎまわってんのか。承知せんぞ」

宮平は喧嘩腰だ。負い目があるからこうなる。

「ダラスのスタッフがいうてましたで。前の店長はすぐに切れて怒鳴り散らす、みんなの嫌われ者《もん》やった、とね」

「愛車のクラウンに乗るときは、靴脱いでスリッパに履き替えてたそうやな」

伊達が笑った。「趣味は洗車かいな」

「こいつら……」宮平の顔が紅潮した。口もとが震えている。

「宮平さん、熱うなったらあかん。喧嘩は相手を見てするもんや」

伊達は宮平の腕をつかんだ。宮平は振りほどこうとするが、びくともしない。

「ほら、スタッフが見てる。向こうで話をしよ」

伊達は宮平を休憩コーナーに連れて行き、シートに座らせた。堀内は自販機の前に立つ。

「なに飲む？」

「コーヒーや」

堀内は缶コーヒーのブラックを買って宮平の前に置いた。宮平は煙草をくわえ、火をつける。

「宮平さんよ、大山いうゴト師、知ってるよな」

伊達がいった。「大山にメモリを渡したんかい」

「なんのこっちゃ、え」宮平はけむりを吹きあげた。

「ジェットカウンターのデータや。あんた、月に百五十万、抜いてたんやろ」

「へっ、新井のクソ爺がいうとんのか」

「宮平さん、齢はなんぼや」

「四十七」

「その齢でチンピラみたいな口をきくんやないで。こないだまで給料もろてた人間に、クソ爺はないやろ」

「おまえら、爺になにを聞いてきたんか知らんけど、月に百五十万も抜いてへん。百万や、百万」

宮平は吐き捨てる。「それに爺はな、抜いた金をわしと分けとったんや。五十万ずつな。爺はその金で女を囲うてる。ミナミのラウンジの、あんパンみたいな不細工な女や」

「それ、千年町のラウンジか。ミルキーウェイの茉莉子」堀内はいった。

「なんや、おい、知ってんのか」

「茉莉子はあんたの女やと聞いたぞ」

「爺がそういうたんか」

「ああ、そうや」プリンス電研で聞いたとはいわない。

「わしもミルキーウェイには行く。茉莉子を呼んだら、飲み代は爺のツケになるんや」

「仲良しの新井を、なんで裏切ったんや」

「裏切ったもへったくれもあるかい。爺がわしを馘にしよったんや」

「その理由は」

「遠隔や、遠隔」

「遠隔操作？」

「爺はな、毎朝、ベンツでホールに来て、駐車場からホールコンに電波を飛ばしよんのや。今日は八〇パーセント、明日は九〇パーセントとな」

「日によって還元率を変えるんか」

「八〇パーやと客は全滅や。九〇パーやと勝つ客もおる。そこの按配がむずかしい」

一〇パーセント抜きをつづけると客は増える。二〇パーセント抜きだと客は減る――。宮平はそういって、「日曜、祭日や年金支給日は八〇パー、平日は九〇パーが多いな」

「遠隔操作はない、というのがホールの建前やで」

「そんなもん、競合店があるホールは、みんなやってる。でないと潰《つぶ》れるがな」

「競合店の出玉を見て調整するんか」

「『ダラス』が出したら『マーチ』も出す。『マーチ』が締めたら『ダラス』も締める」

たがいの客足を見ながら、共存共栄でやっていくのが、この商売や――。宮平は調子にのってよく喋る。「客は生かさず殺さずや。遠隔で機械と客を騙くらかしとんのや」

「機械は一台ずつ操作するんか」

「ちがう。シマ全体を操作する」

ひとシマ、三十二台の機械に対して指示を送り、八〇パーセント、九〇パーセントの還元率にすると宮平はいう。

「遠隔操作のシステムは誰が作るんや」

「メーカーのエンジニアや。ホールコンで操作するプログラムを作る」

「そのプログラムて、なんぼほどするんや」

「工事費込みで二、三千万。たぶんな」

金銭的な交渉は店長ではなく、オーナーがするという。

「新台入替をするたびに、オーナーはプログラムを買うんか」

「そら買うやろ。プログラムの更新は四、五百万やろけどな」

「ダラスの新井さんはどこに頼んでたんや、遠隔操作」

「んなことは知らん。訊いたこともない」ふてくされたように宮平はいう。

「還元率を設定して一日に一〇パーセント抜いたら、なんぼになるんや」伊達が訊いた。

「それはホールの台数によるな。街場のホールやと三百から三百五十台。郊外店で五百台。一台あたり、日に五万の売上があるから、五百台やと二千五百万や」

「二千五百万の一〇パーセントは二百五十万、二〇パーセントは五百万やないか」

伊達は怒った。「月の粗利《あらり》が七千五百万から一億五千万てな企業は上場会社やぞ」

「上場なんぞせんでもええがな。投資家から金集めんでも、銀行が寄ってたかって、金借りてくれというてくる。パチンコは優良産業やで」

このボケ——。堀内は衝動にかられた。宮平を殴りつけたい。

あかん。抑えろ——。宮平にやった缶コーヒーをとってプルタブを引き、口をつけた。

「宮平さんよ、あんた、遠隔操作が理由で馘になったというたよな」

伊達がつづける。「どういうことや」

「どうもこうもない。わしは新井に代わって遠隔をしたいというたんや」

「それは……」

「新井の爺はな、尻《ケツ》の穴が小さいんや。日曜祭日や年金支給日はともかく、平日でも還元率を八〇パーにしくさるから、ダラスはあかん、と客が減る。当然、売上も減るから、爺はわしに文句をいう。もっとしっかり客を呼べ、とな。……爺は朝の開店前にホールに来て、駐車場から電波飛ばすだけやで。営業時間中の客足や出玉には、いっさい関心がない。……そこで、わしはいうたんや。現場を見てるわしが遠隔をしたら、もっときめ細かい対応ができるし、売上もあがる、とな。せやのに、あの爺は聞く耳持たずや。あげくの果てに、主任に降格やといいくさった。けったくそわるいから辞めたったんや」

「その腹いせにジェットカウンターの還元データを持ち出したんかいな」

「腹いせやない。保険や。わしは爺がごちゃごちゃいうてきよったときにメモリを出して、これこのとおりダラスのジェットカウンターは不正改造されてます、と告発するつもりやった」

「ものはいいようやな、え」

伊達はせせら笑った。「その保険のためのメモリがゴト師の手に渡ったんはどういうわけや」

「ゴト師てなんや。メモリはわしが持っとるがな」

「メモリは宮平さん、コピーできるんやで」

「わしはコピーなんかしてへんがな」

「な、宮平さん、大山とかいうゴト師はどこのもんや」

「知らん、知らん。聞いたこともない」

宮平は伊達と堀内を睨《ね》めつけた。「元刑事かなんか知らんけど、わしに因縁つけるのはおカドちがいやで。分かったら帰れや。時間の無駄じゃ」

「さすが、ダラスの元店長、肚が据わってはるわ」

伊達は両手を広げた。「堀やん、帰ろか」

「ああ、帰ろ」

堀内はうなずき、ステッキをついて立ちあがった。

「あんた、その足で刑事してたんか」宮平がいう。

「刺されたんや」

腹に手をやった。「スーッと眼の前が昏《くら》なってな、三途《さんず》の川が見えたがな」

「…………」宮平の顔がこわばった。

「極道は怖いで。頭に血がのぼったらなにしよるや分からん。あんたもせいぜい気ぃつけるこっちゃな」

誠やん、行こ——。伊達にいい、マーチを出た。

駐車場の車を見ていくと、リアウインドーに《高陽商会》とプリントされた軽四があった。

「あのデブ、何時ごろ出てくるかな」

「攫《さら》うんか」

「攫わんと、吐かんやろ」

「釘の調整だけやったら、一時や二時には終わるんとちがうか」

「どこで待つ」

「駅から歩いてくる途中に赤提灯があったな」

伊達はいって、軽四のそばを離れた。


零時半に呑み屋を出た。コンビニに寄って梱包テープとタオル、ペンライトとペットボトルの水を買い、『マーチ』にもどる。駐車場の軽四は同じところにあった。

一時――。男がふたり、ホールから出てきてミニバンに乗り、駐車場を出ていった。
一時半――。宮平が出てきた。伊達と堀内は柱の陰から軽四に近づく。足音に気づいたのか、宮平は振り返った。伊達はすばやく間をつめて宮平を引き倒し、後ろから襟首をつかんで絞めた。宮平は腕を突っ張り、脚をばたばたさせたが、声はでない。すぐに落ちて動かなくなった。
堀内は宮平の作業服を探ってキーをとり、軽四のロックを解除してドアを開ける。伊達は軽々と宮平を抱えあげてリアシートに押し込み、隣に座る。堀内は運転席に乗り込み、エンジンをかけた。ヘッドランプを点けて発進する。カーナビを見ながら生駒山《いこまやま》に向かった。

国道308号――。暗越奈良《くらがりごえなら》街道を走り、生峰寺《しょうほうじ》の三叉路を左に折れた。道路灯はなく、真っ暗な山道をのぼっていく。間伐材を積みあげた空き地に軽四を乗り入れて停めた。

伊達は宮平を引きずり降ろした。腕を前にそろえて、梱包テープで固定する。膝にもテープを巻いて足首をとり、上にあげる。頭に血流がもどって宮平は息を吹き返した。

「起きんかい。いつまでも寝てんやないぞ」

伊達はペンライトを宮平に向けた。宮平は眼をあけて、

「――どこや、ここは」ぼんやり、いった。

「三途の川の船着場や」

「おまえら……」

宮平は起きようとしたが、腕も脚も自由にならない。そこでようやく、自分がどんな状態で横たわっているか、気づいたようだ。

「さて、さっきのつづきや。質問するから答えんかい」

「やかましい。ほどけ、こら」宮平は両足で地面を蹴る。

「元気ええがな。ヤクザ顔負けのイケイケや」

「分かってんのか。おまえら、わしを誘拐したんやぞ」

「誘拐は重罪や。営利目的の略取誘拐は一年以上十年以下の懲役。おまえが死んでしもたら、無期、死刑はまちがいない」

「くそっ……」

宮平は身体を反転させ、肘と膝を地面につけて立とうとしたが、すぐにバランスをくずして横倒しになった。

「やめとけ、やめとけ。その格好では四つん這いにもなれんぞ」

伊達はまたペンライトを向けた。

「負けた。なんでも訊かんかい」

仰向きになったまま、宮平はいった。「答えたるから、ほどけ」

「それはおまえ次第や。答えが気に入ったら、テープを切ったる」

伊達はいって、「大山いうのは何者《なにもん》や」

「ゴト師や」

「ゴト師グループの頭《あたま》か」

「んなことは分からん」

「どこで知り合うた」

「ダラスや」

「ダラスでわるさしてたんか」

「機械の扉に隙間をあけてハリガネ使うてた。見つけてどつきまわしたんが、わしや」

「なんぼゴト師でも暴力はあかんやろ」

「ハリガネや磁石の証拠がある。どついてもかまへんのや」

「大山の免許証とか見たんか」

「見た。大山隆《たかし》や」

「おまえはダラスを辞めて大山に連絡をとった。ジェットカウンターのデータをメモリに入れて、売ったんやな」

「売ってへん。大山がくれというから、やったんや」

「なんぼでやったんや」

「金なんかもろてへんわい」

「そらおかしいやないか。新井はメモリをタネに大山に脅されたんやぞ。ダラスのパチンコ台に裏ロムをつけさせろ、とな」

「小遣いぐらいはもろたわ。大山に」

「なんぼや」

「十万や」

「ほう、そうかい」

伊達はかがんで、ペンライトを地面に置いた。「堀やん、タオルくれるか」

堀内は提げていたコンビニのレジ袋からタオルを出して伊達に放った。

「なにするんや、こら」宮平がわめく。

「わしは嘘が嫌いなんや」

伊達はタオルを広げて宮平の顔にあてた。堀内はペットボトルのキャップをとり、タオルに水をかける。宮平は逃げようとするが、伊達の手を外せない。宮平は窒息し、胸が大きく上下する。

「誠やん、もうええやろ」

伊達はタオルをとった。宮平は激しく咳き込み、ゲーゲーとえずく。

「大山になんぼで売ったんや。メモリを」

「百万や」宮平は呻《うめ》く。

「大山は本名やないやろ」

「李《イ》や。李鏞一《よういち》」

「おまえ、ほんまの狙いはなんや」

「狙い……？」

「たかだかジェットカウンターの不正改造で李が新井を脅すのは話がおかしい。第一、おまえは改造で抜いた金を新井と分けてた。……おまえ、李とつるんで新井になにを仕掛けたんや」

「仕掛けるもなにも、わしは李にメモリを売っただけや。李が新井になにを要求したんか、そんなことは知らん。わしには関係ないことや」

「おまえもとことんやのう。大した男やで」

伊達はまた宮平の顔にタオルを押しつけた。堀内は蛙のような腹を踏みつけて顔に水をかける。

宮平は暴れ、地面を跳ねまわった。

「や、やめてくれ。頼む。なんでもいう」

「嘘はあかん、というたやろ、え」

「遠隔や……」

「遠隔がどうした」

「パソコンのデータを抜いたんや。新井のパソコンの」

「新井が駐車場から電波を飛ばしてたパソコンか」

「爺はわしを馘にした。やられっ放しでおれるかい」

「そうか、そういうことかい」

伊達はペンライトを拾い、宮平の髪をつかんで上体を起こした。「おまえと李が脅しの材料《ネタ》にしてんのは、ジェットカウンターのメモリと、新井のパソコンのデータをコピーしたメモリやな」

宮平はうなずいた。泣きそうな顔をしている。

「なんぼ要求した」

「一千万」

「そら、間尺に合わんのう」

伊達は宮平の鼻先で濡れタオルを振った。「李は新井に、三千万と裏ロム十台を要求したんやぞ」

「そうや、一千万やない。三千万や」

「おまえ、わしらを舐《な》めてんのか」

「ちがう。まちごうただけや」

「まちがいが多すぎるやろ、おい」

「わるい。気に障ったんならこのとおりや」宮平は頭をさげる。

「堀やん、どないする。謝っとるで」

「口だけや」

堀内はいった。「こいつを放したら、また新井んとこへ行きよる。ここで始末しよ」

「ま、待ってくれ。どういうことや」

「おまえを埋めるんや。ここにな」

「堪忍や。ほんまに堪忍や。助けてくれ」

「気に入らんな、そのものいいは」

「堪忍です。助けてください。なんでもします」

喘《あえ》ぐように宮平はいった。恐怖で顔が歪み、全身が震えている。

充分に脅しつけた。もう嘘はつかないだろう。

「メモリを返すか」

「返します。絶対、返します」

「メモリは全部でなんぼあるんや」

「四つです」

ジェットカウンターのメモリがふたつ、遠隔操作のメモリがふたつあるという。

「李とおまえが、ひとつずつ持ってるんか。カウンターのメモリと遠隔のメモリを」

「そのとおりです」

「李はどこに住んでるんや」

「尼崎《アマ》です」

「尼崎のどこや」

「知らんのです」

「知らんで済むかい」

「ほんまです。ほんまに知らんのです」

「ダラスで李の免許証を見たんとちがうんか、え」

「免許証は見ましたけど、住所まで控えたわけやない。尼崎、と書いてあったんは憶えてます」

李とは携帯で連絡をとりあうだけだと宮平はいう。

「おまえのメモリはどこにあるんや」

「会社です。デスクの抽斗《ひきだし》です」

「高陽商会やな」

「そうです」

「誠やん、取りに行くか」

「ああ、行こ」

伊達はペンライトをポケットに入れ、宮平の襟首をつかんで引き起こした。後ろから宮平を抱えて車に乗せる。

堀内は梱包テープとタオルを拾ってレジ袋に入れ、車に乗ってエンジンをかけた。

敷津西──。高陽商会の前に車を駐めたのは午前三時だった。人通りはない。あたりは寝静まっている。

「警告や」

伊達がいった。「大声出したり、逃げようとしたりしたら首の骨が折れるぞ」

「分かってます」小さく、宮平は答えた。

伊達は宮平の膝に巻いたテープを剝《は》ぎ、車から降ろした。堀内も降りる。

「鍵は」宮平に訊いた。

「いちばん長いやつです」

堀内はキーホルダーから鍵を選んでシャッターの通用口に挿し、扉を開けた。中は薄暗く、蛍光灯が一基、点いている。

「事務所は」

「二階です」

奥の階段をあがった。二階も暗い。壁のスイッチをみんな押すと、照明が点いてエアコンが作動しはじめた。

「どれがおまえのデスクや」

「それです」

宮平はテープを巻かれた両手で窓際のデスクを指した。堀内はスチール椅子に座って抽斗を引いたが、上のひとつが開かない。錠がおりている。キーホルダーのいちばん短い鍵を挿してひねったら、錠が外れて抽斗は開いた。銀行の通帳や印鑑、カード類や名刺入れはあるが……。

「メモリはどこや」

「名刺入れです」

名刺入れのホルダーの蓋は透明だ。中にメモリはない。

「それ、出してください」

ホルダーを出した。ふたつのメモリはホルダーの底にセロハンテープで貼ってあった。

堀内はテープを剝がしてメモリを手にとった。一方にフェルトペンで《カウンター》、もう一方に《えんかく》と書かれている。

「これだけか、メモリは」

宮平に訊いた。「もっとコピーしたやろ」

「いや、それだけです。李がふたつ、わしがふたつです」

「んなはずないやろ。コピーはなんぼでもできるんやで」

「ほんまです。わしがコピーしたんはそれだけです」

「李がＤＶＤにダビングしてるかもしれんやないか」

「それはないです」

「なんでや」

「李に渡したメモリにはコピープロテクトをかけてます。李はダビングできません」

「それ、ほんまやろな」

「あたりまえやないですか。李がダビングしよったら、困るのはわしでっせ。オリジナルはわしが持っててこその値打ちですわ」

「オリジナルとはよういうた。おまえ、このメモリで、なんべんも新井を強請《ゆす》る肚やったんやな」

「ちがいますて。そんな大それた考えは持ってませんわ」

宮平は大げさに首を振る。「新井は組関係に知り合いがいてます。……せやから、脅しは一回きり。李にもそう釘刺してます」

「おまえの話、信用してええんかのう」

「あんなひどいめに遭うて、嘘なんかつけますかいな。元刑事さんに」阿《おも》るように宮平はいう。

「おまえ、軽いな」

「えっ、なにが……」

「おれらが元マル暴担でよかったなというとんのや。これがヤクザやったら、おまえは生駒の山ん中でモグラの餌になっとるわ」

「ありがとうございます。助かりました」

いよいよ軽い。そこが気に入らない。

「誠やん、こいつ、礼いうとるで」

「ええ男や。吊るぞ」

伊達はいって、デスクトップのパソコンのコードを抜いた。宮平に近づく。

えっ……。宮平は後ずさり、デスクにぶつかった。

「約束がちがう」顔は蒼白、ひどく震えている。

「あほんだら。なにを約束した」

伊達は宮平の上着をつかんだ。宮平は梱包テープで縛られた両手を突っ張る。伊達は宮平の作業服のポケットからスマホを抜き、堀内に放って寄越した。

「堀やん、履歴や」

堀内はスマホの電源ボタンを押し、着信履歴を見た。スクロールする。

10月18日13時07分、『ri』からかかっていた。

「この『ri』が李か」

宮平に訊いた。うなずく。

また、スクロールした。17日17時32分——。17日11時42分——。16日18時11分——。15日9時08分——。14日0時48分——。と、日に一、二回、着信があった。

発信履歴を見た。同じように李に電話をしている。

「李とどんな話をした」

「新井から連絡があったかどうか、その確認です」

「それだけか」

「ほかに話すことはないし」

「李は新井からの連絡を待ってるだけか」

「週明けに電話をするとかいうてました」

「週明けは今日やぞ」

「ほな、今日、電話するんでしょ」

「メールは」

「してません」

　メールを調べた。『ri』はなかった。

「李のヤサは」

「知りません。ほんまに尼崎《アマ》としか知らんのです」

「おまえはヤサも知らんゴト師と組んでるんかい」

「ほんまですて。嘘ついてません」

「おまえと李は〝折れ〟か」

「なんです……」

「稼ぎは折半か、と訊いとんのや」

「ああ、それやったら七、三です」

「どっちが七や」

「李が七で、わしが三です」

「そら話がおかしいやろ。強請《ゆすり》の画《え》を描いて、メモリを段取りしたんはおまえやぞ。李は新井を脅しに行っただけやないか」

「それは……」

宮平は口ごもった。まだ嘘をつこうとしている。

伊達が宮平の足を払った。宮平は尻から床に落ちる。伊達はすばやく宮平の首にコードを巻いた。

「やめてください。いいます。ほんまのこといいます」

必死の形相でコードをつかみ、宮平はもがく。「わしが三千万、李が裏ロムです」

「それで筋がとおるんや。端《はな》から正直に答えんかい」

伊達は振り向いて、「堀やん、吊るすか」

「そうやの。こいつはなんぼいうて聞かしても反省せん。口封じもせないかんで」

「すんません。わるかったです。反省します。このとおりです」泣くように宮平はいう。

「恥ずかしいのう。大の男が」伊達はコードをとった。

「ありがとうございます。一生、恩に着ます」宮平は土下座した。

「二度と新井のとこには顔出さんよな」

「出しません。出すわけない。誓います。こんなめに遭うのは懲り懲りです」

「堀やん、いうとるで」

「ま、ええやろ。今日のところはこれぐらいにしといたろか」

スマホをポケットに入れた。宮平が見る。

「なんや、文句あるんか」

「いえ……」

「ほな、行こか」

伊達にいい、背中を向けた。ステッキをつき、手すりを持ってゆっくり階段を降りる。階段はあがるときより降りるほうが辛《つら》い。ショールームを通って高陽商会を出た。

「あの風船デブ、喋りよるな、李に」

「そら喋る。なんぼカマシ入れたところで、寝て起きたら忘れとるわ」

手に巻かれたテープを剝がしたら、事務所の電話で李に知らせるだろう。李と連れ立って新井のとこにも行くかもしれない。

「けど堀やん、これはオプションやな」

「オプション？」

「新井はどういうた。大山が二度とぼくの前に現れんようにしてほしい、というたんやで。宮平のメモリはオプションや」

「そうか、オプションにはオプション料が発生するな」

「新井に渡すのはジェットカウンターのメモリだけや。遠隔のメモリのことは黙っとこ」

「さすが誠やん、考えてるな」

大男、総身に知恵がまわりかね——、ではない。伊達は切れる。刑事のときも捜査の筋を外したことはない。

「どうする、堀やん、ラーメンでも食うか」

「いや、眠たい。帰って寝る」

腕の時計に眼をやった。三時半だ。「夜更かしは毒や。身体にわるい」

「わしも寝よ。起きたら電話するわ」

「昼前にしてくれ」

国道26号まで出て、タクシーを拾った。

4

電話――。携帯を開いた。伊達だ。着信ボタンを押した。

――おう、起きたか。

――起きた。眠たい。

アパートに帰り着いたのは四時すぎだったろうか。部屋に入るなり、布団に倒れ込んだ。チノパンツは穿いたままだし、靴下も脱いでいない。天井の蛍光灯が点いている。

――何時や。

――十一時半。飯、食お。

――どこや、誠やん。

――近くや。車ん中。

伊達はイプサムに乗っているらしい。

――分かった。待ってる。

電話を切った。トイレに立って放尿し、流し台で顔を洗う。歯を磨きはじめたところへチャイムの音が鳴った。

なんや。宅配か――。

歯ブラシをくわえたままドアを開けた。伊達が立っていた。

「車ん中て、おまえ……」

「サプライズや。この下に駐めてた」

生成《な》りのジャケットに白のオープンシャツ、グレーのコットンパンツ、伊達は昨日よりさっぱりした装りだった。

「ま、入れや」

伊達を招き入れた。伊達は台所の椅子に座って、

「ここ、１ＤＫか」堀内の煙草を一本抜く。

「三十平米で、家賃七万。水道、電気、共益費別や」

「それは安いんか、高いんか」

「相場やろ」歯を磨く。

「わしんとこの公団は七万やで。２ＬＤＫ」伊達は煙草を吸いつけた。

「いまはどういうんや、公団住宅て」

「ＵＲ賃貸住宅かな」

ＵＲがなんの略かは知らないという。「それより昼飯や。なに食う」

「食うことばっかりやの」

「食う、寝る、する。人間の三原則や」

「たまにはするんか、よめさんと」

「あほいえ。チンチン腐るやろ」

「よめさんに聞かせたいな」

伊達は共稼ぎだ。妻は小学校の教師をしている。年収は伊達より多いだろう。

「ラーメン食うか。餃子とラーメン」

「おれは蕎麦が食いたい」

コップに水を入れ、嗽《うがい》をした。

「ほな、行こ」

伊達は煙草を消す。「スマホ持ってるか。宮平のスマホ」

「ああ、持ってる」チノパンツの左ポケットに手をやった。スマホはある。

堀内は寝室にもどってポロシャツを脱ぎ、長袖のネルシャツを着た。靴下も履き替える。『エゴイスト』を胸元にひと吹きし、ステッキを持って部屋を出た。


伊達のイプサムはアパートの真ん前に駐まっていた。洗車などしないのだろう、ルーフもボンネットも埃《ほこり》をかぶり、フェンダーのタイヤまわりは泥がこびりついている。

「堀やん、運転してくれ」

キーをもらった。堀内はロックを解除して運転席に座る。伊達は助手席に乗った。

「蕎麦、どこで食う」

「今里筋に、こましな蕎麦屋がある」

シートベルトを締めて走り出した。

「スマホ、くれるか」

いわれて、宮平のスマホを渡した。伊達は自分のスマホを出してキーをタップする。

「——健ちゃん、わしや。ちょっと頼まれてくれるか。——いまからいう携帯の番号を調べて欲しいんや。所有者の名前と住所」

伊達はいって、スマホを立ち上げた。着信履歴をスクロールして、「──０９０・２０１７・７０××。──おう、すまんな。待ってる」

伊達は電話を切った。

「誰や」

「荒木や」

「ああ、元気にしてるんか」

「機嫌ようやっとるわ」

荒木健三──。鴻池《こうのいけ》署暴対係の刑事だ。伊達と同じ大阪府警の元柔道強化選手で、体重別階級は百キロ超級。伊達は九十キロ級だったから、二階級も重い。伊達に輪をかけた極道面だが、行儀がよく、堀内にも親切だった。伊達の府警柔道人脈は広い。

「つい先月や。荒木は石切《いしきり》の組事務所にカチ込んだ。戦争や。五人ほど雑巾にして、挙げたんが木刀二本と模造刀一本やったというから世話ないわな」

伊達のいう戦争とは、組員との喧嘩をいう。家宅捜索で先頭に立つのは荒木のような大男や機動隊員で、令状を示しても組員は捜索を阻止しようとするから、小競り合いになり、殴り合いになる。ひょろひょろの組員が素手の喧嘩で屈強の警察官に勝てるわけはない。歯の二、三本は折れ、肋骨《ろっこつ》に罅《ひび》が入るような怪我をするが、それが表沙汰になることはない。組は傷を負った組員の被害届を出さず、警察は公務執行妨害を不問にする。身体を張って抵抗した組員は、よくやったと、あとで組長に褒められるのだ。

「石切の組て、どこや」

「猩々《しょうじょう》連合とかいうてたな」

「そうか、猩々やったらやりかねんな」

神戸川坂会の直系だ。組員が百人、武闘派で鳴らしている。

「しかし、荒木みたいな化け物にかかっていくチンピラも辛いのう」

「行くのは怖い。退《ひ》くのも怖い。退いたら、上にどつかれる。どうせ、どつかれるんやったら、警察のほうがマシやで」

そう、伊達のカチ込みも水際だっていた。今里署の暴対が鶴橋の組事務所に捜索に入ったとき、頬傷のあるチンピラが伊達の前に立った。退け――。なんでや――。チンピラはへらへら笑った。瞬間、伊達の拳が伸びた。チンピラは昏倒し、鼻から血が噴き出した。その場が凍りつく。堀内たちは捜索をはじめて支障なく終了した。

「カチ込みは華やったな」

「ああ、おもしろかった」

「おれは誠やんの喧嘩を見るのが愉《たの》しみやったで」

「頭の糸がプチッと切れるんや。極道がアヤかけてきよったらな」

伊達はオーディオの音量をあげる。妻のディスクだろう、『サザン』が聞こえた。

今里筋――。『清庵《せいあん》』に入った。小上がりに座り、伊達は天ぷら蕎麦といなりずし、堀内は板わさと鴨《かも》せいろを注文した。

「飲めや。おれが運転するから」

「なんで分かったんや」

「顔に書いてる。ビールが飲みたいです、と」

「そらあかんやろ。堀やんはショーファーやない」

伊達は十円玉を出して指で弾《はじ》いた。掌で受けて握る。

「どっちや」

「裏」

伊達は指を開いた。表だった。伊達はにやりとして、生ビールを頼んだ。

「今日はどうするんや」

「ダラスに行こ。新井が待ってる」

朝、新井に電話をしたと伊達はいう。「オ、プ、シ、ョ、ン、や。宮平から取りあげたジェットカウンターのメモリを売る」

「新井は、買うというたんか」

「七十万。それで手を打ったけど、かまへんか」

「上等や。オプションが七十万なら文句はない」

「遠隔のメモリのことはいうてへん。まだ値段のつけようがないからな」

「新井はよろこんでたか」

「どうやろな。狸爺の口裏は分からん」

そう、新井と会ったとき、遠隔操作のことはおくびにも出さなかった。

「どっちにしろ、遠隔は金になるで。通報したら即、営業停止や」

「三千万の値打ちはあるか」

「あるやろ。あるから、宮平と李は値をつけたんや」

三千万――。口では簡単にいうが、大金だ。伊達と折れにしたら千五百万。贅沢しなければ、三年、寝て暮らせる。

「宮平は仕事に出てるんかの」

「出てへんやろ」

伊達は鼻で笑う。「いまごろ、羽曳野の家で寝込んどるわ」

生ビールと板わさが来た。

「すまんな、堀やん」

いって、伊達はビールを飲む。「よう冷えてる。旨いわ」

「ほら、これも食え」

板わさの皿を卓の真ん中に置き、堀内は茶を飲んだ。

『清庵』を出て、今里筋を南へ向かった。長居《ながい》公園通を左折し、国道309号を南へ行く。瓜破《うりわり》大橋を渡ったところで伊達のスマホが鳴った。伊達はメモ帳を片手にしばらく話して電話を切った。

「荒木や。李のデータがとれた」

伊達はメモ帳を見ながら、「――李鏞一。通名大山隆。三十六歳。現住所は尼崎市出屋敷《でやしき》町二の八の一の九〇一。犯歴は、暴行、傷害、有印私文書偽造、覚醒剤取締法違反、大麻取締法違反、銃刀法違反、威力業務妨害。ひととおり揃《そろ》とるわ」

「ないのは、詐欺と殺人くらいか」

「こいつは粗暴や。前科四犯に前歴六回。更生の見込みはないな」

李は複数の暴力団構成員と交友関係があるという。

「組員ではないんやな」

「準構成員か密接関係者やろ」

「めんどいな」組員なら暴対法や暴排条例で叩けるのだが。

「ま、正体は分かった。良しとしよ」

伊達はメモ帳をポケットにもどした。

ダラス――。応接室に入った。新井はソファにもたれてノートパソコンを見ていた。ゴルフのレッスンソフトのようだ。

「ゴルフしはるんですか」伊達が訊いた。

「この齢になると、ほかに愉しみがないんですわ。ま、どうぞ」

伊達と堀内はソファに座り、新井はノートパソコンを閉じた。

「――いやぁ、仕事が早いのにびっくりしました。さすが、元刑事さんや。生野さんに相談してよかったと思てます」

「宮平に会うたんが正解でした。ちょっと手こずったけど、あとはぺらぺらとよう喋りましたわ」

宮平を攫って生駒の山中で責めたとはいわず、伊達はズボンのポケットからメモリを出してテーブルに置いた。「これが宮平から取りあげたジェットカウンターのメモリです」

「大山がぼくに見せたメモリといっしょですな。あれにもフェルトペンで〝カウンター〟て書いてましたわ」ひとごとのように新井はいう。

「大山は通名ですわ。本名は李鏞一。三十六」

「ほう、そこまで調べてくれましたか。たった一日で」

「家に帰ったんは朝の四時でした」

「それは、それは、ご苦労さんです」

「宮平がいうには、メモリはふたつだけです。李が持ってるメモリは宮平がコピープロテクトかけてるし、増えることはないでしょ」

「ほんまに、ようやってくれました」

新井はテーブルの下から封筒を出した。「礼金です。七十万」

「ありがとうございます」

伊達は受けとってジャケットのポケットに入れた。「宮平には充分、言い聞かせといたし、新井さんの前に顔出すことはないはずです」

「で、李のほうは……」

「これからですわ。李は半グレやし、ひと悶着《もんちゃく》あるかもしれません。どっちにしろ、李のメモリも取りもどして、李にも言い聞かせます」

「ま、よろしゅう頼みます」

新井はいって、またノートパソコンを開いた。

「ゴルフはどれくらいでまわるんですか」

「九十から百ですね」

「そら、お上手や」

「伊達さんは飛ぶでしょ」

「わし、柔道しかできませんねん」

「堀内さんは」

「これだけです」

小指を立てた。新井は黙ってうなずいた。


ダラスを出た。イプサムに乗る。伊達は新井にもらった封筒を破り、札を数えて半分に分けた。

「堀やん、三十五万や」

「すまんな」

二つ折りにしてチノパンツのポケットに入れた。「着手金の五十万とこの三十五万、八カ月ぶりの収入や」

今年の二月、リッツ・カールトンの近くで刺される前に不動産賃貸業者から五千万円を脅しとって伊達と折半した。その二千五百万円は手術費や入院費、リハビリで二千万円に減り、退院してからも毎月三十万円が家賃や食費で消えていく。飲みにも出ず、博打もせず、女と遊ばなくても、仕事をしないと金は減る。通帳の残高は千八百万を切っているだろう。いまの堀内にとって八十五万の稼ぎはありがたい。

「さ、次は尼崎《アマ》やな。出屋敷に行こ」伊達はシートベルトを締めた。

「その前に、鉄工所、知らんか」

「鉄工所？　なんでや」

「李と込み合いそうな気がする。仕込み杖を作りたいんや」

ステッキのカーボンシャフトの中に鉄筋を仕込む、といった。

「そら、ええ」

伊達はおもしろがった。「鉄の杖で半グレをどつきまわしたれ」

今里署前任の西成署の近くに知った鉄工所があるという。

「萩之茶屋《はぎのちゃや》商店街の外れや。喜連瓜破《きれうりわり》から阪神高速に入れ」

「分かった」

エンジンをかけた。


阪神高速文の里《ふみのさと》出口を降りた。あびこ筋を北上し、阿倍野区役所の交差点を左折する。阪堺《はんかい》電車の踏切を渡り、天下茶屋病院の角を右に折れたところに、伊達のいう『岸本鉄工所』があった。間口の広い出入口の両側に鉄材やパレットを積み上げている。堀内と伊達は車を降り、工場に入った。

「大将、久しぶりです」

伊達は天井クレーンを操作している作業服の男に声をかけた。男は振り向く。

「おう、伊達さんやないか」

「お元気そうで」

「そうでもないんや。最近は腰がわるうてな、屈み仕事ができん。けど、家で孫の守《も》りしてるよりは手伝いでもしようと思て、こうして毎日、出てくるんや」

「よろしいやないですか。働く場があるというのは」

伊達はいって、「大将に頼みがありますねん。特殊警棒を作って欲しいんです」

「特殊警棒……」

「これです」

堀内は前に出た。ステッキをかざす。「これ、カーボンなんやけど、シャフトの中に鉄筋を嵌めて補強したいんです」

「そんなことは簡単やけど、重うなりまっせ」

「重いのはかまわんのです。頑丈にしたいんです」

ステッキを渡した。岸本は石突きのゴムキャップを外してシャフトの口径を見る。

「けっこう太い。十六ミリか十八ミリの鉄筋が入りそうですな」

「遊びがないように、できるだけ太い鉄筋を嵌めてください」

鉄筋はT字形に溶接して、上の部分を持ち手にしたいといった。「持ち手は、いま付いてるハンドルカバーを被せたいんです」

「なんか、仕込み杖みたいですな」

「そう、鞘《さや》の抜けん仕込み杖です」

「一時間ほどかかりそうやけど、よろしいか」

シャフトの中に鉄筋を入れ、セメント系の充塡材で隙間を埋める、と岸本はいった。

「けっこうです。お願いします」

「すんませんな、大将。そこらで時間つぶしますわ」

伊達がいって、岸本鉄工所を出た。

「なんで知ってんや。鉄工所のオヤジを」堀内は訊いた。

「十年ほど前かな、津守《つもり》の盆で引いたんや」

「賭場の客やったんか」

「わしが調べをした」

単純賭博容疑で調書をとったが、岸本は不起訴になったという。「気のええおっさんや。盆で二、三百万は溶かしたというてたけど、わしは十五万と書いてやった。それを恩に着たわけやないやろけど、盆暮れに一升瓶を送ってくる。その酒がまた旨いんや」

「それは誠やん、収賄やで」

「わしはもう、公務員やないがな」

伊達は笑って、「パチンコでもするか、一時間」

「あほいえ。喫茶店《サテン》に行こ」

車は鉄工所の前に駐めたまま、商店街へ歩いた。


出屋敷――。二丁目の八番地に十階建のマンションがあった。敷地は広く、車寄せの庇《ひさし》に《Grandcourt DEYASHIKI》とある。

「これやろ」伊達がいう。

堀内は地階に車を乗り入れ、スロープ横の空きスペースに駐めた。車外に出る。地階入口はオートロックだった。暗証番号を押さないと中には入れない。

「上や。正面から行こ」

スロープを歩いて外に出た。玄関にまわる。誰もいない。ここもオートロックだ。

「しゃあない。待と」

植込みの陰でステッキを振った。重い。二キロは充分にありそうだ。ハンドル部分を溶接しているから、いくら振りまわしてもすっぽ抜けることはない。まともに当たれば腕や肋骨は折れ、太股は筋損傷、膝は砕けるだろう。伊達は岸本に金を払うといったが、岸本は受けとらなかった。

「堀やん、警棒術は」

「忘れたな」

警察学校では習った。基本は護身、逮捕のためだから、あまり攻撃性はなく、退屈な術科だった。

「しかし、その杖はええぞ。まちごうても凶器には見えん」

「凶器やない。ステッキや」

植込みの木に振り降ろしたら、拇指《おやゆび》ほどの太い枝が裂けて落ちた。

車寄せの柱にもたれて煙草を一本灰にしたとき、買物帰りだろう、スーパーのレジ袋を提げた女が現れた。伊達と堀内は女の後ろにつく。女はこちらを気にもとめず暗証番号を押し、堀内たちもつづいて中に入った。メールボックスを見ると、各階に十数室。けっこう空き部屋が多い。《901》のプレートには〝大山〟とあった。

「ちょっと、すんません」

エレベーターを待っている女に声をかけた。「ここ、賃貸マンションですよね。管理会社は……」

「ちがいます。ここは分譲です」

「失礼しました。どこが分譲したんですか」

「真田恒産という会社ですけど」

聞いたことがない。地場の不動産業者だろう。

「真田恒産はこの近くですか」

「駅前です、阪神電車の。……あの、おたくさんは」

「部屋を探してるんですけどね。単身赴任で」

そこへ、エレベーターの扉が開いた。女は首を傾《かし》げながら乗って、扉は閉まった。

「分譲マンションに単身赴任はよかったな、え」

伊達は笑いながら、エレベーターのボタンを押した。

九階にあがった。廊下の両側に部屋が並んでいる。ドアとドアの間隔が狭いから、部屋は2DKか1LDKだろうか。伊達と堀内は901号室の前に立った。電気メーターのディスクはゆっくりまわっている。

「カチ込むか」

「おるかな」

「どうやろな」

伊達はインターホンを押した。返答はない。

堀内はドアに耳をつけた。物音は聞こえない。

「くそっ、どないする」

「せっかく来たんや。張ろ」

「ここで張るわけにはいかんで」

「一階や。ソファとテーブルを置いてた」

エントランスホールの奥、低いパーティションで区切ったレストスペースがあった。

「一階で張るのはええけど、李が車で帰ってきよったら、駐車場から九階にあがるで」

「そうか、それもあるな」

「荒木に頼も。李鏞一の名義で登録されてる車があったら、ナンバーと車種を聞く」

「さすがに、伊達刑事は抜かりがないわ」

引き返して、一階に降りた。


伊達のいびきで眼が覚めた。堀内も眠っていたらしい。腕の時計は四時をまわっている。

上体を起こして伸びをした。煙草を吸いたいが、灰皿がない。伊達は口をあけて寝ている。身体も大きいが、いびきも大きい。

誠やん、起きろや――。いいかけたが、やめた。無理に起こすこともない。

新井に電話をして確認した李の特徴は、長めの茶髪（色は浅い）、顔が生白い、眉が薄く、眼が落ちくぼんでいる、痩せぎすで背は低い――だった。堀内が起きているとき、そんな男がエントランスに入ってくることはなかった。

張り込みは何年ぶりや――。記憶をたどった。二年前、今里署で淇道会《きどうかい》の内偵をしたときが最後だったろうか。あのときは八尾《やお》の賭場に家宅捜索に入って組員九人と組長の愛人、張り客十八人を逮捕した。そう、あのころが刑事としての華だった。毎晩のようにミナミやキタで酒をのみ、ホステスを囲い、分不相応の金をばらまいてもまわしていけたのは、マル暴の刑事という金バッジがあったからだ。

それがいまはどうだ。八尾で逮捕した張り客の私学理事長と、理事長に関係するディベロッパーを恐喝したことが監察にばれて依願退職。府警を追われてシノギはなくなり、愛人にも逃げられて独りになった。

あとは転がり落ちる一方か――。どこまで落ちても底がない。六畳一間のぼろアパートに逼塞《ひっそく》し、気が向いたときだけ、痛む脚を引きずってリハビリに行ったが、それもやめた。起きて寝るまで誰とも口をきかず、コンビニの弁当やラーメン屋で独り空腹を満たす虚しい日々に反吐《へど》が出る。刑事という身分にどれほど依存していたか、いまになってそれが分かる。

いびきがやみ、伊達はあくびをした。

「堀やん、起きてたんか」

「考えごとしてた」

「わしが張る。煙草でも吸うてこいや」

「いや、おもしろいんや。こうやって誠やんとおると、現役のころを思い出す」

「わしもけっこう、おもろいわ」

伊達は指先で眼ヤニをとる。「コーヒーでも買うてくるか」

「おれが行く」

来る途中、バス通りにコンビニがあった。煙草も吸いたい。

「ホットドッグとか、頼むわ」

「よう食うな」

もどってきたときはドアを開けてくれといい、腰をあげた。


煙草を吸いながらコンビニまで歩き、紙コップのホットコーヒーふたつとホットドッグ、カツサンドを買った。コーヒーのホルダーとレジ袋を提げ、ステッキをついてマンションにもどる。バス通りからマンション前の道に入ったとき、堀内の脇を紺色の車が追い越していった。旧型のアウディだ。リアエンブレムは《A4》。ナンバープレートは《大阪　さ　02……》まで読めた。アウディはマンションの地階駐車場に降りていった。

李や――。伊達が荒木に調べてもらった李の車はアウディだった。ナンバーは『さ　02××』、まちがいない。

伊達に電話をした。

――おれや。いま、李のアウディが駐車場に入った。地階からエレベーターに乗ると思うから確認してくれ。

――堀やん、どこや。

――マンションの前や。

――分かった。エレベーターを見てからドアを開ける。

堀内はマンション敷地内に入り、玄関ガラスドアの前に立った。少し待って伊達が来る。伊達はオートロックを解除し、堀内はエントランスホールに入った。

「どうやった」

「エレベーターが地階から九階へあがった。李や」

「部屋に入ったやろ。行くか」

「行こ」伊達は堀内が提げているレジ袋をとり、メールボックスの上に置いた。

九階――。９０１号室の電気メーターのディスクは、さっきより速くまわっていた。

「どっちや、人相がわるいのは」

「そら、誠やんに決まってる」

ステッキを渡した。伊達は壁に背中をつける。

堀内はメモ帳を手にしてドアスコープの前に立ち、インターホンのボタンを押した。はい――。声が聞こえた。

――『クリアランス』の山本といいます。今週末の二十三日から給水タンクの補修工事に入るんですが、その説明に伺いました。

――そんなん、適当にやってや。

――断水と、水の濁りが出るんです。フロアによって断水の時間帯がちがうので、説明を聞いてもらって、署名をいただきたいんです。

――あ、そう。ちょっと待って。

そのあと、すぐにドアが開いた。茶髪の男が顔をのぞかせる。

「大山さん？」

「ああ、そうやけど」

「中に入れてくれますか」

「そこで説明せいや」

「長い話になるんですわ」

「めんどいのう。サインしとくから、紙、置いて行けや」

そこへ、伊達が出た。ドアの隙間にステッキを挟む。

「なんや、おまえ」

「水道屋や」

「嘘ぬかせ。ちがうやろ」

「ドブ掃除をするんや。これからな」

伊達はドアを引くなり、李の頭をつかんで突き倒した。

「なにさらすんじゃ、こら」

李は廊下に尻をついて怒号をあげる。伊達と堀内は中に入り、ドアを閉めた。

「ダラスの新井さんの使いや。ナシをつけに来た」伊達がいう。

「宮平をやったんは、おどれらやな」

「ほう、電話があったんかい」

「あほんだら。いてまうぞ」

「えらい勢いがええやないか、え」

伊達は靴を脱ぎ、廊下にあがった。李は尻をついたままあとずさる。堀内も廊下にあがって、伊達からステッキを受けとった。

「立て。こんなとこで話できんやろ」

伊達は李の足を蹴った。李はのそのそと立つ。骨ばった李の肩を押して、伊達と堀内は奥のリビングに入った。

男がソファに座って煙草を吸っていた。こちらを見る。

「行儀がわるいのう」

男はいった。「どこのもんや」

「ヒラヤマ総業。競売屋や」

「極道か」

「相手見て、ものいえや。わしらはまっとうな競売屋やで」

伊達は笑って、「あんた、堅気やないな」

「ほう、このごろの競売屋は性根が据わっとるの」

男も笑う。黒のスーツにダークグレーのシャツ、ノーネクタイ、髪はオールバック、レンズに薄い色のついた縁なし眼鏡、額から左の眉にかけて刃物傷がある。粘りつくようなものいいは、紛れもなく筋者だ。男はアウディに同乗していたらしい。

「あんた、李のケツ持ちか」

「誰や、それ」

「こいつの名前や」

伊達は李を見た。「大山こと、李鏞一。シノギはパチンコのゴトや」

「おまえら、ほんまに競売屋かい」

「名刺が要るんやったら渡すで」

「わしがケツ持ちやったら、どないするんや」

「わしらは堅気や。極道とかまえるわけにはいかん。ここは黙って消えてくれるか」

「寝ぼけんなよ、こら。おとなしいに聞いてたら調子に乗りくさって」

男のへらへら笑いがやんだ。「殺すぞ」

「怖いのう、堀やん。こいつはやっぱりヤ印やで」

「このガキ……」

男は煙草を消して立ちあがった。伊達より頭半分、背が低い。

「なんや、やるんかい」

伊達は踏み出した。間合いをとる。男を殴り倒せるように。

「もうええ」

男は舌打ちした。「またにしたる」

「そうかい。わしもゴロはまきとうないんや」

「いうとけ」

男は背を向けた。リビングを出る。

「舛井《ますい》さん……」

李がいった。男は振り向きもせず、ドアは閉まった。

「かわいそうにのう。おまえ、ケツ持ちに捨てられたで」

伊達は手招きした。「そこに座れ。話がある」

「やかましい。出て行け」

怖じ気づいた李はソファの後ろでわめく。ベランダには逃げられるだろうが、九階から飛び降りるわけにもいかない。

「あいつ、舛井いうんか」

「知らんな」

「どこの極道や」

「んなことはおまえに関係ないやろ」

――と、ドアが開いた。舛井だ。手に包丁を握っている。顔に血の気がない。危ない。本気だ。

堀内はステッキのハンドルを持ち替えた。姿勢を低くして舛井の横にまわる。舛井は伊達をじっと見つめて近づいていく。

「やめとけ。血を見るぞ」伊達も真顔になった。

「舐めんなよ、こら」

舛井は包丁を腰だめにした。

「おい」

いった。舛井の視線が逸《そ》れる。

瞬間、堀内は踏み込んだ。腕にステッキを叩きつける。手応えがあったが、舛井は包丁を落とさず刺してくる。堀内はかいくぐってステッキを振った。ゴツッと鈍い音がして舛井は片膝をつく。

伊達が舛井を蹴りあげた。包丁が飛ぶ。伊達は舛井の腕をとって腰に乗せた。舛井はサイドボードにぶつかって背中から床に落ち、顔を伊達が蹴る。舛井は仰向きに倒れ、鼻から血が噴き出る。眼はあいているが、なにも見ていない。うつ伏せになり、片肘をついて起きようとしたが、そこでフッと動かなくなった。

「やっぱり極道やで。負けると分かってても、かかってきよった」伊達は息が荒い。

「けど誠やん、怖かった」ステッキを振った。

「ちがうな。その顔は、怖かった顔やない」

伊達は舛井のそばにかがんでスーツのポケットを探る。札入れと携帯、煙草とライターを出した。札入れから免許証を抜く。

「舛井重人《しげと》。昭和五十一年六月二十七日生まれ。わしと同い齢やで」

「同輩に反抗するのはようなかったな」

「包丁を振りまわすのは、反抗とはいわんやろ」

「住所は」

「箕面《みのお》市西小野原三の三の二十四の一〇五……。アパートかマンションやな」

「こいつ、どこの組員や」

李に訊いた。答えない。

伊達は名刺を床に放った。《三嶋総業　舛井重人》とある。

「堀やん、これや」

「豊中の三嶋会か」

神戸川坂会系北陽連合三嶋会——。三嶋会は川坂会の三次団体で、会長は三嶋某、構成員は約二十人か。シノギは確か、闇金と企業恐喝だった。

「こいつはいつからケツ持ちをしとんのや」

訊いた。李は突っ立ったまま黙っている。

「聞こえんのか、こら」伊達がいった。

「知らんのや」

李はいう。「おれがグループに入ったときは、そのひとがおった。顧問や」

「ゴト師のグループか」

「ああ……」

「グループは何人や」

「五人」

「ゴト師が五人も集まるのは珍しいのう」

伊達はせせら笑った。「おまえがリーダーか」

「ちがう。おれは下っ端や。こないだまで打ち子をしてた」

「打ち子がこんなマンションに住めるんかい。ゴト師は儲かるんやのう」

そのとき、舛井が呻いた。咳き込む。伊達が横を向かせたら、右の肘が不自然にまがっている。左の膝も伸びたままだ。

「おどれら……、殺したる」舛井は顔をもたげた。口から耳に血が伝う。

「堀やん、いうとるで」

「しゃあないな。始末しよ」

壁際に落ちていた包丁を拾った。舛井のそばに行って、首に刃をあてる。

「やめろ。やめんかい」李がわめいた。

「おまえもあとでやったるがな」

「おれはリーダーやない。ボスがおる。おれらはボスにいわれたとおり動いてるだけや」

ボスの名は土岐《とき》。裏ロムや飛ばしの携帯を扱う道具屋だという。「土岐にはめったに会わへん。仕事《ゴト》は電話で請けるんや」

「新井を脅したんはおまえの知恵か」

「ちがう。土岐にいわれた。『ダラス』のメモリは土岐から預かった」

「ジェットカウンターと遠隔のメモリか」

「そうや。ふたつや」

「出せ。メモリ」

「ここにはない」

「嘘ぬかせ」

「ほんまや。『ダラス』の新井に見せたあと、土岐に返した」

「おまえは新井を脅しにかかってるんやぞ。メモリを持ってへんのはおかしいやないか」

「土岐は誰も信用せえへん。そういう人間や」

「誠やん、どう思う」伊達にいった。

「どうやろな。こいつは口から生まれた嘘つき小僧やで」

「おい、こっち来い」李にいった。

「なにもせえへんか」怯えている。

「せえへん。そこに座れ」

李をソファに座らせた。包丁を伊達に渡して、堀内も座る。「『ダラス』の宮平からメモリを手に入れたんは、おまえやのうて土岐か」

「ああ、そうや」

「宮平はおまえにメモリを売ったというたぞ。百万で」

「おれは宮平を土岐につないだ。金主は土岐や」

「土岐の電話番号をいえ」

「なんでや」

「おまえのいうてることがほんまかどうか、確かめる」

「………」李は下を向いた。

「いわんかい、こら」伊達が怒鳴りつけた。

李はさも面倒そうにスマホを立ち上げて番号を出した。堀内は自分の携帯を出して電話をかける。

三回のコールでつながった。

――土岐さん、宮平です。『ダラス』におった。

――あ、どうも。

――わしが土岐さんに預けたメモリ、持ってますよね。返して欲しいんですわ。

――なにをいうてんや、あんた。

――せやから、メモリを……。

――眠たいこというなや。あれは預かったんやない。買うたんやで、あんたから。

――なんぼでしたかね。

――大丈夫か、おい。……三百万や。

――買いもどしたいんですわ。三百万で。

——洒落《しゃれ》がきついで、え。

——三百五十……。いや、四百万でもよろしいわ。

——誰や、おまえ。宮平やないやろ。

——宮平です。

——くそボケ。

電話は切れた。堀内は笑う。

「誠やん、バレた」

「そら、声がちがうやろ」

「けど、分かった。宮平はこいつにメモリを売ったんやない。土岐に三百万で売ったんや」

「ややこしいな。絵解きをしてくれ」

「それはこいつがする」

ステッキで李の胸を突いた。「詳しいに話してくれや。おまえらのシノギを」

ソファにもたれた。


土岐（フルネームは不明）は五十すぎ。二十年近く、道具屋をしている——。

土岐の顔は広く、パチンコホールオーナーをはじめ、遊技業協同組合、保安通信協会、遊技機メーカー、遊技機販売代理店、パチンコ関係のコンサルタント（防犯・風紀の退職警察官）などの人脈を通じて、遠隔操作をしていると噂のあるホールの店長やホール主任に近づき、これを手なずける——。

店長の多くはホールオーナーと自分の収入のあまりに大きな格差に不満を抱いており、ジェットカウンターの計数カット、ホールカードのデータ改竄《かいざん》、景品納入業者にキックバックを要求する、ゴト師と組んでアガリを分けるなど、不正に手を染めているものもいるため、土岐は機会を見て店長に近づき、〝遠隔操作の証拠〟となるデータＤＶＤやメモリを数百万円で入手する。そうして土岐はゴト師グループにＤＶＤやメモリを預け、ホールオーナーを強請《ゆすり》にかからせる――。

「――土岐の息のかかったゴト師グループはおれのとこだけやない。ほかにもあると思う」李は長い絵解きを終えた。

「土岐とは、どう連絡をとってるんや」堀内は訊く。

「電話がかかってくる。それで、あおせい、こうせいといわれる。こっちが訊いたことには答えへん。一方的や」

「おまえにかかってくるということは、おまえがグループのリーダーやないか」

「おれは人集めなんかせえへん。みんな土岐が段取りするんや」

李のグループは五人だが、ほかの四人のメンバーとの個人的なつきあいはない。李もそれは求めないといった。「ケンとか、リョウとか、呼び名はあるけど、ほんまの名前は知らん。訊いて得することもないしな」

「おまえら、オレ詐欺の連中と似てるな」

そう、挙げられたときの用心だ。裏ロムの取り付け役、見張り、打ち子、と分業が徹底している。むかしながらのヤクザ組織とちがって、そもそも人間関係が希薄なのだ。

「おまえ、月にどれくらい稼ぐんや」

部屋を見まわした。テレビは液晶の50型、ブルーレイデッキ、ガラス扉のサイドボード、革張りのソファ、フローリングの床にカーペットと毛足の長いセンターラグを敷いている。けっこう小綺麗なインテリアだ。「――百万か、二百万か」

「あほいえ。百万もあったら女と住むわ」

「住みたい女がおるんかい」

「おらんから、独りなんや」

「淋しいのう。まだ若いのに」

「やかましわ。放っとけ」

「『ダラス』の新井から金を脅しとったら、どうするんや」

「土岐に渡す」

「渡して、なんぼもらうんや」

「知らん。訊いてへん」

「分け前も訊かんと強請にかかる間抜けはおらんやろ」

「裏ロムや。裏ロムのアガリは土岐と折れにする」

「なんでもかんでも土岐に上納するんか。ごまかそうとは思わんのか」

「そんなヤバいことできるかい」

李は床に倒れている舛井を横目で見た。

「そうか、こいつはおまえの監視役か」

集金係でもあるのだろう。李は曖昧《あいまい》にうなずいた。

「土岐のヤサはどこや」伊達が訊いた。

「知らん」

「知らん、はないやろ。おまえのボスは土岐とちがうんかい」

「…………」李はまた黙った。

「スマホ、出せ」

「なんでや」

「なんでもええから出せ」

テーブル上の灰皿にステッキを叩きつけた。弾け飛んで灰が舞う。李はスマホを出してテーブルに置いた。

「次はスマホや。叩き壊す」

「あほいえ」

李は手を伸ばした。堀内はステッキで払う。李はのけぞり、腕を抱えて呻いた。

「答えんかい。どこや、土岐のヤサは」

「福島や。海老江《えびえ》の凸版印刷の近くやと聞いたけど、それ以上は知らん」

「誠やん、こいつは躾《しつけ》がわるいで。痛いめにあうたびに、嫌々喋りよるわ」

「ほんまやのう」

いうなり、伊達は包丁を投げた。李の肩に当たったが刺さらず、跳ねてサボテンの鉢に落ちた。

「マンションや」

泣くように李はいった。「『ドミール海老江』。高層マンションの二十階か二十一階やと思う」

「おれはその『ドミール海老江』に行く。『土岐』いう部屋がなかったら、おれはまたここに来て、おまえの舌に包丁を突き刺す。それでええな」

「堪忍や。もう嘘はいわへん」

「土岐に、よめはん、子供は」伊達が訊いた。

「女がおる。よめやない」女は若い。土岐とは齢が離れているといった。

「もういっぺん、いうとくぞ。土岐が『ダラス』のメモリを持ってなかったら、わしはおまえをとことん追い込む。おまえが死のうが生きようが、知ったこっちゃない」

「分かってる。あんたらが本気なんはよう分かった」つぶやくように李はいった。

「堀やん、どないや」

「そうやな、今日はこのへんでよしとするか」

ほかに李に訊くことはないか考えた。いまはない。

「あんたら、ほんまはなんや。極道か」李がいった。

「水道屋や。ドブ掃除専門のな」

堀内は李のスマホをとって腰を浮かした。

「あ、それは……」

「これはおまえの商売道具やろ。おまえのいうたことが嘘やなかったら返したる」

李を睨《にら》んだ。なにもいわない。伊達とふたり、部屋を出た。

5

イプサムに乗った。堀内が運転する。

「堀やん、『ヒラヤマ』に行ってくれ」

「海老江は行かんのか」

「その前に、片付けんとあかんことがある」

「片付け？」

「舛井を雑巾にした。その始末や」

こともなげに伊達はいい、「それと、荒木にいうて土岐のデータをとる」

「荒木に頼んでも、土岐のフルネームが分からんぞ。本名かどうかもな」

府警本部データセンターに個人データを照会するには、対象人物の姓名、生年月日、本籍が要る。照会請求は管理職しかできないから、荒木は上司の暴対係主任か係長に照会を依頼しているはずだ。なんにせよ、荒木には迷惑をかけている。

「土岐は三嶋会の密接関係者やし、道具屋には犯歴がある」

伊達はいって、荒木に電話をかけた。

西天満――。月極駐車場にイプサムを駐めたときは日が暮れていた。歩いて、ヒラヤマ総業へ。道幅の狭い一方通行路に面した七階建、コンクリート打ち放しの細長いペンシルビル。間口は約三間で、一階は《信濃《しなの》庵《あん》》という蕎麦屋がテナントで入っている。

「堀やん、蕎麦、食お」

「ああ」

暖簾をくぐり、格子戸を開けた。小座敷にあがる。

「もう飲んでもええやろ。車は駐めといたらええ」

伊達は瓶ビール二本と厚焼き玉子、鴨のたたき、天ぷら蕎麦、堀内はじゃこおろしとざる蕎麦を注文した。

「生野を呼ぶわ」

伊達はスマホを出してキーをタップした。「──伊達です。いま信濃庵にいてますねん。堀内もいっしょです。──いや、ちょっと揉《も》めたんですわ。『ダラス』の件で。──ほな、待ってます」

伊達はスマホを置いた。「十分ほどで降りてくる」

「生野に会うのは久しぶりや」

西今川のアパートを世話してもらったのは半年前だ。生野はヒラヤマ総業の営業部長だが、元々は不動産ブローカーで、バブルのころは平山組の地上げの手伝いをしていた。生野の犯歴は、詐欺、競売等妨害、有印公文書偽造、有印私文書偽造で、本人はいいたがらないが、合わせて三、四年は刑務所暮らしをしている。競売ビジネスの裏の裏まで知り尽くした〝蛸坊主〟だ。

「生野は三嶋会を抑えられるんか」

「どうやろな。……新井の話を持ってきたんは生野や。口利き料を二割もとるからには、ちぃとは働いてもらわんとな」

「面倒やの、極道がからむと」

ビールが来た。手酌で注ぐ。箸を割り、突き出しのそば味噌をつまんだ。

蕎麦を食い終えたところへ、生野が現れた。どうも、どうも──。愛想よくいい、小座敷にあがって伊達の隣に腰をおろした。赤ら顔、蔓《つる》の太い黒縁眼鏡、禿《は》げあがった頭が艶やかに光っている。

「わし、冷酒くれるか。グラスで」

生野は女将《おかみ》にいい、「どうですか、調子は」訊いてきた。

「馴れましたわ」

左の膝下をさすった。「不自由やけど、痛みはない。このごろはリハビリもサボッてるしね」

「死ぬか生きるかの大怪我しはったんや。また伊達さんとコンビ組めるのをよしとしましょうや」

生野は煙草をくわえ、金張りのカルティエで火をつける。「――で、『ダラス』の件、いうのは」

「極道をいわしたんですわ」

伊達がいった。「新井さんを脅した大山いうゴト師。本名は李鏞一いうんやけど、李の出屋敷のマンションに踏み込んだら、そこに舛井いう極道がおった。豊中の三嶋会。李のゴト師グループのケツ持ちですわ――」

伊達はことの次第を手短に話した。生野は黙って聞く。

「――舛井の右腕は肘が折れて、左の膝も潰れてる。チャカでも持って来よったらややこしいことになるし、三嶋会にナシをつけてもらいたいんですわ」

そこへ、冷酒が来た。伊達は口をつぐむ。生野は黙って煙草を吸い、女将が離れるのを待って、

「三嶋会は確か、北陽連合の枝でしたな」

「そうです」

「それやったら、なんとかなるかもしれん」

生野は冷酒に口をつけて、「北陽の理事長は星野さんいうて、平山の知り合いですわ。金子も知ってるはずです」

「そら、よろしいな」

「上に行って、金子に話しましょ」

生野は煙草を消し、伝票をとった。

五階、役員フロアにあがった。平山は今日、出社していない、と生野はいい、専務室のドアをノ

ックした。返答があり、堀内たちは中に入った。

金子はマッサージチェアに横たわり、テレビを眺めていた。小柄で手足が短いからチェアに埋もれているように見える。

「どうも。お久しぶりです」堀内はいった。

「はいはい、久しぶりです」

金子は背もたれを起こしながら、「見舞いにも行かんと、すんませんでしたな」

「いえ、生野さんには、いろいろお世話になってます」

「ま、どうぞ」金子はテレビを消して、こちらに来た。堀内と伊達はソファに座り、金子と生野も並んで腰をおろす。金子尚哲《なおのり》はいまでこそ堅気面をしているが、元は平山組の若頭で、恐喝、傷害、凶器準備集合、銃刀法違反などの前科があり、計十二年の刑務所暮らしをしている。

堀内は会ったことがないが、ヒラヤマ総業社長の平山康市《こういち》は神戸川坂会系義享《ぎきょう》組内平山組の元組長で、二十年ほど前に盃《さかずき》を返して義享組の企業舎弟になり、シノギを不動産金融から競売にシフトして、名称もヒラヤマ総業に変えた。競売は不況、倒産増という時流に乗って年ごとにマーケットが増大し、社員はいま三十人。名古屋と広島、福岡に支社を置き、その資金力は二十億とも三十億ともいわれている——。

「実は、専務にお願いがあって来ました」

伊達がいった。「生野さんの紹介で『ダラス』いうパチンコ屋のオーナーの手伝いをしてるんですけど、筋者《すじもん》とトラブッてしもたんですわ。北陽連合三嶋会。舛井いう組員と喧嘩になって……」

「怪我さしたんですな」金子はいった。当たりは柔らかいが、眼光は鋭い。

「たぶん、右の肘と左の膝をいわしてます」

「理はどっちにありますんや」

「舛井が包丁を出しよったんです。こっちも黙って刺されるわけにもいかんし……。ま、成り行きの喧嘩ですわ」

「伊達さんと堀内さんは」

「素手です。もちろん」

「そら怖いな」金子は表情も変えず、「いまどきのヤクザは金ですわ。肘が百万、膝が百万。それで片はつきまっしゃろ」

「やっぱり、金が要りますか」

「タダでものごとは解決しません」

金子はかぶりを振り、生野に向かって、「二百、出金するように経理にいうてくれ」

「項目はどうしましょ」と、生野。

「営業費にでもしとくか」

「承知しました」

「あの、三嶋組との話は」伊達が訊く。

「わしがやっときます。おふたりは遠慮せずにつづけてください」

金子は笑って、「しかし、舛井とかいう極道もたいがいですな。このおふたりに包丁かまえて、タダで済むわけがない。喧嘩は相手を見てするもんです」

「いや、不徳の致すところですわ」伊達も笑う。

「ほな、あとはよろしいか」

「すんませんでした」

「失礼します」

堀内は頭をさげた。伊達とふたり、腰をあげる。

「あ、堀内さん、復帰はいつです」金子がいう。

「また使うてくれるんですか」振り返った。

「大歓迎です。おたくらふたりは相棒なんやから」

「この足がもうちょっと動くようになったら、お願いします」

ステッキをついて専務室を出た。金子はことの詳しい経緯を訊きもしなかった。


「なかなかの猿芝居やったな。恩着せがましいに、二百も出すといいよったで」

伊達はエレベーターのボタンを押す。「営業費とかいうてたけど、原資は新井や。伊達と堀内が暴走した、と生野にいわせて、別口で請求するんやろ。三百ほど上乗せしてな」

「食えんな」

「そら食えん。金子はヤクザで、新井は金ヅルや」

ヒラヤマ総業のオーナーは平山だが経営にはほとんどタッチせず、実務は金子が仕切っていると伊達はいう。ヤクザの組長と若頭の関係のままだ。

一階に降りた。外に出る。舗道にポツポツと滴が落ちていた。掌《て》をかざすと、雨。

「堀やん、飲もか」

「海老江には行かんのか」

「昨日、今日と働きすぎた。飲みたい気分や」

「どこ行く？」

「ミナミやな」

大通りに出てタクシーを停めた。

伊達はタクシーの中から荒木に電話をした。

「――わしや。伊達。――ああ、そうか。――その話は飲みながら聞く。ミナミに出てこいや。――飯は。――宗右衛門町の『笙苑《しょうえん》』。待ってる」

伊達はスマホをしまった。

「七時半に来る。あれは大食いやから、焼肉がええやろ」

「大食いは荒木だけやない。誠やんも似たりよったりやで」

そう、伊達と荒木が焼肉屋に行ったら、ふたりで三キロの肉を食う。すさまじい食いっぷりは見ていて楽しいが、勘定を分けると、堀内は常に〝割り勘負け〟をする。

「荒木はデータをとれたんか。土岐のデータ」

「とれた。それを宗右衛門町で聞く」

「焼肉が礼なら、安いな」

「ええやつや。荒木は」

伊達はシートにもたれて欠伸《あくび》をした。


宗右衛門町――。『笙苑』に入った。生ビールを頼み、伊達はメニューを片手に、塩タン、ロース、カルビ、ハラミ、上ミノを三人前ずつ注文して、

「堀やんは、なんや」

「おれはええ。さっき、蕎麦食うたし、適当につまむわ」

「蕎麦と肉は別腹やで」

「それは誠やんの腹だけや」笑うしかない。

肉が焼けたところへ、荒木が現れた。相も変わらずデカい。肩の筋肉が盛りあがって首がない。人並み外れた厚い胸板でスーツが張り裂けそうになっている。

「今日はなんや、書類仕事やったんか」伊達が訊いた。

「昼からずっと見分調書を書いてました。昨日の晩、本庄《ほんじょう》のチンピラが内妻の勤めるスナックで暴れよったんです」

内妻の首を絞めたチンピラをとめようとした客が、ワインのボトルで殴られて大怪我をしたという。「内妻はケロッとしてるのに、客は頭を割られて十何針も縫うたんです」

「えらい迷惑やな。痴話喧嘩は外でするなと教えたれ」

「チンピラの尿検査をしたらシャブが出て、それで朝からアパートのガサ入れですわ。パケがひとつとポンプを押収しました」

パケとは〇・五グラム程度に小分けした覚醒剤の包み、ポンプとは注射器のことをいう。

「内妻はどうなんや」

「注射痕はあったけど、シャブの反応はなし。ふた月ほど抜いてたみたいです」

「運のええ女やな」

「それがまた、鬼瓦をブロック塀にぶつけたような女でね、ひとめ見たら忘れませんわ」

「破壊的な容貌、と調書に書いといたらどうや」

「そういう洒落がとおるような調書やったら、おもしろいんですけどね」

近ごろの刑事《デカ》は〝書類書き〟が仕事だと、荒木は笑う。

「ま、飲め。なにがええ」

「ビールもらいますわ。瓶ビール」

荒木は上着を脱いで椅子にかけ、伊達はウェイターを呼んで、瓶ビールとマッコリを注文した。

「食えよ。遠慮なしに」

「すんません。いただきます」

荒木は塩タンを皿にとってレモンを絞り、口に入れた。

瓶ビールとマッコリが来た。荒木は飲み、カルビやロースを食う。伊達も負けずに食い、堀内は肉を焼く。少しは食おうと思うが、ふたりのスピードに追いつかない。

「──土岐のデータ、どうやった」伊達が訊いた。

「ああ、それですわ」

荒木は箸を置き、上着のポケットからメモ帳を出した。「土岐雅博《まさひろ》。昭和三十八年三月二十一日生まれやから、五十三歳ですね。現住所は福島区海老江北九の二の六、『ドミール海老江』二〇〇八。初犯は昭和五十八年で、暴行、傷害。不起訴処分。昭和六十三年に傷害、威力業務妨害、器物損壊で執行猶予。平成二年に詐欺、恐喝で、これは二年八カ月の実刑。それ以降は犯歴なし。平成二十三年の大阪府暴排条例施行のとき、北陽連合三嶋会の密接関係者として名前があがってます」

「土岐のシノギは」

「カバン屋ですわ」

カバン屋は道具屋と同じもので、裏ロムやぶら下げのチップといった電子部品、ときには飛ばしのプリペイド携帯などを扱う裏稼業をいう。

「平成二年の恐喝の相手が摂津《せっつ》のパチンコホール店長やから、土岐はそのころからカバン屋をしてたんとちがいますかね」

「ゴト師の李がいうてたんと同じやな」

「李鏞一に会うたんですか」

「李のマンションに土岐のケツ持ちの舛井がおったんや」

伊達は『グランコート出屋敷』での顚末《てんまつ》を話した。「──それで、わしらはさっきまでヒラヤマ総業におった。専務の金子が始末をつけるそうや」

「蛇の道はヘビというか、餅は餅屋ですね」

荒木はいって、「金子の手に負えんときは、いうてください。おれが出ます」

「すまんな、いつも、いつも。そのときは頼むわ」

伊達はマッコリを荒木のグラスに注ぐ。

肉がなくなった。伊達は追加を三人前ずつ頼み、

「冷麺とか食うか」

「あとでピビンパもらいますわ」

「堀やんは」

「チヂミにしよか」

「小食やな」

「なんとでもいえ」笑うしかない。

「さ、今日はとことん飲も」

伊達は焼酎の水割りを飲みほした。「つきあえよ、堀やんも健ちゃんも」

「んなことは分かってる。ゲロ吐いて倒れるまでつきおうたるがな」

カクテキをつまんだ。

『笙苑』を出たのは九時すぎだった。勘定は四万六千円。荒木が二本の爪楊枝を手に持ち、短いほうを引いた堀内が払った。

伊達は宗右衛門町を堺筋のほうへ歩いて行く。

「どこ行くんや、誠やん。アテあんのか」

「千年町。『ミルキーウェイ』」

「新井の女か」新井は確か、茉莉子というホステスを囲っている。

「鬼瓦をブロックにぶつけたような女かもしれんで」

「それはそれで話のタネになるな」おもしろそうだ。

太左衛門《たざえもん》橋の交番で『ミルキーウェイ』を訊くと、ミナミの飲食店地図を貸してくれた。店は千年町の周防町通《すおうまちどおり》沿いにあった。

「健ちゃんはどこの交番勤務やった」

歩きながら、伊達が訊く。警察学校を出た新任警官は所轄署の地域課に配属され、交番勤務からキャリアをスタートするのが普通だ。

「花園《はなぞの》署の北浦交番ですわ。花園ラグビー場のすぐ近くやから、ゲームのある日はひとがいっぱいで、けっこう忙しかったですね」遺失物届、自転車盗が多く発生したという。

「荒木くんはラグビーできるやろ」堀内は訊いた。

「自分は足が遅いんです。おまけにスタミナがない」

ラグビーは大学のとき、遊びでしたことがあるといい、十分でリタイアした、と荒木は笑う。

「そら、柔道のほうがずっと楽ですわ」

「府警の強化選手がそれをいうか」

「組んだ瞬間に分かるやないですか。ああ、こいつにはかなわんな、と。そういうときは無駄にがんばらんのです」

「なにがちがうんや。強い、弱いは」

「バランスですね。それと、体幹の強さ。ほんまに強いやつは畳に根が生えてますわ」

「堀やん、畳に根が生えてるんは健ちゃんやで」

伊達がいう。「この男はめちゃくちゃ重い。びくともせんかった」

「上には上がおる、いうことか」

あれこれ喋っているうちに千年町。『ミルキーウェイ』はギリシャ風の飾り柱をかまえたテナントビルの地階にあった。

階段を降りた。《会員制》と切り文字で書かれた寄木のドアを引く。マネージャーだろう、三つ揃いのスーツの男がそばに来た。

「いらっしゃいませ。ここは……」

「一見《いちげん》ですわ。『ダラス』の新井さんの紹介です」堀内はいった。

「はい、ありがとうございます。どうぞ、こちらへ」

案内されて、カウンター横のボックス席に座った。先客は三組、ホステスは十人以上。店は広い。シルバーグレーのクロスの壁にダークグレーのカーペット、シートは黒の革張り。全体にモノトーンのインテリアで、けっこう金がかかっている。宮平は〝ラウンジ〟といったが、クラブの格だ。

「お飲み物は」

「新井さんのボトルは」

「スコッチとブランデーです」

「ほな、両方ください」

「承知いたしました」

　マネージャーはさがり、赤いドレスのホステスとピンクのワンピースのホステスが来た。

「初めまして。咲季《さき》です」赤いドレスがいい、

「澪《みお》です」もうひとりがいう。

　咲季は伊達の隣、澪は堀内と荒木のあいだに座った。

「茉莉子ちゃんは」

「ごめんなさい。あとで来ます」

　奥のボックスにいる黒いドレスの女を、澪は見た。茉莉子も気づいたのか、こちらを見て軽く会釈した。

「ミナミは久しぶりや。あんたらみたいなきれいな子に会えて、今日はほんまにハッピーさんやで」伊達がいった。

「ま、お上手ですね。でも、うれしい」

　ふたりはにっこりした。咲季は美人で、澪はかわいい。

「いつもは、どこで飲んではるんですか」

「十三《じゅうそう》が多いな。居酒屋か立ち飲み屋」

「そうですか……」

　咲季はどんな言葉を返していいか分からないようだ。

「お名前を教えてください」澪がいった。

「わしは伊達。仙台藩とはなんの関係もない。そっちは堀内と荒木」

「荒木さんは大きいですね。伊達さんも」

「わしら、力士や。大相撲」

「ほんとですか」澪は大げさに驚く。

「荒木は幕下、わしは三段目で廃業した。もう、ぶよぶよや」

「触ってもいいですか」咲季がいった。

「ああ、触って」伊達は胸を張る。

咲季は伊達の肩から上腕を撫《な》でた。

「すごい。固太り。強そう」

「顔は強いけど、身体は弱いんや」

伊達は座持ちがいい。咲季と澪を笑わせる。

お待たせしました——。ウェイターが来た。バランタイン17年とコルドンブルー、アイスペールとグラス、オードブルをテーブルに置く。

伊達と荒木はバランタインのロック、堀内はコルドンブルーの水割りを頼んだ。澪がグラスに氷を入れ、飲み物を作る。

「お嬢さんたち、宮平さんを知ってるか。『ダラス』の店長」

「はい、知ってます」

咲季がいった。「茉莉子さんのお客さんです」

「宮平さんはいつも、新井さんと来たんか」

「そうですね、新井さんと来られることもあったけど、おひとりのときが多かったです」

「宮平さんは茉莉子さんと同伴やアフターすることあったか」

「それはなかったと思います。だって、新井さんが嫌がるやないですか」

咲季は飲み物をみんなの前に置いて、「宮平さん、『ダラス』を辞めたんでしょ」

「よう知ってるな」

伊達はロックを飲んだ。荒木と堀内も口をつける。

「新井さんに聞きました。宮平さんが顔を出してもツケにはするな、って」

「そらそうや。馘にした店長の勘定まで持つ必要はないわな」

「なんで馘になったんですか、宮平さん」

「セクハラや。ホールのコーヒーレディを追いまわした」

「ストーカーなんや……」

「ああいう不細工なデブは怖いで。わしもデブやけどな」

伊達はいって、「あんたらも飲みや」

「ありがとうございます」

咲季はウェイターを呼んでジンジャーエールをふたつ頼んだ。

「新井さんは月になんべんくらい来るんや」堀内は訊いた。

「二回か三回ですね」

澪がいう。「お知り合いのひとを連れてこられることが多いです」

「お知り合いて、パチンコ業界のひと？」

「さぁ、どうでしょう……」

澪は少し間をおいて、「そういえば、俳優の高凪剛志《たかなぎたけし》さんがいらっしゃいました」

高凪剛志なら堀内も知っている。かつてVシネの帝王と呼ばれて粗製濫造《らんぞう》のヤクザ映画に次々に主演し、最近はテレビのバラエティー番組でたまに顔を見る役者だ。新井は『ダラス』のキャンペーンに高凪を呼び、その接待をしたのだろう。

「警察の偉いさんとか、分かりません。連れてくることはなかった？」

「ごめんなさい、茉莉子さんのヘルプですから」

澪は小さく首を振った。喋りすぎたと思ったのかもしれない。

これ以上、訊いても無駄だ。訊き込みは不発に終わった。

奥のボックスの客が立った。黒いドレスの女も立ち、客を見送ってもどってきた。背が高くて手足が長い。

「いらっしゃいませ。茉莉子と申します」

「ああ、どうも。伊達です」

伊達は愛想よく、「千年町の『ミルキーウェイ』で飲めと、新井さんにいわれました」

「それはどうも、ありがとうございます。よろしくお願いします」

茉莉子は咲季に代わって伊達の隣に座った。ハスキーな声、切れ長の眼、尖《とが》り気味のあご、ほっそりして均整がとれ、黒のベルベットのドレスが肌の白さを際立たせている。こんないい女が、あの新井に抱かれているのだろうか。いくら金の世の中といえ、不公平にできている。

「みなさん、どんなお仕事をされてるんですか」

「ディベロッパーですわ。美原の『ダラス』の土地はうちが仲介した」

伊達は名刺を出した。茉莉子に渡す。

「ヒラヤマ総業、西天満……。裁判所の近くですね」

「遊びに来て。裁判の傍聴、おもしろいよ」

「怖くないんですか」

「殺人事件の冒陳なんかは怖いかもしれんね」

「なんですか、それ」

「冒頭陳述。検察官が起訴内容を説明するんや」

伊達も訊き込みを諦めたのか、シートにもたれてロックを飲みほした。

6

『ミルキーウェイ』を出たのは一時前だった。茉莉子は勘定を請求せず、新井にまわす、といった。

「さて、ここで解散するか」伊達がいう。

「なんや、今日はとことん飲も、というたんちがうんか」

「わるい。思い出したんや。朝から道場で稽古をつけなあかんかった」

「先輩、おれも帰りますわ」

荒木がいった。「八時から会議ですねん」

「すまんかったな。遅うまで引っ張りまわして」

「ごちそうになりました。失礼します」

荒木は一礼し、堺筋へ歩いていった。

「誠やん、海老江に行くつもりか」堀内はいった。

「そう、夜中に行ったら、土岐は家におる」

伊達はうなずいて、「荒木にいうたら、自分も行きます、やろ。あいつはそういう男や」

「現役に迷惑はかけられんか」

堀内はいい、「確かに、荒木はええ男や」

「行こ。堀やん」

伊達は一方通行路を右折してきたタクシーに手をあげた。


海老江――。『ドミール海老江』は凸版印刷大阪工場の西側にあった。分譲されて間がないのだろう、二十数階建の高層マンションは敷地の植栽が疎《まば》らで、パーキングにもところどころ空きがあった。ガラスのドア越しに見える吹き抜けのエントランスホールもきらびやかだ。

堀内は李から取りあげたスマホで〝土岐〟を検索し、かけた。

コール音は鳴るが、つながらない。

「誠やん、出んわ」

「李が連絡しよったんやろ。スマホ奪《と》られた、と」

伊達は傍らのオートロックボックスのテンキーを押した。2、0、0、8、と。キーボックスにはレンズがついている。

――はい。

返事があった。女だ。

――夜分、すみません。『ダラス』の新井さんの使いで来ました伊達といいます。土岐さんはいらっしゃいますか。

——いません。

——こちらにいらっしゃると聞いたんですが。

——今日は帰ってません。出張です。

——どちらに。

——知りません。

——いつ、帰られますかね。

——明日か、明後日《あさって》か、明々後日《しあさって》か……。聞いてないんです。

——車で出られたんですか。

——おたく、なんですか、こんな時間に。非常識でしょ。

——急用ですねん。堪忍してください。

——あのひとはいません。

声は途切れた。

「堀やん、どう思う」伊達はレンズの前を離れた。

「嘘やな」舌打ちした。

「部屋に行くか」

「そうやな」

階段を降り、近くのタマツゲの陰に入った。かがんで煙草を吸いつける。

「いまの女、声が若かった。土岐のことを、あのひと、といいよった。……よめやないな」

「ああ、わしもそう思た」

伊達も煙草に火をつけた。

そうして十五分――。車寄せにタクシーが入ってきた。スーツの男が降りる。男は階段をあがり、オートロックボックスの前でポケットからキーを出す。

堀内と伊達はタマツゲの陰から出た。男は振り返ったが、気にするふうもなく、キーを挿してひねる。ロックが解除され、男につづいて堀内たちもエントランスホールに入った。

「遅うまで大変ですな、仕事」

「いつもですわ」

男はエレベーターに乗り、扉が閉まった。

堀内たちは隣のエレベーターで二十階にあがった。廊下は長い。ワンフロアに十数室か。

２００８号室――。伊達がインターホンを押した。

――はい。

――すんませんな。あがって来ました。

――あのひとはいないって、いったでしょ。

女の声は怒気をふくんでいる。

――さっきもいうたやないですか。危急の用件ですねん、土岐さんに。

――迷惑です。帰ってください。

――せっかく、ここまで来たんやないですか。

――警察、呼びますよ。

――呼んでください。望むとこです。土岐さんはカバン屋で、こっちはパチンコホールのトラブルバスターですわ。

しばらく間があった。

——とにかく、見ず知らずのひとを部屋に入れるわけにはいきません。あのひとにいっときますから、名刺を置いて帰ってください。

——そうですか。しかたないですな。

伊達は名刺を出した。ドアの下に差し入れる。

——土岐さんが帰られたら、電話してください。

いって、伊達は踵を返した。堀内もつづく。エレベーターに乗った。

「労多くして功なしやったな」

「にしても、土岐を捕まえんことには話にならん。メモリを持ってるのは土岐や」

「遠張りするか。ここで」

「土岐の顔を知らん。無理や」

朝一番、荒木に頼んで土岐雅博が所有する車を訊こうといった。「車が分かったら、駐車場で張れるやろ」

「そうやな。帰って寝るか」

「疲れた。歩きすぎたわ」ステッキが重い。

一階。エレベーターを降りた。玄関を出る。

車寄せからゲートに向かったとき、小さく、伊達がいった。

「堀やん、後ろ」

「ああ……」

堀内も気づいた。足音がついてくる。複数だ。

「三嶋会か」

「そうやろ」ステッキを握り変えた。

ゲートの左右からひとりずつ現れた。後ろからもふたり。伊達と堀内は歩みをとめる。四人に囲まれた。

「伊達さんと堀内さんやな」

前の男がいった。長髪、縁なし眼鏡、黒っぽいスーツ。「顔、貸してくれるか」

「どこへ貸すんや」伊達は腰をおとす。

「ごちゃごちゃぬかすな。ついて来い」

「土岐に頼まれたんか」

「舛井さんや。ボロにしたやろ」

「落とし前はつける。ヒラヤマ総業がな」

「講釈たれるのはあとにせいや。兄貴分がやられて、知らんふりはできんのや」

「ケジメをとる、てか。いまどき、流行《はや》らんぞ」

「な、おっさん、自分の足で歩けるうちについて来いや」

白のスウェットスーツが凄味《すごみ》を利かせる。伊達は笑い声をあげた。

「なにがおかしいんじゃ、こら」

「すまん。おまえらのカマシや。黴臭《かびくそ》うて、おもしろい」

瞬間、伊達は前に出た。スウェットスーツの鼻梁に拳が入り、後ろに弾け飛ぶ。

「――のガキ」

黒スーツが殴りかかった。伊達は躱《かわ》して腕をとり、捻《ひね》り倒す。倒した脇腹に膝を突きあげると、黒スーツの身体は浮き、顔から地面に崩れ落ちた。

堀内は振り向きざま、後ろの男を殴りつけた。男は腕で庇ったが、ゴツッと鈍い音がして横ざまに倒れた。もうひとりの縞《しま》シャツは立ちすくんでいる。

「やめとけ。怪我するぞ」

縞シャツはまだ若い。ひょろりと細い。怯えが見える。

縞シャツは喚きながら突っ込んできた。堀内は横に飛び、ステッキを振りおろす。縞シャツは黒スーツにぶつかって倒れ、背中を丸めて呻く。

「おまえら、三嶋会やな」

伊達がいった。かがんでスウェットスーツの襟首をつかみ、引き起こす。顔は血にまみれていた。

「——殺したる」スウェットスーツはいった。

「そうか」

伊達はこめかみに肘を入れた。スウェットスーツの頭が横にずれ、意識を失ったのか、伊達にもたれかかる。伊達はスウェットスーツのポケットを探り、札入れを出して中のものを地面に撒《ま》いた。名刺を拾って、スマホのライトをあてる。

「三嶋企画、榊原省三《さかきばらしょうぞう》……。そっちは」

「待て」

堀内は黒スーツの上着のポケットから札入れを抜き、名刺を出してライターを擦る。「三嶋企画、遠山博史」

——と、黒スーツの手が動いた。左の太股に痛み。ナイフが刺さっている。

堀内は黒スーツの腕にステッキを見舞った。
「誠やん、やられた」ズボンに染みが広がっていく。
伊達がそばに来た。ベルトを外して堀内の太股をきつく縛り、ナイフを抜く。
ぐずぐずしていたらひとに見られる。伊達に支えられて歩きだした。

島之内——。旧南府税事務所の筋向かい、ハングルとアルファベットの袖看板が並ぶ雑居ビルの隣に木造瓦葺きの商家がある。煤《すす》けて黒ずんだ板塀《かいわい》、枝振りの疎らな柳が玄関脇に植えられ、ガラス戸に金文字で『内藤醫院』と書かれている。界隈でこの医院だけが時代に取り残されているようだ。

タクシーを降りた。堀内は柳に寄りかかる。伊達がインターホンのボタンを押すが、応答はない。門灯も消えている。もう三時が近い。

伊達はボタンを押しつづけた。一階は医院、二階が住居で、内藤は独り住まいだという。七、八年前まではホステスあがりの妻がいたが、男をつくって出ていった。島之内は彫師が多く、客の刺《ほり》青《もの》が膿《う》んだり、熱が出たりしたときは内藤医院に連れてくる。内藤は飲んだくれの博打好きだが腕はいい。保険なしの治療費もそう高くはない——。

——誰や、こんな時間に。
不機嫌そうな声がインターホンから聞こえた。
——伊達です。ヒラヤマ総業の伊達です。
——知らんな。
——前に診てもろたやないですか。今里署の暴対を馘になった伊達と堀内です。

――ああ、あれか。太股を縫うたな。堀内とかいう男の。

――また刺されたんです。太股を。診てください。

――分かった。待っとれ。

玄関に明かりが点いた。磨《す》りガラスの向こうに人影が見えて、戸が開いた。

「入れ」内藤はいう。

「すんません」

ステッキをつき、医院内に入った。靴を脱ぎ、スリッパを履く。板張りの床がギシギシ軋《きし》む待合室を通って診察室に入り、円椅子に腰かけた。

「けっこう出血してるな」

内藤は椅子に座り、堀内のズボンに眼をやった。着古した白衣にウールのズボン、サンダルの先に出た足の爪は水虫で肥厚している。寝癖のついた半白の髪、レンズの厚い銀縁眼鏡、ちょび髭は真っ白だ。酒の匂いがする。

「得物は」

「これです」

伊達がナイフを見せた。パール模様のプラスチック柄で、刃渡りは約十センチ。

「どれくらい刺さった」

「三分の二ほどですかね」と、堀内。

「眩暈《めまい》は」

「しません」

内藤は刺された状況を訊こうともしない。

「横になってベルトをとれ」

堀内は診察台にあがり、仰向きになった。膝をまげる。伊達が縛っていたベルトを解いた。

内藤は椅子を近づけて、堀内のズボンを無造作に鋏《はさみ》で切った。消毒液に浸したガーゼで血を拭う。

傷口は白い脂肪層が見えて、すぐに血が滲《にじ》み出る。

「深いな。大腿骨にあたってるかもしれん。痺れは」

「どうやろ……。元から痺れてますねん」

「なんやて」

「この春に尻を刺されて、座骨神経をやられたんですわ。それからは膝から下が痺れてます」

「杖をついてんのは、それか」

「リハビリはしてるんですけどね」

「治らんやろ。座骨神経損傷は」

「確かにね。気休めですわ」

「切開しよ。筋肉と血管の損傷具合を見る」

内藤はゴム手袋を嵌めた。注射器に麻酔薬を吸入する。

「なにか手伝いましょか」伊達がいった。

「邪魔や。外へ出とけ」

低く内藤はいい、メスや鉗子《かんし》を用意する。

傷の洗滌《せんでき》と消毒、縫合が終わり、堀内は上体を起こした。麻酔が効いているから痛みはないが、吐き気がする。出血のせいだろう。

内藤に呼ばれて、伊達が入ってきた。

「大腿外側広筋と大腿直筋損傷。大腿動脈と大腿静脈は逸れてる。大腿神経も別状ない。ナイフの刃が斜めに入ったんが幸いした。この男は運が強いわ」

「そらよかった。先生、ありがとうございます」

伊達はいい、「どれくらい血が出たんですかね」

「三百や四百ccは出たやろ」

内藤は煙草をくわえ、こちらを向いて、「しばらくは安静や」

「おれも吸うてよろしいか」

「血の気の失せた顔で、あほいうな」

内藤は煙草に火をつけて、さも旨そうにけむりを吐く。

「先生、治療費は」伊達は札入れを出した。

「五万。深夜割増」

「誠やん、おれが払う」

上着のポケットから札を出し、五枚を数えて内藤に渡す。「それと先生、頼みが……」

「分かってる。ズボンの替えやろ」

内藤は診察室を出て、すぐにもどってきた。よれよれのジーンズを堀内はもらって、携帯や小銭を移し替えた。

午前四時――。内藤医院を出た。

「堀やん、送って行こか」

「いや、ひとりで帰る」

「二、三日、養生するか」

「そうやな、今日は休むわ」

疲れた。ゆっくり寝たい。「明日、電話くれるか」

「分かった。さっきのことは生野にいうとく」

「荒木には」

「データだけもらう。三嶋会の榊原省三。遠山博史」

「ほな、な」

「ほんまにええんやな、送らんでも」

「かまへん。歩ける」

手を振った。伊達は堺筋、堀内は松屋町筋へ。左足に力が入らない。熱っぽいし、吐き気もする。

タクシーを拾ってリアシートに倒れ込んだ。


内藤医院でもらった鎮静剤が効いたのか、夕方までぐっすり眠った。傷が少し痛む。起きて台所へ行き、冷蔵庫から缶ビールを出した。抗生物質の錠剤を口に含み、ビールで服《の》む。椅子に座ってテレビを点けた。次々にチャンネルを替えるが、どの番組もおもしろくない。いま関西でいちばんのパワースポットはどこでしょう——。知ったことか。

新聞はとっていないし、読む本もない。パソコンはないし、スマホも持っていない。アパートは借りたが、家具らしいものは買っていない。冷蔵庫とダイニングセット、食器棚、画面の暗いテレビは前の住人が残していったらしい。

太股の包帯をとり、ガーゼを替えた。縫った傷口が赤く腫れている。

おれがもし、ここで死んだら、いつ発見されるんやろ――。腐敗臭が広がり、一部が白骨化したころか。堀内信也、享年四十。なぜか、銀行には千七百万円の預金があった……。

いつからこんなふうになったのか――。そう、腹を刺されて生死の境をさまよい、覚醒してICUを出てからだ。左脚が不自由になったと知ってからは、あらゆることに意欲を失った。仕事、情報、金、女……。どうでもよくなった。ミナミで鰻を食ったのも、ソープへ行ったのも、伊達に誘われたからだ。鼻面を引きまわされているのかもしれないが、それがリハビリになっている。ステッキに鉄筋を仕込んだのは自分の意志だし、海老江のマンションでチンピラに囲まれたときは血が騒いだ。太股を刺されたのは余計だが、変人の内藤に再会したのはおもしろかった。

おれは伊達のおかげで、もとにもどってきてるのかもしれん――。

煙草を吸いつけた。不味《まず》い。流しに捨てた。


十月二十一日、水曜――。携帯が鳴った。

――おう、わしや。変わりないか。

――何時や。

――十一時。昼飯、食お。

ヒラヤマ総業にいる、これから出る、と伊達はいう。

――傷はどないや。

――昨日の晩、ラーメン屋に行った。歩行訓練。

――酒は。

――中ジョッキを二杯、飲んだ。

――それだけ飲んだら上等や。病人やない。

――病人とちがう。怪我人や。

――ま、よかった。心配してたんやぞ。

昨日の朝、内藤医院を出たときは顔が真っ青だった、という。

――ほな、行くから。

――待ってる。

電話を切った。

水道の水で抗生物質を服み、ガーゼを替えた。新しいチノパンツを穿き、半袖のポロシャツにジャケットをはおる。寝癖のついた髪を水でなおし、ブルガリを襟元にふった。


伊達は三十分で来た。堀内はイプサムに乗る。

「堀やん、香水つけてへんか」

「コロンや。身だしなみ」

「なんか、会うたびに匂いがちがうような気がするんやけどな」

「誠やんもつけるか。十本ほどあるで」

「要らん。男は化粧せん」

「娘に嫌われるぞ、加齢臭」

「まだ、そんな齢やない」

「生野はどういうた」シートベルトを締める。

「ちょっとチビッてたな。そこまでやるか、て。けど、金子につなぐというてた」

「金子はどうするんかな」

「さぁな。向こうはチンピラや。金で丸めるやろ」

榊原と遠山のデータはとれた、と伊達はいう。「どっちも三嶋の組員やない。準構成員や」

榊原省三、二十六歳。傷害、恐喝で前科二犯。暴行、傷害等で前歴三回——。

遠山博史、二十二歳。麻薬取締法違反で前科二犯。暴走、酒気帯び運転、窃盗等で前歴三回——。

「あとのふたりも似たようなもんやろ」

「おれは二十二の若造に刺されたんか」

「堀やん、頭に血がのぼったら若造もくそもないで」

かえって小者のほうが危ない、と伊達はいった。

「どっちにしても土岐を捕まえんことにはケリがつかん」

「昨日の騒動で、土岐は身体を躱したような気がする。海老江のヤサにはおらんのとちがうか」

伊達は荒木に土岐の所有車を訊いた、といい、メモ帳を出した。「BMWのZ4《ゼットフォー》。スポーツカーや。ナンバーは『大阪　330　な　54××』。色は不明」

「けど、おれはもういっぺん土岐のヤサに行きたい。駐車場にZ4があるかもしれんし、土岐の女がおるかもしれん」

「懲りんな、堀やん。また刺されるぞ」

「真っ昼間にチンピラは出てこんやろ」

「ええ性根やな」

「性根がわるいから刺されるんや」

太股を触った。熱感がある。

近鉄今川駅近くの定食屋に寄って、伊達はサバみそ煮定食、堀内は親子丼を食べ、『ドミール海老江』に着いたのは一時前だった。伊達がマンション裏手の平面駐車場と四階建の立体駐車場を探したが、Ｚ４は駐められていなかった。

堀内は車を降り、伊達とふたり、玄関横のタマツゲの陰に隠れた。少し待つうちに宅配便のトラックが停まり、ドライバーが降りてきてオートロックボックスのテンキーを押した。ドライバーは荷物を抱えてマンション内に入る。伊達と堀内もつづいてロビーに入った。

昨日は明かりが消えていた管理人ブースの窓が開いていた。

「誠やん、二十階にあがってくれ。おれは管理人にいうて、２００８号室に電話する。女が部屋におったら誘い出すから、ひっ捕まえてくれ」

「どないして誘い出すんや」

「成り行きや。なんとかする」

五分後にしかける、といった。伊達はうなずいてエレベーターに乗っていった。

五分、待った。札入れからリハビリの診察券を出し、管理人ブースの呼び鈴を押す。奥のドアが開いて、禿げ頭の男が出てきた。昼食をとっていたのか、湯呑み茶碗を持っている。

「すんません。２００８号室の土岐雅博さんですけど、うちの病院に診察券を忘れはって、とどけにきたんですわ」

リハビリの診察券をカウンターに置いた。「電話してもらえませんか。土岐さんに」

「おたくさん、玄関から土岐さんに電話して、ロビーに入ってきたんやないんですか」

「それが、なんぼ待っても降りてこられんのです」

「そうですか」

「中崎南病院。土岐雅博さんです」

管理人は疑うふうもなく、カウンターの電話をとり、ボタンを押した。

「──あ、管理人の吉田です。病院のひとが診察券をとどけに来られてますけど、どないします。──中崎南病院です。──ちょっと待ってくださいね」

管理人は受話器を離した。「奥さんが、中崎南病院にはかかったことないというてはりますけど」

「土岐雅博さんです。まちがいないです」小さくいった。

管理人はまた受話器を耳にあてた。

「──まちがいないそうです。ご主人が忘れはったんでしょ。──はい、お願いします」

管理人は電話を切った。「いま、降りてきはりますわ」

「ありがとうございます」

ブースを離れた。エレベーターホールへ行く。


二十階──。2008号室のドアは閉まっていた。ノブをまわして引く。抵抗なく開いた。三和《たた》土《き》に伊達の靴がある。

「誠やん」声をかけた。

「こっちや」伊達の声。

廊下の突きあたり、伊達はリビングにいた。ソファに女が座っている。

「なんやの、あんたら。他人《ひと》の部屋にずかずか入ってきて」

堀内と伊達を代わる代わる睨《ね》めつける。「警察、呼ぶよ」

「わるいな。わしら、ついこないだまで警察勤めやったんや」

伊達がいう。「それで、いまは土岐さんの知り合いや」

「嘘つきな。うちのひとが黙ってへんで」

「きれいな顔して、威勢のええ姉ちゃんやな、え」

伊達は笑う。「わしらを邪険にしたら、あとで土岐さんに怒られるで」

「あほいいな。うちのひとはあんたらなんか知らんわ」

女は強気だが、口もとがこわばっている。無理もない。怯えているのだ。

女は若い。まだ三十すぎか。化粧をしていないせいか顔が生白く、ショートカットの髪も寝癖がついているが、目鼻だちは整っている。

「座ってもええかな」

訊いた。女は首を振る。堀内はサイドボードに寄りかかった。

「昨日、刺されたんや。ほら、ここを」

太股を押さえた。「全治一カ月。杖つかんと歩けんのや」

女は黙っている。知っているのだ。三嶋会のチンピラがふたりを襲ったことを。

「もしかして、おれが死んでたら、あんた、殺人教唆《きょうさ》やで。共同正犯。二十年は檻ん中や。感謝せないかんで。おれがここに立ってることを」

「…………」女は口を尖らせて横を向いた。

「おれは堀内。そっちは伊達。あんたは」

「うるさいね。誰でもええやろ」

「そうかい」

　サイドボードの抽斗を開けた。ボールペンや芳香剤、雑多な小物が入っている。ふたつめの抽斗を開けると、美容院の会員カードがあった。

「三浦深雪《みゆき》……。土岐のよめはんとちがうんやな」

「………」女は堀内を睨む。

「三浦さんよ、土岐はカバン屋や。あんたも手伝うてんのかいな」

「………」深雪は横を向いたまま動かない。

「土岐はどこや。Z４に乗って、どこへフケた」

「あほか……」

「なんやて」

「訊くだけ無駄やというてるんや」

「無駄でも訊く。なんべんでも訊く。それが刑事《デカ》の習い性や」

　また抽斗を開けて、中のものをフローリングの床にぶちまけた。「メモリを探してるんや。出してくれ」

「なに、それ。わけの分からんこといいなや」

「堀やん、こいつはあかんぞ」

　伊達がいう。「わしらを舐めとる。バスタブに放り込んで水責めにしよ」

「いや、喋ってくれるて。手荒なことせんでも」

　テーブルにステッキを叩きつけた。寄木の天板がふたつに折れて灰皿が飛ぶ。ガラスキャビネットにステッキを突き入れた。グラスが割れ、皿が割れる。

「やめて」

深雪が叫んだ。「知らんねん。どこ行ったか」

「メモリは」

「あのひとが持ってる。アタッシェケース」ケースは車に積んでいるという。

「どこや、土岐は」

「聞いてないねん。いつも、ふらっと出て行くし」

口早に深雪は言いつのる。「どこでなにしてるか、電話もない。そういうひとや」

「携帯出せ」

深雪にいった。さも面倒そうにジーンズのポケットからスマホを出す。「かけろ。土岐に。どこにおるか訊け」

深雪はボタンを押した。

「──あ、あんた。──いま、どこ。──ふーん、そう。──いまね、お客が来てるねん。──そう、ゴロツキがふたり。あんた、帰ってきたらあかんよ」

「貸せ」

堀内はスマホを取りあげた。

──土岐さん？

──誰や、おまえ。

──ヒラヤマ総業の堀内。あんた、どこにおるんや。

──知らんな。車ん中や。

──メモリが欲しいんや。あんたが宮平から買うた『ダラス』のメモリ。

──眠たいことぬかすな。なにがメモリじゃ。

――深雪さん、きれいな。

――それがどうした。

――女を痛めつけるのは流儀やない。メモリを返してくれや。

――あほんだら。煮るなと焼くなと、好きにせんかい。

――裸に剝いて逆さに吊るそか。

――おまえ、脅してるつもりか。女の代わりはなんぼでもおるわ。

――堪《こた》えんな、おい。

――欲しかったら、やる。おまえが囲えや。

電話は切れた。リダイアルしたが、出ない。

「誠やん、あかんわ」

「しゃあないな」

伊達は立ちあがった。ソファを抱えあげてテレビに叩きつける。サイドボードを蹴り、キャビネットを引き倒す。割れたグラスや酒のボトルが散乱して、リビングは足の踏み場もなくなった。

「立て」

伊達は深雪の腕をとった。「次はあんたの部屋や」

「警察にいうからね」深雪は抗《あらが》う。

「いわんかい。家中がぐちゃぐちゃになりました、と。詳しい事情を訊かれるやろ。所轄の刑事《デカ》にな。……土岐雅博、五十三歳。北陽連合三嶋会の密接関係者。シノギはカバン屋。詐欺、恐喝で二年八カ月の実刑。……土岐もよろこぶやろ。根掘り葉掘り訊かれてな」

「あんたら、なにが目的なんや」深雪は伊達の手を振り払った。

「土岐に会いたい。それだけや」

「あのひとはいま、淡路島や。さっきの電話で、そういうてた」

「淡路島に知り合いでもおるんかい」

「あのひとは淡路島の出や。実家があるねん」

「実家にフケた、いうことか」

「知らんわ、そんなこと」

「堀やん、そうらしいで」

伊達はこちらを見て笑う。

「土岐の事務所はどこや」

堀内は訊いた。「携帯ひとつで商売してるわけないやろ。ここはパソコンもないし、ほかに事務所があるはずや」

「そんなん、聞いてないわ」深雪は眼を逸らした。

「誠やん、この女はあかんで。身体に訊こ」

「立て」伊達はまた、深雪の腕をとった。

「やめて」

深雪はいった。「島之内。なんとかビルの二階に部屋借りてるわ。ビルの隣は教会で、三角屋根に十字架がついてる」

島之内の教会には見憶えがある。内藤医院の近くだ——。

「その、なんとかビルの部屋の表札は」

「TM企画」

「分かった。証拠を見せてくれ」

「証拠？」

「土岐の名刺や。ＴＭ企画の代表なんやろ」

「なんでもかんでも疑うんやね」

「そういう性格なんや」

「最低やな、あんたら」

深雪はサイドボードを指さした。脚が折れて傾いている。「左の扉。名刺のケースがあるやろ」

堀内は扉を開けた。奥にグリーンのプラスチックケースがあった。中の名刺は、
《ＴＭ企画　土岐雅博　チーフマネージャー　大阪市中央区島之内４－５－13－２０１》だった。

「初めから協力的やったら、こんなことにならんかったのにな」

リビングを見まわした。「次は、お茶を出してくれ」

名刺を数枚、ポケットに入れた。

「さ、行こか」伊達は深雪の腕をとった。

「こら、なにすんねん」深雪は抗う。

「島之内につきおうて欲しいんや。でないと、あんた、土岐に電話するやろ。島之内に行って土岐がおらんかったら、わしらの苦労は水の泡、いうこっちゃ」

「あほか。誰が行くか。おまえらみたいなヤクザといっしょに」

「いうとくけど、わしらはヤクザやない。ヤクザを取り締まるマル暴担当の元刑事さんや」

「ふん、やってることはヤクザやないか」

「ヤクザ、ヤクザと、気易ういうもんやないで。モノホンが聞いたら気ぃわるするがな」

「うちは行かへん。勝手に行け」深雪は伊達の手を振りほどいた。

「そうかい」伊達は笑った。「ほな、あんたを拘束せないかんな」

「コウソク……？」

「ふん縛って猿轡《さるぐつわ》かませて、風呂場にころがしとく。あんたが土岐に電話できんようにな」

「死ね。あほ」

深雪は逃げようとした。堀内が前に立ちふさがる。深雪は伊達に捕まり、ねじ伏せられた。大声でわめく。

堀内はソファのクッションを床に投げた。伊達は深雪の頭をつかんでクッションに顔を押しつける。深雪は暴れた。

「――分かった」

深雪は肘を張り、顔を横に向けた。「行ったらいいんやろ。どこでも行ったるわ」

「いや、気が変わった」

伊達はいう。「あんたは性根がきつい。ここで留守番してくれ」

「痛い。こら、離せ」

深雪は必死で伊達を蹴る。Tシャツがまくれあがって黒いブラジャーが見える。

「堀やん、どこぞにテープと紐ないか」

深雪をまたクッションに押しつけて、伊達はいう。

堀内はリビングを出た。廊下の端、クロゼットの扉を開ける。梱包テープと結束バンドを見つけてリビングにもどった。

「堀やん、足や」

「ああ」

暴れる深雪の足をつかんでテープを巻きつけた。腕は伊達が結束バンドで後ろ手にとめる。深雪は観念したのか、動かなくなった。

「おまえら、分かってるんか。レイプやぞ」

さも憎々しげに深雪はいう。「警察にいうたるからな」

「そら、おとろしいのう。強制猥褻《わいせつ》は六カ月以上十年以下。強姦は三年以上の有期刑や」

「おまえら、ほんまに警察か」

「元刑事や。なんべんもいわすな」

伊達はダイニングから椅子を持ってきて深雪を抱えあげ、座らせた。「昨日、わしらを襲うたチンピラはどないしたんや」

「知らんわ。うちには関係ない」

「それはないやろ。土岐が呼んだんやぞ」

伊達は話しながら、椅子の背もたれに深雪の上体をテープで括《くく》りつける。

「しつこいな。知らんというたら知らんねん」

「口がわるいのう。黙ってたら、きれいのに」

「うるさいわ。早《は》よ帰れ」

「よう憶えとけ。ヒラヤマ総業の伊達と堀内や。一一〇番したら、そういうんやぞ」

伊達は深雪の口にテープを貼り、Tシャツの裾を直した。「がんばれや。二、三時間でほどけるやろ」

行こか、堀やん――。低くいって、リビングを出た。

7

島之内――。聖ヨハネ教会の四つ角に五階建の雑居ビルが見えた。一階はテイクアウトの弁当屋と韓国食品店、左に鉄骨の非常階段。伊達はイプサムを徐行させてビルの前を通りすぎる。

「ややこしいのはおらんな」

「大丈夫やろ」

道路はそう広くない。化粧の濃い水商売風の若い女が行き来するのは、ミナミの繁華街に近く、安アパートやワンルームマンションの多い島之内の特徴だろう。

伊達は内藤医院近くのコインパーキングにイプサムを駐めた。降りる。伊達はリアゲートをあげて、メンテナンスボックスからホイールレンチを出し、ベルトに差した。堀内と並んで雑居ビルへ歩く。

弁当屋の脇の玄関から中に入った。メールボックスを見ると、二階から五階に二十室。ネームプレートはフェルトペンの手書きで、201号室に《TM企画》とあった。

階段で二階にあがった。廊下は狭い。天井の蛍光灯が点いたり消えたりしている。

201号室の前に立った。堀内はドアに耳をつける。テレビだろう、女の話し声が聞こえた。

「おるな」うなずいた。

伊達がノックした。はい――。返事があった。

「土岐さん、宅配です」

どこからや――。

「プリンス電研、となってますね」

それっきり、いくら問いかけても返事がない。物音もしない。

伊達はドアの隙間にホイールレンチを差し込んだ。体重をかけてこじる。合板が割れ、弾けたようにドアは開いた。

「土岐ッ」

伊達は突っ込んだ。堀内も入る。誰もいない。応接セットと二脚のスチールデスク、壁際にロッカーとファイリングキャビネット。その上のテレビは点いたままだ。テーブルにビール缶がころがり、泡まじりのビールがリノリウムの床に滴っている。トイレのドアは半開きだ。

堀内はトイレを見た。土岐はいない。

「こっちや、堀やん」

伊達がカーテンを引いた。掃き出し窓が開いている。「フケよった」

伊達はベランダに出た。堀内も出る。すぐ下はブロック塀だった。手すりをつかんで足を伸ばすと乗り移れる。土岐は塀の上を左へ行き、立てかけてある脚立を伝って通路に降りたらしい。

「しもたな。おれが裏を張るべきやった」

いったが、もう遅い。土岐は逃げた。アタッシェケースを抱えて。

部屋にもどった。捜索をしてもメモリは見つからないだろう。

堀内はデスクに座った。煙草をくわえてノートパソコンを開く。伊達はキャビネットからファイルを出して調べる。

パソコンが立ち上がった。暗証番号入力画面が出た。これはダメだ。

レターケースの抽斗を開けた。封筒、切手、小銭、宅配便の伝票——。注意をひくものはない。

「堀やん、あかんわ。こんなもんは足しにならん」

伊達はファイルを投げ出した。ソファに座って煙草を吸う。

堀内はデスクの抽斗を開けた。キーホルダーがあった。車のリモコンキーにＢＭＷのメタルバッジがついている。

「誠やん、これ見ぃや」

キーホルダーをかざした。「慌てて、忘れよったぞ」

深雪がテープを剝いで土岐に電話をしたのかもしれない。そのすぐあとに、伊達がドアをノックしたのだ。

「Ｚ４か」

「たぶんな」

堀内はデスクの電話をとり、土岐の名刺の携帯番号にかけた。コールはするが、出ない。受話器をもどしかけたとき、つながった。

——はい。

——土岐さん。せっかく島之内まで来たのに、逃げたらあかんがな。

——おまえこそなんや、事務所の電話を使いくさって。

——口がわるいな。深雪とよう似とるわ。

——おまえら、深雪をひどいめに遭わしくさったな。落とし前つけたるぞ。

——また三嶋会を使うんかい。物入りやの。

——ぶち殺すぞ、こら。

――物騒なセリフやの。……それより、忘れてるぞ、Ｚ４のキー。

舌打ちが聞こえた。土岐は気づいていたのだ。

――土岐さんよ、営業車は軽四にしとけ。五十すぎのおっさんにスポーツカーは似合わんで。

――あほんだら。じゃかましわ。

――これからＺ４でドライブする。和歌山がええな。印南《いなみ》あたりで海に落とすわ。

――へっ、なんぼでも落とさんかい。

――車両保険、入ってんのか。

――なんやと……。

――ウイスキーと焼酎の空き瓶と注射器《ポンプ》を車ん中にころがしといたる。シャブを食うた飲酒運転や。保険は下りへん。

――このガキ……。

――これからふたりで、この事務所をスクラップにする。パソコンもファクスもエアコンも、なにもかも叩き壊す。キャビネットの中のもんは浚《さら》えて捨てる。印南でＺ４を沈めたら、あとは白浜で療養や。……すまんかったな。もう電話することはない。

――待て。待たんかい。なにが望みや。

――なんべんもいわすな。おまえの尻《ケツ》を貸せとはいうてへん。メモリや。おまえが宮平から買うた、『ダラス』の遠隔操作とジェットカウンターのメモリ。

――くそったれ、分かった。事務所は荒らすな。

――おう、それでええんや。どこで会う。

――おれがそっちへ行く。夜の八時。そこで待っとけ。

──おいおい、洒落は顔だけにしとけ。こんな物騒なとこで会えるかい。……宗右衛門町。戎橋《えびすばし》のすぐ東に『エル』いう喫茶店がある。七時に集合や。

──分かった。七時に『エル』。車のキー、持ってこいよ。

──おれはあんたの顔を知らん。特徴をいえや。

──黒のスーツを着てる。ゼロハリバートンのアタッシェケースを持ってるから、すぐに分かる。

──アルミのケースか。

──アルミ素材や。

──すまんな、土岐さん。面会が楽しみや。

受話器をおいた。伊達があくびをした。

伊達が土岐のノートパソコンを持って事務所を出た。聖ヨハネ教会周辺の駐車場を探し歩く。松屋町筋に近い阪神高速高架脇の月極駐車場で黒のZ４を見つけた。フェンス越しにリモコンキーのボタンを押すと、Z４のウインカーランプとリアランプが点滅した。

「誠やん、あれや」

駐車場に入った。「運転するか」

「いや、外車はめんどい。ウインカーのレバーが左側についてるやろ」

伊達はさっさとドアを開けて助手席に座った。

堀内も乗った。Z４は着座位置が低く、ボンネットが長い。伊達も窮屈そうだ。キーを挿してスタートボタンを押した。野太いエンジン音が響く。

「前に堀やんの乗ってた車もBMWやったな」

「320iや。中古の」

離婚したとき、キーを里恵子に渡した。名義は堀内のままだろう。「こいつは二・五リッターやし、よう走るやろ」

「七時まで暇や。どこか行こうや」

「そうやな……」

ナビの時計を見た。三時半だ。「神戸あたりで飯食うか」

「おう、それがええ。東門街《ひがしもんがい》に旨い中華料理屋がある」

北京ダックを食おう、と伊達はいった。


三宮東門街の『中南海《ちゅうなんかい》』で北京ダックのコース料理を食べたが、伊達がいったほど旨くはなかった。料金は一万六千円。コイントスをして堀内が勝ち、伊達が払った。

六時半──。ミナミに帰ってきた。千日前のコインパーキングにZ4を駐め、道頓堀へ歩く。戎橋の南側で、伊達は立ちどまった。

「堀やんは外におれ。わしが『エル』で土岐を待つ。土岐がメモリを出しよったら、堀やんに電話する」

「分かった。Z4のキーはおれが持っとく」

「ほな、な……」

伊達は土岐のノートパソコンを持って、戎橋の雑踏に消えた。

七時十分前──。堀内は戎橋の北のたもとに立った。二十メートル先に煉瓦《れんが》タイルと青い庇の『エル』が見える。あたりはひとでいっぱいだから、じっとしていても目立ちはしない。

七時五分前――。アルミのアタッシェケースを提げた男が現れた。心斎橋筋《しんさいばしすじ》商店街から宗右衛門町へ右に折れ、『エル』の庇を見あげて店内に入った。男はひとりだった。

七時――。携帯が震えた。

――はい。

――わしや。土岐はメモリを持ってる。

――分かった。行く。

電話を切り、ステッキをついて『エル』に向かった。自動ドアの前に立つ。堀内は店内に入った。厨房《ちゅうぼう》カウンターの手前、壁際の席に伊達とさっきの男がいた。テーブルにノートパソコンとメモリがふたつ置かれている。堀内はそばに行った。

「土岐さんか」

「あんたが堀内か」

土岐は堀内を見あげて、にやりとした。白髪まじりのオールバック、縁なし眼鏡、細い眉、わし鼻、唇が薄い。糊の利いたダークグレーのボタンダウンシャツ、黒のスーツは見るからに仕立てがいい。

「その足はどうした」

「あんたのケツ持ちに刺されたんや」

伊達の隣に座った。「榊原省三と遠山博史、ほかふたり。榊原と遠山は三嶋会の組員やなかった」

「…………」土岐の表情に変化はない。

「それ、本物か」メモリに眼をやった。

「本物や。コピーはとってへん」

「見せてみい」

「めんどいな」

土岐はノートパソコンを開いた。メモリのひとつを横に挿してキーを叩き、パソコンをこちらに向ける。「『ダラス』の遠隔や。データが出てる」

堀内はパソコンを引き寄せた。一日ごとの〝設定還元率〟と、実際の出玉、シマごとの売上が見てとれる。平日の還元率は八五から九〇パーセントで、土曜、日曜のそれは八〇パーセントがほとんどだった。

「ここまで細かい操作をされて、客が勝てるわけないな」伊達がいった。

「客は蜘蛛《くも》の巣の蛾《が》や。頭から脚の先まで、悪い蜘蛛にしゃぶられる」こともなげに土岐はいう。

「ひとごとかい」

「あたりまえやろ。おれは蛾とちがう。蜘蛛に餌もろとんのや」

「もうひとつ見せろや。ジェットカウンター」

伊達はパソコンを土岐に押しやった。土岐はメモリを挿し替えて画面をスクロールする。

ジェットカウンターのデータも一日ごとに記録されていた。四千個までの玉は正規に計数し、そこから上を三パーセント抜いている。抜いた玉は『田中』とか『佐藤』という名の十人ほどのカードに貯められ、その数は一日あたり、一万個から二万五千個はあった。換算すると、二万五千円から六万二千五百円だから、宮平は一カ月に百五十万円ほどを客から騙しとって、新井と分けていたらしい。毎月七十五万の余禄は半端な額ではない。

「めちゃくちゃやな、『ダラス』は」

「『ダラス』だけやない。どこのホールも似たようなことしとるわ」

土岐はいい、メモリを抜いた。「キー、返せや」

「コピーをとってない、という証拠は」堀内はいった。

「それはさっきもいうたやろ。おれがとってへんというたら、とってへんのや」

「な、土岐さんよ、おれらは元刑事や。供述調書と証拠物件《ブツ》を揃えんことには、検察がウンといわんのや」

堀内はメモリを手にとった。伊達はノートパソコンを閉じて引き寄せる。

ウェイターが来た。ホットコーヒーを土岐と伊達の前におく。

お飲み物は――。堀内は訊かれた。カフェラテ。ホット――。いうと、ウェイターは厨房にもどっていった。

「返せ。パソコン」土岐はいった。

「メモリを押収したらパソコンも押収する。捜査の常道や」と、伊達。

「約束がちがうぞ」

「なにを血迷うとんのや。このメモリとパソコンを新井に渡して、おまえや李が二度と『ダラス』に近づかんかったら、コピーはないと信じたる。それまでZ４は預かっとく」

「こいつら」

土岐はパソコンに手を伸ばした。伊達が手首をつかんで捩《ね》じりあげる。土岐は顔を歪め、伊達はパソコンをシートの傍らにおいた。

出入口近くの席にいたふたり連れの男が立ちあがった。ゆっくり近づいてくる。左は黒のキャップにグレーのジップパーカ、右は浅い茶色の長髪で、ベージュのカットソーにクラッシュジーンズ。ふたりともヤクザやチンピラには見えないから気にはしていなかった。

ジップパーカは土岐の左、カットソーは隣の席に腰をおろした。

「なんや、おまえら。三嶋会か」

伊達がいった。堀内は後ろの壁に立てかけていたステッキに手をやる。

「ケジメをとらんとな」

カットソーがいった。膝のあいだに黒いものを持っている。

堀内はハッとした。拳銃だ。シリンダーのついたリボルバー。バレルは短く、カットソーの膝に隠れるほど小さい。

拳銃は身近にあった。訓練で撃ちもしたし、手入れもした。が、銃口を向けられたことはない。

「22口径やな」

伊達がいった。「そんなもんで、ひとは死なんぞ」

「どうやろな。弾は六発。……おまえに四発、そっちに二発や」

「撃たんかい。ひとりで無期、ふたりで絞首刑や。覚悟はあるんやろな」

「じゃかましわ。立て。こら」

「立って、どうするんや」

「うちの事務所に来い」

カットソーの声は掠《かす》れている。撃つ性根はないのだ。性根があれば、伊達も堀内もとっくに撃たれている。

じっと銃を見た。鈍色《にびいろ》で銃口に詰め物はない。本物か、モデルガンか……。

「分かった。行こ」

伊達はいった。「そんなもんはしまえ」

「端《はな》からそういえや」カットソーは長い息を吐いた。

「堀やん、ええか」伊達がいった。

「ああ」堀内はステッキをつかんだ。

瞬間、伊達はテーブルを撥《は》ねあげた。土岐とジップパーカは椅子ごと後ろに倒れる。

堀内はカットソーにステッキを叩きつけた。首に食い込んで、カットソーは前にのめる。奥のほうで悲鳴があがった。

伊達は起きようとするジップパーカの股間を蹴り、土岐の顔を殴りつけた。堀内はカットソーにステッキを振りおろす。拳銃が飛び、床に落ちた。カットソーは銃の上に倒れ込む。伊達はカットソーの首に膝を落とし、カットソーはクッと呻いて動かなくなった。堀内はカットソーの腹の下から拳銃を抜いてベルトに差し、ジャケットで隠した。伊達は床に座り込んでいる土岐の上着の内ポケットから札入れを抜く。

「すまんな。おしぼり、くれるか」

テーブルを起こしながら、伊達はいった。ウェイターは我に返ったようにタオルウォーマーからおしぼりを出して持ってきた。

「ちょっと揉めたんや。これで掃除してくれるか」

札入れから五枚の一万円札を出してウェイターに握らせた。

「堀やん、行こ」

伊達はおしぼりで拳の血を拭き、土岐の上着に札入れをもどした。アタッシェケースを拾い、ノートパソコンを持って『エル』を出た。

道頓堀から千日前へ歩いた。パトカーの電子音が微《かす》かに聞こえる。

「あいつら、逃げたかな」

「どうやろな。ひとりは気絶してた」

「ま、チャカは持ってきた。おおごとにはならんやろ」

連中が拘留されたとしても喋る恐れはない。暴対の調べでない限り、〝偶発的な喧嘩〟で処理されるはずだ。「――三嶋会のチンピラを六人もいわした。生野と金子でカタつけられるんかな」

「んなことは知ったこっちゃない。このシノギは生野が持ってきたんや」

「誠やんはえらいわ。メリハリがついてる」

そうはいったが、相手はヤクザだ。ヤクザが堅気にやられっ放しで済むだろうか。いずれは荒木に頼むことになるかもしれないと思った。

コインパーキングのＺ４に乗った。堀内はベルトに差した拳銃を抜く。

「やっぱりな。モデルガンや」

重量感はある。バレルとグリップはプラスチックだが、シリンダーは金属製だ。グリップの形状から見て、コルトを模したリボルバーだろう。

「誠やん、分かってたんか」

「なにが」

「撃たんかい、というたやろ」

「22口径では死なへん。めったにな」

「ええ度胸やな」

「堀やんが先に殴ると思たんや」

「おれは誠やんがやると思たぞ」

「わしのほうが切れやすいんかのう」

「それはまちがいない」

笑った。「ちょっとつきおうてくれ。アパートに帰ってガーゼを替えたいんや」

太股が痛い。縫った傷口が開いたかもしれない。

「わしの車はどうしよ」

「駐めとけや。明日まで」

伊達のイプサムは内藤医院近くのコインパーキングに駐めている。《終日・1600円》だった。


西今川──。アパート近くのコインパーキングにZ4を駐めて部屋に入った。湯を沸かして伊達に茶を淹《い》れ、堀内は寝室でズボンを脱ぐ。

太股に巻いた包帯に血が滲んでいた。包帯をほどいてガーゼをとる。縫合した糸は切れていないが、傷口が歪んで紫色に腫れていた。少しずつ出血する。消毒して止血剤を塗り、新しいガーゼをあてて包帯を巻いた。ずきずき痛む。

台所にもどった。伊達は煙草を吸っている。

「このごろ、ミニマリストいうのが流行ってるらしいな」

「ミニマリスト……。なんや、それ」

「モノを持たずに暮らすひと、や。ベッドなし、テレビなし、家具は小物だけ。着るもんは押入ひとつ分。靴は二足。布団は一組。本はタブレットで読んで、映画はパソコンで見る……。堀やんはミニマリストに近い」

「鍋とフライパンは買うたぞ。使うてへんけどな」

「うちの家はひどいで。どの部屋も娘とよめはんに占領されて足の踏み場もない。あちこちに服の蟻塚が立ってるがな」

　そう、伊達の家はモノがあふれていた。リビングのテレビの横には扇風機とファンヒーターが並び、壁一面の棚は本やＣＤ、百円ショップで買ったような雑貨でいっぱいだった。

「こないだ、よめはんのバッグにわしのガラクタを詰めて捨てたんや。ぼろくそに怒られて、新しいバッグを買わされたがな。グッチやで、グッチ。九万円もした。迂闊《うかつ》にゴミも捨てられん」

「誠やん、別れたよめは『リッチウェイ』の会員やった。玄関から階段まで段ボール箱を積みあげてたけど、おれはなにひとつ文句をいわんかった」

「家いうのは女の天下やな」

「それでええんや。下手に口出ししたら放り出される。沈黙は金、辛抱は銭や」

「堀やんはときどき、仙人になるのう」

「こんな腐った仙人がどこにおるんや。おれは俗と欲の塊やで」

　欲に憑《つ》かれて三途の川を渡りかけた。ひとの足もとには闇が口をあけている。闇に呑み込まれながら消滅しなかったのは堀内の運としかいいようがない。「——ＩＣＵから個室に移されたときは、見るもんすべてが灰色やった。それがこのごろ、色がついてきた。誠やんのおかげや」

「おいおい、気色わるいぞ。堀やんらしいないで」

　伊達は煙草を消して、土岐のアタッシェケースをテーブルにおいた。ナンバー錠を操作するが、開かない。

「誠やん、レンチは」

「土岐の事務所に忘れてきた。それに、こいつはレンチを差し込む隙間がない」

伊達は舌打ちした。「車で轢《ひ》くか」

「それはヤバいやろ。中のもんが潰れる」

「しゃあない。工具や。買うてくる」

伊達はホームセンターの場所を訊き、Z4のキーを持って出ていった。

堀内は椅子にもたれて眼をつむった。眠い。ひどく疲れている。


伊達がもどってきた。箱から電動ドリルを出して刃をセットする。アタッシェケースのナンバー錠のまわりにところかまわず穴をあけると、ケースは抵抗なく開いた。

エアパッキンの包みがぎっしり詰まっていた。CDディスクが十二枚、USBメモリが十七個、透明プラスチックケースの基板──裏ロム──が四十個、ICタグ封印シールやロム封印シールが約五百枚、裏ロムに貼付する『主基板管理番号証』も百枚近くあった。どの封印シールも製造番号と製造業者記号、製造年記号が印字され、パチンコ台の機種ごとに対応できるよう偽造されている。

「大したもんや。これがカバン屋の飯のタネか」

「肌身離さず持ち歩くはずやな」

伊達と眼を見あわせた。「誠やん、宝の山や。これは売れるぞ」

「土岐か」

「土岐が買わんでも、ほかのカバン屋が買う」

「なんぼや」

「裏ロムが五万で二百万。シールが五百枚で五十万。ディスクとメモリには『ダラス』みたいな腐れのパチンコホールを脅すデータが入ってるような気がする」

CDディスクのうち三枚にはフェルトペンで〝パシフィック・岸和田《きしわだ》〟〝サバンナ・高槻《たかつき》〟〝MAY・寝屋川《ねやがわ》〟と書かれている。メモリのうち五個にもパチンコホールの名が書かれていて、うちふたつには〝ダラス・美原〟とあった。

「土岐はやっぱり、コピーをとってたんやで」

「プロやのう。転んでもタダでは起きん」

「生野にいうか」

「いや、新井が先やろ」

堀内は携帯を開いた。新井の名刺を見てボタンを押す。

——もしもし。

——ヒラヤマ総業の堀内です。李からメモリを買いもどしました。

——ほう、そうかいな。

——会うて話をしたいんやけど、よろしいか。

——はいはい、会いましょ。ぼくはいま、家にいてます。

——どちらです。

——金岡町《かなおかちょう》。大泉緑地の南ですわ。

中央環状線から192号線を南へ行くと、采光寺《さいこうじ》という寺がある。その四つ角を右に入った二軒目の家だと新井はいった。

——白い築地塀《ついじべい》の家やし、来たら分かりますわ。

——了解です。八時半には行けますわ。

電話を切った。

「新井のやつ、遠隔のことはいわんかった」

「楽しみやの。値付けはなんぼにする」

「千五百万」

「大きく出たな」

「初めの八百に、オプションの七百。おれの治療費込みや」

立ちあがった。軽い眩暈がした。


采光寺の四つ角を右に折れた。新井に聞いたとおり、築地塀の家……というよりは邸《やしき》があった。冠木門《かぶきもん》に見越しの松、瀟洒《しょうしゃ》な和風の造りだ。

伊達は石張りの車寄せにZ４を駐めた。堀内はノートパソコンを入れたショッピングバッグを持って降りる。

白木の格子戸から邸内が見えた。常夜灯に照らされた庭は広く、木々はきれいに手入れされている。玄関までの途中に池があり、石造りの橋がかかっていた。

「豪勢な邸やのう。胸くそわるいわ」

伊達は門柱のインターホンを押した。返事があり、ほどなくして玄関から小柄な女が現れた。小さく会釈してこちらに来る。髪をひっつめにした五十がらみの女だった。

「いらっしゃいませ。お待ちしてました」

女は格子戸の掛け金を外し、堀内たちを招き入れた。

「失礼ですけど、奥さんですか」伊達が訊いた。

「いえ、手伝いの者です」

「大変ですね、庭の掃除が」

「そうですね。でも、植木屋さんが来てくれます」

踏み石伝いに母屋へ歩いた。池のほうで水音がしたのは鯉だろう。

玄関から応接間に通された。着物姿の新井が床の間を背に座椅子にもたれていた。

「ま、どうぞ」

座布団を手で示す。伊達と堀内は腰をおろして胡座《あぐら》になった。

「ええ着物ですな」

伊達がいった。「よう似合うてはる」

「結城《ゆうき》ですわ。馴れたら着物は楽やから」

「着物は贅沢やし、邸も広い。何坪ですか」

「四百坪です」

バブル期の前に廃業した幼稚園を買い、この家を建てたという。

「建坪は」

「八十坪ほどでしょ。平屋です」

「八十坪の邸に、新井さんと奥さんとお手伝いさん？」

「ぼくと家内だけですわ。さっきのひとは通いやけど、おふたりが来ると聞いて、残ってもらいましたんや」

「お子さんは」

「娘と息子です。娘のダンナは公立高校の教員で、息子は東京の商社勤めです。いずれは辞めさして『ダラス』を任せるつもりです」

「よろしいな。家業を継げるというのは」

「しかし、パチンコホールの先行きはどうですかな。ぼくは息子を医者にして、病院を建てたかったんやけどね」

いい気なものだ。この爺は金で医師免許が買えるとでも思っているのか。たかだか二軒のパチンコホールオーナーに初期投資数十億円の病院が建てられるはずはない。

さっきの女が茶と和菓子を運んできた。やけに茶碗が大きい。

伊達は菓子をつまんで口に入れ、茶を飲んだ。

「けっこうなお点前《てまえ》ですな」

「たまには濃茶もよろしいやろ」

それが作法なのか、新井は茶碗を掌にのせ、少しまわしてから口をつける。堀内は茶を飲まず、ショッピングバッグからノートパソコンを出した。

「新井さん、土岐いうカバン屋を知ってますか」

「いや、知りませんな」

「美原の『ダラス』に来た李鏞一のゴト師グループを束ねてるのは土岐雅博というカバン屋です。一悶着ありましたけど、土岐からこれを買いました」

メモリをふたつとノートパソコンを卓においた。「ジェットカウンターのデータを記録したメモリです。ひとつはオリジナル、ひとつはコピーです」

パソコンを立ちあげてメモリを挿した。ディスプレイを新井に向ける。新井は画面をスクロールしながら見入っていたが、

「これですわ。まちがいない」

と、顔をあげた。「ほかにコピーは」

「ありません」

「その保証は」

「李が『ダラス』に来ることは二度とない。それが証拠ですわ」

「ちなみに、なんぼで買うたんですか。このメモリ」

「三百万です。約束しましたよね、解決金として三百万」

「それは憶えてます。払いましょ」

「それと、契約料の五百万。合わせて八百万もらえますか」

「けっこうです。明日、振り込みますわ。口座を教えてください」あっさり、新井はいった。

「三協銀行此花支店、〇〇一四二××、ホリウチシンヤ、です」

メモ帳に書いた。破って新井に渡す。

「新井さん、メモリはまだありますねん」

伊達がいった。「『ダラス』の遠隔操作。土岐と交渉してたら出てきましたんや」

「………」新井の口もとがわずかに歪んだ。

堀内はまた、ふたつのメモリを新井に渡した。新井はメモリを挿し替える。

「李は新井さんに三千万と裏ロムの取り付けを要求した」

伊達はつづける。「ジェットカウンターのデータだけで三千万は法外ですわな。遠隔操作にからんでこその脅しやなかったんですか」

「………」新井は視線を落とした。

「端からいうてくれたらよかったんですわ。遠隔とジェットカウンターで脅迫されてる、と。……そら、遠隔がバレたら営業停止やし、新井さんもわしらに知られとうなかったんかもしれん。けど、ものごとには段取りいうもんがありますわな。おたくがダンマリしたせいで、堀内は土岐のケツ持ちのチンピラに刺された。天国へ行きかけたんでっせ」

「これですわ」

堀内は太股を押さえた。「切開して七針ほど縫いました」

新井は一瞥《いちべつ》したが、黙っている。

「新井さんの肚は分からんでもない」

伊達はつづける。「わしらがジェットカウンターのメモリを買うてきたら、使える人間かどうかが分かる。おたくはまた生野に頼んで、ほんまの目的である遠隔のメモリを取りもどす。……そんな図《え》を描いたんですやろ」

「なんぼです」

ぽつり、新井はいった。「このメモリの値段は」

「一千万、といいたいとこやけど、こっちは契約外の余禄《よろく》ですわ。七百万でどないです」

「千五百万ですか、このメモリ四つで」

「あきませんか」

「ほかにコピーはないんですな」

「それは確かです」

「分かりました。払いましょ。千五百万」

「振り込みは明日。お渡しした堀内の口座に」

「いや、世話かけました」新井はうなずいた。

「さすが、『ダラス』のオーナーは太っ腹や」

伊達は笑った。「そのパソコンは土岐から取りあげたんやけど、データが残ってるかもしれん。サービスしますわ」

新井は伊達と堀内をじっと見た。

「おたくら、やりますな」

「やりすぎて府警を馘になりましたんや」

伊達は膝を立てた。「宮平はいま、敷津の高陽商会いう代理店で釘叩いてますわ」

「ほう、あんなやつがね」

「『ミルキーウェイ』の茉莉子さんにも会いましたで。ええ女《こ》ですな。飲み代は新井さんにまわすというてました」

伊達は立ちあがった。堀内も立つ。新井に頭をさげて応接間を出た。


Ｚ４に乗った。九時十分——。

「拍子抜けしたな。あっさりＯＫしよった」

「新井は裏ロムの取り付けはともかく、三千万を出す肚やったんかもしれん。それが半額になったんやから御の字や」

「安すぎたか、千五百万」

「誠やん、足るを知る、や」

着手金と合わせて、ひとり八百万円だ。不満はない。

「ま、とりあえずはめでたい。中締めや。『ミルキーウェイ』で飲も」

「それもええな」

太股の傷が痛い。時間ごとに痛みが増して、左脚も痺れている。疲れた。歩くのもつらい。ほんとうはアパートに帰って寝たいが、弱った顔は伊達に見せたくない。「――宗右衛門町の騒動、どうなったかな」

「堀やん、あれは行きずりの喧嘩や。どうってことない」

「まぁな……」

状況を荒木に訊くか――。いいかけたが、口にはしなかった。

「生野に電話してくれるか。『ミルキーウェイ』に来いと」

ことの次第を報告する、と伊達はいい、エンジンをかけた。堀内はシートベルトを締め、携帯の〝生野〟を検索した。


千年町のコインパーキングにZ4を駐めた。帰りは代行やな、と伊達がいう。代行を頼んだところで、堀内のアパートには駐車場がない。タクシーで帰ることにして『ミルキーウェイ』へ歩いた。

茉莉子はカウンターそばのボックスにいた。伊達と堀内を見て小さく手を振った。

マネージャーの案内で奥の席に座った。ホステスがふたり来る。ひとりはピンクのワンピースの咲季、もうひとりは紺のドレスで胸がはち切れるように大きい。

「いらっしゃいませ。蘭《らん》です」

蘭は伊達、咲季は堀内の隣に座った。

「今日は、澪ちゃん、いてへんのかいな」

「ごめんなさい。お休みです」

　蘭はいって、「わたしじゃダメですか」

「訊いてみただけや。わしは蘭ちゃんみたいな乳のデカい子が大好きなんや。寸法は」

「すんぽ？」

「サイズや。バスト」

「八十九です。ウエストは九十、ヒップは八十八」

「土偶やな」

「よくいわれます」蘭は笑った。屈託がない。

「なに、なさいます」咲季が訊いた。

「とりあえずビール。それと、こないだのボトル、なんやったかな」

「スコッチとブランデーです。ブランデーは飲まれました」

「ほな、コルドンブルーを入れよ。二本とも持ってきて」

　伊達は上機嫌でよく喋る。筋者が飲んでいると、途端にムスッとするが。

　ビールを飲み、マッカランとコルドンブルーの水割りに移ったところへ生野が来た。咲季の隣に腰をおろし、膝に手をおく。それがあたりまえといったしぐさだ。

「お飲み物は」蘭がいった。

「そうやな……」

　生野はボトルを見る。「マッカランにしよか。ハーフロックで」

　いって、煙草をくわえる。咲季がライターの火を差し出した。

「でかいな。何カップや」生野は蘭に訊いた。

「Fカップです」

「あんたは」咲季に訊く。

「Dです」

「わし、脚フェチなんや」

生野は咲季の太股を覗き込む。咲季はスカートの裾を押さえた。

三十分ほど飲んだ。生野もよく喋る。最近の若い子のファッションやトレンドに通じていて、伊達よりもまだ座持ちがいい。いったいどこでそんな話題を仕入れるのか、訊いてみると、女性週刊誌を愛読しているといった。

「女性自身、週刊女性、女性セブン、週刊文春、週刊新潮、週刊ポスト。ヴィヴィやモア、クロワッサンとかも読みますな」

「そら、脚フェチだけやない。週刊誌フェチですわ」

「どれも出る曜日が決まってますやろ。せやから、買いに行くのが忙しい」

読んだあとは会社の女の子に配るという。「ま、社内交流の一環でもありますな。安うついてよろしいわ」

「好奇心が強いんですね」咲季がいった。

「あっちのほうも強いでっせ。試してみましょうな」

「はい。また今度」咲季は軽くあしらう。

ボーイが来て、蘭が立った。それを汐《しお》に、

「ちょっと外してくれるかな」

伊達がいい、咲季も立ってカウンターのほうへ行った。

「カバン屋の土岐から『ダラス』のメモリを手に入れました。ジェットカウンターのデータを記録したメモリと、そのコピーです」

「ほう、それはよろしいな」と、生野。

「土岐は『ダラス』の遠隔操作のメモリもふたつ持ってたから、それも取りあげて、さっき、新井の家に行ったんですわ」

「なんと、仕事が早い」

「ジェットカウンターのメモリがふたつで五百万、遠隔操作のメモリがふたつで七百万。千二百万で新井に売ると話をつけたんやけど、生野さんには最初の約束どおり、二割の二百四十万でよろしいか」

「そら、二百四十万ももろたら充分ですわ。わしは口利きしただけなんやから」

「ただし、条件があります」

「条件……」

「宗右衛門町の喫茶店で土岐に会うたんですわ。ところが、土岐にはガードがふたりついてて、また揉めたんですわ。ガードのひとりがチャカを出しよったから喧嘩になって、三人ともいわしたんです。土岐はどうでもええけど、ガードがめんどくさい。ひょっとして三嶋会のチンピラやったら、生野さんに片をつけてもらわんとあかんのです」

「そら困りましたな……」

生野は禿げあがった頭に手をやってためいきをついた。「昨日の海老江のトラブルは金子に報告しましたんや。舛井のことがあったあとやから、えらい渋い顔してたけど、またふたりとなったら、正直、横を向くかもしれませんな」

「今日のガードふたりは小便臭《ションベン》い若造ですわ。土岐が飼うてるゴト師やと思いますねん」

「けど、ピストル持ってましたんやろ」

「モデルガンですわ。あとで分かったんやけど」現場から持ってきた、と伊達はいう。

「分かりました。金子にいいますわ」

生野は顔をあげた。「しかし、金子にもなんぼかは渡さんとあきませんで」

「百六十でどうですか」

堀内はいった。「生野さんに二百四十、金子さんに百六十。それでことを収めてもらえませんか」

「うーん、どないですかな……」

生野はすぐには答えなかった。煙草をゆっくり口にくわえ、カルティエで火をつける。「──ま、済んだことはしかたない。二百四十万と百六十万、その範囲内で、わしが収めるようにしますわ」

もったいぶって生野はいう。四百万円の配分をどうするかは知らないが、言質《げんち》はとった。生野も男だから、いったことは守るだろうし、責任もとるだろう。

「ひとつ約束してくれますか」

生野は真顔になった。「これ以上、三嶋会とは揉み合わんと」

「それはそのつもりです。おれもまた刺されとうはない。ステッキはまだしも、松葉杖や車椅子はごめんですわ」

「強いですな、堀内さんは」

「弱いから、このザマです」

「気持ちが強いというてますねん」

「おれはいっぺん死んだんです。パタッとシャッターがおりて、あとは真っ暗けでした」

「生き運も強いんですわ」

「生き恥をさらせと、地獄の門番がいいよったんです」

つまらん話だ。ほんとうに運が強ければ、足を引きずって歩いたりはしない。ステッキに鉄筋を仕込むこともなかった。

「話は承知しました。遊びましょ」

生野は腰を浮かして蘭を手招きした。蘭と、もうひとり、白いフレアスカートのホステスが来る。ホステスは色白で彫りの深い顔だちだった。

「あんた、どこの子」

「ブラジルから来ました」

「リオかいな」

「そうです」

「ほな、アンダーヘアがないんや。カーニバル」

「よく知ってますね」

「わしも脱毛処理してるんやで。この頭」

生野は笑ったが、ホステスはにこりともしない。

「しもたな。すべったわ」

生野は頭をなでた。蘭が愛想で笑った。

8

携帯が鳴った。開く。伊達だった。

——はい。

——起きてたんか、堀やん。

——いや、寝てた。

——わしもいま起きたとこや。

——よう寝た。夢も見ずに寝た。

腕の時計を見た。一時前だ。

——いまから迎えに行く。昼飯食お。

途中、島之内に寄って、コインパーキングに駐めたイプサムを出す、と伊達はいう。

分かった。待ってる——。電話を切り、布団から出た。

頭が痒《かゆ》い。シャワーも風呂も内藤にとめられている。

Tシャツとトランクスを脱ぎ、風呂場へ行った。包帯が濡れないよう湯船の前にかがみ、シャワーの湯で頭を洗う。身体は絞ったタオルで拭いた。

寝室にもどって包帯をとった。ガーゼに血は滲んでいないが、傷のまわりが紫色になっている。

腫れは少しひいたか。

傷口を消毒し、乾いたガーゼをあてて絆創膏でとめ、包帯を巻いた。替えのトランクスを穿き、ズボンを穿く。傷を庇いながら動きはするが、なにかの拍子に痛みが走る。激痛というほどではないが、かなり痛い。いつも太股を意識しているのがはがゆいし、ただでさえ痺れている足が痛いのは気が滅入る。

ネルシャツを着て台所へ行き、抗生物質を服んだ。テーブルの煙草をとったが、一本もない。パッケージを丸めて流しに投げた。

伊達は二時すぎに来た。

「なに食う」

「なんでもええけど、先に銀行に寄る」

「振り込み、あったんか」

「それを知りたいんや」

ジャケットをはおり、三協銀行の通帳と銀行印を持って部屋を出た。

針中野《はりなかの》駅近くの三協銀行で記帳をすると、《ユ）ダラス》から千五百万円が入金されていた。

「誠やん、入ってた」

「そうか」伊達はうなずく。

「ここでおろすか」

「いや、振り込んでくれ。札束抱えて歩きとうない」

「九百五十万でええな」

生野にやる四百万と、それを差し引いた千百万円の半額だ。「四百万は誠やんが生野に渡してくれ」

伊達の東邦銀行の口座を訊き、振込依頼票に金額を書いて登録印を捺《お》した。窓口で依頼票を渡し、端末に暗証番号を入れる。それで伊達とは折れ《い》になった。

「なんか、実感がないの。五百五十万も稼いだのに」

「ただ数字が動いただけや。現金をおろしたら、ありがたみが分かる」

銀行を出た。風が強い。舗道の落ち葉が舞っている。

「堀やんと組んでよかった。わしはうれしいわ」

「おれを引き込まんかったら、みんな誠やんのシノギやったんやで」

「そんなんやない。わしは堀やんと組んで大阪中を走りまわりたいんや」

伊達はまだ、刑事だったころを引きずっているのかもしれない。そう思った。

「堀やん、腹減ったぞ」

「この近くでええやろ。銀行に車駐めてるんやから」

駒川商店街のお好み焼屋に入った。ビールが飲みたい、と伊達がいう。コイントスをすると、堀内が勝った。

「かまへん。おれが運転する。誠やんが飲め」

堀内は牡蠣《かき》と貝柱のお好み焼、伊達はミックス焼と中ジョッキを注文する。

「ここはわしが奢るからな」

ビールの礼だと伊達はいった。

お好み焼が焼けた。堀内はソースを塗り、花がつおと青のりを振る。

「堀やん、マヨネーズは」

「要らん。お好み焼にマヨネーズは邪道や」

いいながら笑った。そもそも台所の余り物を溶いた小麦粉に混ぜて焼いたのがお好み焼なのだから、邪道もなにもない。

「誠やん、まちごうたわ」

「なにを」

「お好み焼の定義や」

そこへ、携帯の着信音が鳴った。伊達はスマホを出して話をし、切った。

「生野や。会社に来てくれ、て」

「四百万か」えらく手まわしがいい。

「ちがう。金子がわしらに会いたいそうや。金子には金のことはいうなと、生野に釘刺された」

「金子になんぼ渡すか、考えとるんや」

「狸やのう。あの蛸坊主は」

「狸やから金の匂いに敏《さと》いんや」

「せいぜいこき使うたるか」

伊達はミックス焼にソースを塗り、マヨネーズをかけた。


ヒラヤマビル――。生野は信濃庵で待っていた。テーブルに食べかけのだし巻き玉子とざる蕎麦がおかれている。

「ま、座りませんか」

「いや、食うてきたんですわ」

伊達は腹をなでて、「金子さん、上にいてはるんですか」

「北陽連合に探りを入れたそうです。それで、おふたりに会いたいというてます」

「金子さんと北陽連合は」

「詳しいには聞いてないけど、北陽連合の幹部が金子の古い知り合いで、そこから三嶋会のことを聞いたみたいです」

北陽連合は三嶋会の上部団体だが、その幹部が三嶋会の会長より格上かどうかは分からない。

「誰です。幹部て」堀内は訊いた。

「知らんのです。金子に訊いてもいいわんでしょ。迷惑かかるから」

「ま、行ってみますわ」伊達がいった。

「五階の専務室です」

生野はいって、「さっきのこと、くれぐれもよろしゅうに」

「これですな」

伊達が口に指をあてると、生野は小さくうなずいた。

五階にあがった。天井照明はなく、壁付けのブラケットがカーペット敷きの廊下に淡い光を落としている。ステッキをついても音がしない。

伊達が専務室のドアをノックした。返事が聞こえて、ふたりは中に入った。

部屋は広い。手前にマッサージチェアとゆったりとした革張りの応接セット、北欧製だろうかオーク材のサイドボード、その脇にロックグラスやワイングラスを並べたガラスキャビネット。企業の役員室というよりは、老舗ホテルのスイートルームのようだ。金子はデスクの向こうで不機嫌そうに腕組みをしていた。

「すんません。ややこしいことお願いしまして」

伊達は頭をさげた。堀内もさげる。

「あんたら、暴れすぎやで」

冗談めかして金子はいい、こちらに来た。ソファに腰をおろす。堀内たちも座った。

金子はテーブルのヒュミドールを開けて葉巻を出した。シガーカッターで吸い口を切り、火をつける。

「ええ匂いですね」堀内はいった。

「そうか……」

金子はまたヒュミドールを開けた。「どれでも、とりぃな」

堀内はコイーバを手にとった。シガーカッターを借りて吸い口を切る。

「ときどき吸いますねん。シガーバーで」

「そら、ええ趣味や」

金子はひとつ間をおいて、「三嶋会やけどな、若頭の菅沼いうのと電話で話をした。あんたらがボロにした舛井は菅沼の子飼いやけど、組内の序列は尻から数えたほうが早い。菅沼が組の跡とったら、舛井を幹部に抜擢すると、嘘かほんまか、そういうてた」

「どっちにしろ小者ですな」と、伊達。

「榊原と遠山いうのは三嶋会に出入りしてるけど、組員やない。使い走りの三下《さんした》や」

このあいだとは打って変わって金子は愛想がなく、口調もぞんざいだ。こちらがほんとうの金子の顔だろう。

「それはわしらもネタとりました。現役の刑事《デカ》から」

「海老江のマンションでゴロツキ四人がいわされたというのは、菅沼からも聞いた。榊原と遠山のほかのふたりは菅沼も名前を知らん。土岐が使うてるゴト師とちがうか」

「なるほどね。三下とゴト師の連合軍でしたか」

伊達は小さく笑って、「道理でチームワークがとれてへんはずや」

「それと、菅沼はあんたらが宗右衛門町で込み合うた話を知らんかった。三嶋会とは関係ないみたいやな」

「そら、よろしいな。めんどいのは舛井だけ、いうことや」

「ただし、菅沼はわしに、落とし前をつけてくれといいよった。わしは二百万でどうやというたんやけど、菅沼はウンといわん。榊原と遠山のカタもつけたいというから、わしは近いうちに菅沼に会う。舛井に二百万、榊原と遠山に五十万ずつ。三百万で終わりにしたいと思てるんや」

あとで『ダラス』の新井から集金するくせに、金子は恩着せがましく金のことをいう。

生野には四百万もの手数料を払うんやで——。出かかった言葉を堀内は抑えた。

「そこらのことは生野さんと相談してよろしいか」伊達がいった。

「そら、あんたらの好きにしたらええ」

金子は葉巻のけむりを吐いて、「いっぱしのヤクザが治療費や慰謝料やと、情けないことをいう時代になってしもた。なんでもかんでも、金、金、金。このごろのゴロツキは盃やるいうても、断るそうやな」

平山組もころのいいときに解散した、と金子はいう。「土建から競売にシフトしたんは、平山のオヤジの先見の明ですわ。うちの社員で切った張ったのむかしを知ってるのは五、六人で、あとはみんな堅気になった。時代やな、時代」

笑止だ。社員が堅気でもヒラヤマ総業が神戸川坂会のフロントであることにちがいはない。社長の平山康市は川坂会系義享組に盃を返すまで、義享組組長沢居増男の兄弟分だった。

「ちょっと、すんませんな」

金子は葉巻を吸いながらマッサージチェアに横たわった。「こないだ、レントゲン撮ったんですわ。脊柱管狭窄《せきちゅうかんきょうさく》やといわれてね。十分も歩いたら脚が痺れてきますねん」

「おれは年中、痺れてますわ。座ってても、寝てても」

膝をさすった。脊柱管狭窄は治療できるが、座骨神経損傷は死ぬまで治らない。

金子はマッサージチェアを作動させた。話は終わった、という顔だ。

失礼します——。堀内と伊達は専務室を出た。


四階の事務所に降りた。生野がそばに来る。

「どないでした」

「金子さん、三百万で三嶋会とカタつけるみたいです」

「そら、よかった」

生野は四百万をどう配分するか、いわない。

「生野さんの手数料は、わしが今月中に振り込みますわ。口座を教えてください」

「現金でもらえませんかね」

「それは、ちょっとね……」伊達は生野に金をやった証拠を残したいのだ。

「分かりました」

生野は札入れからキャッシュカードを出した。三協銀行池田支店の口座番号をいう。堀内はメモ帳に書いて紙を伊達に渡した。

「これで三嶋会のことはケリがついたと考えてよろしいな」堀内はいった。

「はいはい、けっこうです」

生野はカードをもとにもどしながら、ふっと顔をあげて、「専務は舛井のことをどないいうてました」

「二百万で話をつけるて……」

「いや、金のことはええんやけどね、舛井は組に顔を出してないそうですわ」

「どういうことです」

「舛井はおふたりにやられてヤクザの面子《メンツ》をつぶされた。おふたりをつけ狙うかもしれん。ぼくはそんな気がしますんや」

舛井も土岐の配下の半グレも若い。くれぐれも気をつけろ、と生野はいった。

「それはしかし、生野さん、すべてを収めてくれるということでの手数料とちがうんですか」

「もちろん、重々承知してます。ぼくはただ、注意万端怠りなく、というてますねん」

「せいぜい警戒しときますわ」

伊達がいった。「外を歩くときは後ろを見る。駅のホームでは端に立たん。目付きのわるいのが寄ってきたらとっとと逃げる。刑事《デカ》のころもそうしてましたた」

「なるほどね。プロなんや」

本気にしたのか、しなかったのか、生野は大げさにうなずいた。

伊達はデスクでパソコンを操作している女性社員のそばに行った。

「頼みがあるんやけど、パチンコ屋で『ＭＡＹ』いうのを調べてくれへんかな。アルファベットの

〝MAY〟。寝屋川店や」

女性社員が検索すると、すぐに出た。地図によると、京阪寝屋川市駅近くの早坂町、大京銀行の裏手にあった。

「行くんか」小さく、堀内は訊いた。

「行く。ディスクを売る」

伊達は土岐のアタッシェケースの中にあった『パシフィック・岸和田』『サバンナ・高槻』『MAY・寝屋川』のCDディスクを持っている。

「その前に、Z4をとりに行きたいんやけどな」

千年町のコインパーキングに駐めたままだ。「イプサムは会社の駐車場に置いといたらええやろ」

「分かった。タクシーで千年町に行こ」

伊達は女性社員に社のノートパソコンを借り、デスクを離れた。


コインパーキングからZ4を出し、ナビに〝MAY〟の電話番号を入れると、地図が出た。目的地設定をして湊町《みなとまち》入口から阪神高速にあがる。守口出口から門真《かどま》を経由して早坂町に着いた。京阪寝屋川市駅の東、ショッピングセンターのパーキングビルにZ4を駐めた。

『MAY』はバス通り沿いの敷地三百坪ほどの小型店だった。建物は古く、寂れた感じがする。

「堀やん、こんな中途半端なホールはあかんな」

「早晩、つぶれるやろ」

繁華街の店でもなく、数百台の駐車場をそなえた郊外大型店でもない。「遠隔操作をせんと生き残れん、いうことや」

店内に入った。騒音が耳を刺す。客は五分の入りか。ドル箱を積みあげているのはシマの出入口近くの七、八人だ。

「店長、いてますか」

伊達がホール係に訊いた。ホール係は黙って指をさす。奥の景品交換所にゴマ塩頭の男がいた。交換所に行った。男と眼が合った。

「店長さん？」

伊達が訊くと、男はうなずいた。胸の名札に《須崎》とある。

「客やないんですわ。話がありますねん。よろしいか」

伊達は名刺をカウンターにおいた。店長は手にとって、

「ヒラヤマ総業？　代理店ですか」

「不動産関係です」

「営業はお断りしてます」

「営業やない。ちょっと込み入ってますねん」

伊達は提げたビニールバッグからCDディスクを出した。「これ、見て欲しいんです」

「なんですか、あなた、不躾に」

須崎は眉をひそめた。あばた面、眼が小さく口が大きい。爬虫類《はちゅうるい》を連想させた。齢は五十前か。

「遠隔操作ですわ。おたくのホールコンから流出した還元記録です」

その途端、須崎の口もとがわずかに歪んだ。

「カバン屋の土岐、知ってますな」

「知るわけないでしょう。カバン屋なんて」須崎は伊達を睨んだ。

「このディスクを土岐に売ったんは、おたくですか」

「あなた、気は確かですか。言いがかりはやめてください」

どこで生まれ育ったのか、須崎は東京弁だ。高校生まで大阪にいながら、東京の大学に四年いただけで、大阪にもどってきても、しつこく東京弁を喋るやつがたまにいる。今里署刑事課長の野中というヒラメがそのたぐいだった。

「オーナーは知ってるんですか。遠隔データの流出」

「知ってるもなにもない。うちは遠隔なんかしてません」

須崎はクロだ。身に憶えのないことなら、こうしていちいち反応しない。数々の容疑者を取り調べた刑事の感覚は、まだ鈍っていない。

「そういうことなら、しゃあないな」

つぶやくように伊達はいい、「オーナーに会うて、このデータを見てもらいますわ」

伊達はCDディスクをバッグにもどして踵を返す。

「待ってくれ」

須崎はいった。「話を聞こう」

「へーえ、そうでっか。なにごとも話し合いですわな」

伊達は振り向いて、「話はどこで?」

「出ましょう。外に」

須崎はカウンターから出てきた。ホール係を呼んで交替する。伊達と堀内は須崎についてホールを出た。

バス通りの『エスプリモ』というファミリーレストランに入った。伊達はビール、須崎はアイスコーヒー、堀内はホットコーヒーを注文した。

「わし、ファミレスは嫌いですねん。煙草、吸えんし」

伊達はいったが、須崎は黙っている。緊張しているふうでもない。伊達と堀内に対する敵意が見えた。

伊達はビニールバッグからノートパソコンを出した。電源を入れてCDディスクを挿入する。ディスプレイを須崎に向けた。

「どうです。MAYの還元記録ですか」

須崎は画面に見入ったまま答えない。

「おたくが売ったんですか。カバン屋の土岐に」

「そんな男は知りませんよ」

「けど、このディスクは土岐が持ってたんでっせ」

「だから、知らないって、何度もいってるでしょう」いらだたしげに須崎はいった。

「ほな、オーナーが売ったんですか、カバン屋に。あり得へんね」

伊達はノートパソコンを閉じた。「ま、おたくが売ったか、ホール主任が売ったか、そんなことはどうでもええ。土岐を知らんと言い張るんやったら、大山いうゴト師は知ってますやろ」

須崎はうなずきもしないが、否定もしない。

「なるほどね。大山が来たんや」

伊達は笑った。「大山は金と裏ロムの取り付けをおたくに要求した。ちがいますか」

須崎は窓の外を見た。けっこう、しぶとい。

「店長、黙ってたら分かりませんで。おたくが外に出よ、いうから、ついて来たのに」

「大山とはどういう関係ですか」須崎は視線をもどした。

「わしら、ついこないだまで大阪府警の刑事やったんですわ。ふたりともマル暴担当。それで、不動産屋の調査員になったんやけど、むかしの縁であちこちからトラブル処理を依頼されてね。……堺の某パチンコホールがおたくと同じように遠隔操作のデータをカバン屋の土岐に盗《と》られて、ゴト師の大山に三千万と裏ロムの取り付けを迫られた。……そう、脅迫ですわ。わしらはそのホールオーナーに頼まれて大山に会い、土岐の存在を知って話をツメた。……ま、向こうも丸っ切りの堅気やないし、揉み合いになりますわな。その過程で〝MAY・寝屋川〟のCDディスクを手に入れたというわけですねん」

伊達は差し障りのないよう、ところどころ事情をぼかして説明する。須崎は真顔で聞いていたが、

「CDを買いとれ、ということですか」

「ぶっちゃけ、そういう主旨ですわ」

「いくらで」

「堺のホールはジェットカウンターの抜きも土岐に盗られてたから、トータルで二千万。おたくはその半額でどないです」

「恐喝じゃないですか。あなたのやってることは」

「そら店長、人聞きがわるいわ。わしらは土岐と大山を叩いて、おたくの代わりにディスクを取りもどしたんや」

「わたしはそんなこと、あなたたちに頼んではいない」

そこへ、ビールとコーヒーが来た。ウェイトレスは伊達と堀内を見て、堅気を追い込んでいるヤ

クザとでも思ったのか、逃げるように離れていった。

「なんでかしらん、怖がりますねん。わしのことを」

伊達はビールを飲む。「わしはヤクザなんぞ屁《へ》とも思てへんのにね」

「一千万は無理だ」

力なく、須崎はいった。「そんな金は出せない」

「おたく、土岐にデータを売ったんとちがうんかいな」

「ばかばかしい。わたしはそんな下種《げす》なことはしない」須崎は気色ばむ。

「ほな、誰が売ったんや。ホール主任？　ホールコンのエンジニア？」

「分からない……。調べはしましたがね」

「ほな、なんぼやったら出せますねん」

須崎は答えない。

「オーナーは知ってるんですな。遠隔のデータが流出したことを」

須崎は小さくうなずいた。

「それやったら話は早い。オーナーが金払うたらよろしいがな」

伊達は笑って、「敷津の高陽商会いう代理店、知ってますか」

「知ってます」

「そこにMいう営業がいてますわ。Mは堺のホールの新台入替に入ったとき、ホールコンから遠隔のデータを抜いて土岐に売った。……ね、店長、おたくも代理店の人間にデータを盗られたとオーナーに報告して、金を出してもろたらどうです」

「代理店ね……」

話を向けられて、須崎はためいきをついた。この男が土岐にデータを売ったかどうかは分からないが、方策は考えている。堀内はそう思った。

「ま、いうたら、このCDは行きがけの駄賃ですわ。少々のディスカウントやったら聞きまっせ」

「三百万……」ぽつり、須崎はいった。「三百万なら、オーナーに話ができる」

「そら店長、ディスカウントがすぎますわ。遠隔がバレたら、おたくは即、営業停止でっせ」

須崎は失職、ハローワーク通いだと伊達は脅す。

「店長は大山に会うたんでしょ」

堀内はいった。「大山はなんぼくれというたんですか」

「知りません」須崎はアイスコーヒーにストローを入れる。

「大山は裏ロムの取り付けも要求した。もし、いうとおりにしたら、毎月、二百万や三百万は掠《かす》めとられる。それでもええんかいな」

「だから、大山には会いましたよ。でも、要求は聞いていないし、土岐とかいうカバン屋もわたしは知らないんだ」

「とぼけるのもええ加減にせんとあかんわ」

伊達がいった。「おたくの対応次第で、もっとひどい事態を招くんやで」

「あんたたちはヤクザですか」

「ちがう、というてるやろ。昨年まで、府警の刑事やったんや」堀内はいった。

「だったら、証明してください」須崎はしぶとい。場馴れしている。

「誠やん、どうする……」伊達を見た。

「しゃあない。恥さらすか」

伊達はノートパソコンを開いた。グーグルの〝アイコン〟をクリックし、太い指でキーを押す。

〝大阪府警　不祥事〟と入力した。

検索画面が出た。伊達は〝週刊ディテール　大阪府警暴対係刑事重傷〟をクリックした。

《先週末、貝塚西署暴対係刑事（巡査部長・38）が内偵捜査中に下腹部をナイフで刺され、重傷を負った事件は意外な展開を見せている。

当初、刑事は刺した犯人について心あたりはないとしていたが、現場が同署管轄地域とは離れた大阪市北区のレストランであり、犯行時刻が午前2時というのも不自然だとして、府警本部が調べたところ、三角関係のもつれにより刑事が刺された疑いが強くなった。

刑事は北新地のクラブホステスと愛人関係にあり、ホステスから以前つきあっていた〝売掛金取立屋〟の男との関係を解消したいと相談され、男をレストランに呼び出してホステスと別れるよう迫った。この際、男は手切金を要求したが、刑事は拒絶し、口論となった。レストラン従業員が止めに入り、ふたりは外に出たが、激昂した男はナイフで刑事を刺し、逃走した。

刑事は柔道四段。身長180センチ、体重95キロのがっしりした体格で、大量の出血にもかかわらず、レストランの支払いを済ませて、歩いて近くの救急病院へ行った。

取立屋の男は2日後、凶器のナイフを持って曽根崎署に出頭し、刑事を刺したことを認めた。男の供述により、北新地のホステスをめぐる爛《ただ》れた愛人関係が明るみに出たのである。》

「これがわしや」

伊達は須崎に記事を見せた。

「名前がないじゃないですか」

「疑り深いな」

伊達は近畿新聞の〝大阪府警暴対係刑事重傷〟をクリックした。

《10日、大阪府警は北区梅田で三角関係のもつれにより元バーテンダーの原口正己（29）に刺されて重傷を負った貝塚西署の巡査部長伊達誠一（38）の懲戒免職処分を明らかにした。伊達元刑事は事件について黙秘しているが、府警監察室は伊達元刑事と交際していた女性などから事情を聞き、処分を決めたという。》

「どうや、分かったか」

　伊達は須崎を一瞥した。「わしも堀内も府警を放り出されたマル暴担当の刑事や。箍《たが》の外れた元刑事は怖いもんがない。法に触れんことやったらなんでもする」

「あなたたちのやってることは恐喝だ。犯罪じゃないですか」

「恐喝すなわち犯罪やない。あんたが警察に被害届を出したら捜査がはじまるんや」

「ものはいいようだ」

「わしの取り柄や。口が達者。滑舌はもひとつやけどな」

「ヒラヤマ総業というのは」

「不動産屋……ではあるけど、専門は競売や。マル暴の刑事はツブシが利く」

「四百万……。どうですか」諦めたのか、須崎はいった。

「堀やん、かまへんか」

「ええやろ」

　もう面倒だ。『ＭＡＹ』が『ダラス』のように儲かっているとも思えない。

「で、支払日は」堀内は訊いた。

「オーナーに相談してからです」

来週末、と須崎はいった。

「そら無理や。……五日間。来週の火曜まで待と」

堀内はメモ帳に〝10／27　４００万〟と書き、ちぎって須崎に渡した。「大山も土岐もＣＤは持ってへん。もしなにかいうてきよったら、突っぱねるんやで」

「店長、名刺くれるか」

伊達がいった。須崎は渋々、名刺を出して伊達に渡す。

「分かってるやろけど、四百万が用意できんかったら、ディスクは郵便で府警の生安課に送る。〝ＭＡＹ寝屋川　遠隔操作データ〟と書いてな」

須崎はなにもいわず、伊達を睨《ね》めつけた。

「そんなうっとうしい顔するもんやないで。わしらがディスクを手に入れんかったら『ＭＡＹ』はゴト師に骨までしゃぶられたんや」

「土岐とかいうカバン屋に訊いたんですか。どうやってデータを盗んだのか」

「んなことは聞いてない。興味もない」

「『ポスコム』です。コンピューターシステム業者の」

「なんや、いきなり」

「今年の二月、ホールコンのメンテナンス契約をしたんですよ」

口早に須崎はいう。「それまでは、トラブルはなかった。遠隔のデータを抜いたのは『ポスコム』です。ツブシの利く刑事なら、調べてください」

「二月にシステム業者を替えたんかいな」

「メンテナンス料が安かったし、柳沢《やなぎさわ》さんの紹介状も持ってきた。それで替えたんです」

「あんた、ちゃんと喋れんか、理解できるように」

伊達は顔をあげ、斜めに須崎を見た。「わしら、業界の人間やないんやで」

「柳沢繁郎《しげお》。関遊協の副理事長です」

「関西遊技業協同組合？」

「そうです。……うちに来たのは『ポスコム』の田代という男で、メンテナンスは樋渡《ひわたし》というエンジニアが担当です」

樋渡は毎月、二十日前後にメンテナンスに来る。ゴト師の大山が『ＭＡＹ』に現れたのは十五日で、樋渡が来たのは十九日だったから、須崎は樋渡にデータ流出を問いただした。樋渡はホールコンピューターのセキュリティーについて説明し、流出の原因は分からないと首を振った。須崎はそれ以上、樋渡を追及できず、話はうやむやに終わったという。「樋渡はとぼけてるんです。『ポスコム』との契約は破棄しますが、あなたたちが樋渡を調べてくれたら、うちは賠償請求できます」

「あほなこというたらあかんわ。遠隔が表に出るで」

「データの内容はともかく、樋渡はホールコンのデータを流出させた。わたしは『ポスコム』という悪徳業者をつぶしたいんです」

「分かった。あんたは悔しい。『ポスコム』を調べたら、あんたに報告する」

その気はまったくないのに、伊達はいって、ビールを飲みほした。堀内もコーヒーを飲む。冷めたコーヒーは苦いだけだった。

9

Ｚ４に乗った。

「あれこれ胡散臭《うさんくさ》いのが出てきよるな、え」伊達がいう。

「『ポスコム』の田代と樋渡か」

「関遊協副理事長の柳沢もや。田代は柳沢の紹介状を持ってきたんやろ」

「裏があるな」

「ある。まちがいない」

伊達はスマホで検索した。「堀やん、ポスコムは千里中央や」

「電話番号、いうてくれ」

堀内は携帯を出した。伊達に聞いて、かける。

――はい。ポスコムです。

――田代さんか樋渡さん、いてはりますか。

――失礼ですが。

――ヒラヤマ総業の堀内といいます。

――ホールさんでしょうか。

――そうです。

ポスコムはパチンコホールを主たるクライアントにするシステムメンテナンス会社のようだ。

――樋渡は出てますが、田代はおります。代わりましょうか。

――いや、行きますわ。そちらに。

五時に行く、といって電話を切った。

「誠やん、行こ」

「むかしを思い出すな。堀やんは軽いわ」

「なにが」

「フットワーク。食いついたら離れへん」

伊達はナビにポスコムの電話番号を入れた。


五時五分前、千里中央に着いた。駅前の立体駐車場にZ4を駐め、新御《しんみ》堂筋《どうすじ》をまたぐ歩道橋を渡った。

ポスコムは一階が生鮮スーパーの、こぢんまりしたビルの三階にあった。エントランスの案内表示を見ると、フロアの五室のうち二室を使っている。

エレベーターで三階にあがり、青い縞模様のドアを押した。短いカウンターの向こうにピンクのベストの女性社員がいた。

「さっき電話したヒラヤマ総業の堀内です」

「はい。お聞きしてます。こちらへ」

案内されて応接室に入った。けっこうスマートな客あしらいだ。女性社員は背が高く、スタイルがよかった。

「堀やん、眼がやらしいぞ」

伊達がいう。「尻ばっかり見てたやろ」

「おれは尻フェチや」脚フェチでもある。

「わしはフェチなんぞない。臨機応変や」

「どんなんでもええんか」

「下は二十五から上は五十かな。贅沢はいわん。できるもんなら、お願いする」

「お願いしてもできるとは思えんな」

ふたりして笑ったところへノック。ドアが開いて男が入ってきた。ライトグレーのスーツに襟の縒《よ》れたワイシャツ、安物くさい紺と緑のレジメンタルタイを締めている。小肥りで髪が薄いが、老《ふ》け顔でもない。四十代半ばか。

「田代と申します。営業担当です」

田代は伊達と堀内に名刺を差し出した。田代昌孝《まさたか》――。肩書は営業部長だ。

「ヒラヤマ総業の伊達です」伊達も名刺を渡した。

「堀内です。あいにく、名刺を切らしてます」

「どうぞ。おかけください」

いわれて、腰をおろした。田代も座る。

「ごめんなさい。わたしの勉強不足ですが、ヒラヤマ総業さんはホールを展開されてるんですね」

慇懃《いんぎん》な口調で田代はいった。

「奈良ですわ。王寺に二軒、大和高田に一軒。『パレス』といいます。八五年まで西天満で小さいホールをやってたんやけど、閉めましてね。その名残で本部を西天満においてます」

伊達はいって、「関遊協副理事長の柳沢さん、ご存じですか」

「柳沢さんに聞いたんですわ。こちらさんのホールコンメンテナンスはしっかりしてる、と。それで、新規契約を考えたい、いうことです」

「はい、もちろん」

「ありがとうございます」

田代は頭をさげて、「いまはどちらの業者さんに」

「それはちょっといえんのです。おたくさんの料金とかサービス内容を聞いてからでないと、こちらも判断ができませんから」

「ごもっともです。……で、お考えになってるのは全店ですか」

「とりあえず、大和高田店を考えてます。パチンコが百五十台とスロットが百台です」

「それは多いですね」

田代は食いついた。疑うふうはない。

「遠隔もしてますねん」

「は……」

「大和高田店はすぐ近くに競合店があって、遠隔をせんことにはやっていけんのです。当然、向こうさんも遠隔をやってます」

「差し支えなかったら、競合店の……」

「いや、それはまだいえませんわ」

伊達は遮った。「ぶっちゃけ、月にいくらでメンテしてもらえますか」

「あの、参考までに、いまのメンテナンス料は」

「そんなん、いえるわけないやないですか。おたくさんから提示してください」

「わたしどもは基本的に一月に一回の保守点検で、年間契約をさせていただいてます」

「せやから、その年間契約料をいうてくれませんか」

「三百六十万円です」

小さく、田代はいった。「――でも、それは、あくまでも基本契約ということで、ご要望をおっしゃっていただければ、わたしどもも考えさせていただきます」

「値引きはする、いうことですな」

「おっしゃるとおりです」

「遠隔の面倒もみてもらわんといかんのですよ」

「むろん、承知しております」

「いまは店長が店内でホールコンを操作してるんやけど、駐車場からスマホかノートパソコンで飛ばしたいんですわ。その日、その日の還元率を」

「それは可能です。いくつか機器を増設しないといけませんが」

「その費用は」

「ホールコンを見せていただかないと分かりません」

「概算でよろしいわ」

「ちなみに、シマは」

「十列です」

「シマごとの遠隔操作ですね」

「そうです」

伊達はパチンコホールの本部社員になりきって、うまく話を合わせている。ホールコンピューターのことなど、なにも知らないのに。

「じゃ、一式三百万円でいかがでしょうか。増設機器も含めて」

「それは田代さん、高いわ。ただ電波を飛ばすだけやのに」

「おっしゃることは分かりますが、内容が内容だけに、なによりも堅固なガードをかける必要があります。そこをご理解ください」

「堅固なガードが三百万ね」

伊達は笑った。「エンジニアは樋渡さんを希望します」

「樋渡をご存じですか」

「柳沢さんの推薦ですわ。優秀なひとやと聞きました」

「おっしゃるとおりです。樋渡は最高のエンジニアです」

「元はメーカーのひとですか」

「『太陽』で開発をしてました」

『太陽』は知っている。オーナー会長の高山某は確か、長者番付の常連だ。

ノック――。さっきの女性社員がトレイを持って入ってきた。ホットコーヒーを伊達と堀内の前におく。また、コーヒーだ。寝屋川のファミレスで飲んだのに。

「すんませんね」

伊達は女性社員にいった。「いや、ふたりでいうてましてん。きれいなひとやな、て」

「あ、はい、どうも……」とまどっている。

「これから、ここに来るのが楽しみですわ。そのためにも契約せんとあきませんな」

伊達はいって、田代を見る。女性社員は頭をさげて出ていった。

「愛想がよろしいやろ」伊達は笑った。

「そうですね……」田代はどう返していいか分からないようだ。

伊達はコーヒーに砂糖を入れ、ミルクを落とした。

「煙草、よろしいか」

「どうぞ」

田代はテーブルの下からクリスタルの灰皿を出した。伊達は煙草を吸いつけて、

「年間メンテナンス料、三百万。遠隔操作変更で二百万。それをベースに話を進めたいんやけど、どうですか」

田代は答えない。しばらく考えて、

「──樋渡にホールコンを見させていただいてからでは駄目ですか」

「ま、よしとしますか。田代さんの立場もあることやし。検討してください」

「お気づかい、ありがとうございます」

ホッとしたように田代はいった。完璧に騙されている。

「田代さんは柳沢副理事長と親しいんですか」

「親しいなんて、とんでもない。日頃からお世話になってます」

「柳沢さんが経営してるホール、なんでしたかね」

「『ウィロー』です。英語の〝柳〟」

柳沢は吹田と豊中に三店、東大阪市の枚岡《ひらおか》と角田《すみだ》で五百台規模のホールを経営しているという。

「そらデカいわ。合わせて二千五百台のホールオーナーや」

「『パレス』さんは三軒やないですか」

「二百五十と三百と三百……。うちは八百五十台ですわ」

「そう変わりませんよ」田代は追従《ついしょう》でいう。

「ポスコムはいつ、創業しました」堀内は訊いた。

「九五年です。おかげさまで二十年になりました」

「営業は、田代さんと？」

「部下がひとりいます」エンジニアは樋渡のほかに三人。社長以下、経理と総務の社員を含めて総勢九人でやっている、と田代はいった。

「なかなかの優良企業やないですか。このパチンコ人口減少の時節に九人もの人員がおるのは」伊達がいった。

「なんとか、潰れずにやってます」

「これは世間話として聞いて欲しいんやけど、つい最近、大和高田店の近くに競合店がもう一軒オープンしました。そこも遠隔をやってて、うちの客をとられてます。阻止する方法はないですか」

「おっしゃる意味が分かりませんが」

「たとえばの話、競合店の遠隔電波をキャッチして妨害するようなことはできんですか」

「それは無理ですね。競合店のホールコンを操作しないと」

ホールコンピューターはホール内の遊技機をコントロールするものであり、外部ネットシステムとは遮断されているため、ハッキングは不可能だと田代はいった。「その種の操作は、うちはしません。企業倫理に反します」

語るに落ちた。なにが企業倫理だ。ポスコムは『ＭＡＹ』のホールコンからデータを抜いて土岐に売り、土岐と配下のゴト師グループはそのデータをちらつかせて『ＭＡＹ』を強請《ゆす》っているのだ。

「ポスコムのセキュリティーは万全である、と理解してよろしいな」

「わたしどもはクライアントの方々から万全の信頼をいただいていると自負してます」

「了解です。つまらんこと訊いて、すんませんでしたな」

伊達はコーヒーをすすった。「樋渡さんはいつ、お帰りです」

「今日は少し遅くなります。九時にはもどると思いますが」

「それやったら、九時すぎに樋渡さんを迎えにきてもよろしいか。しんどいやろけど、大和高田店のホールコンを見てもらいたいんです」

「はい、はい、樋渡に申し伝えます」

「いったん帰りますわ。九時すぎに、また来ます」

伊達は煙草を消し、コーヒーを飲みほした。「確認やけど、ホールコンの年間メンテ料は三百万。遠隔の仕様変更は二百万。樋渡さんに見てもろたら、上司に報告して決裁を仰ぎます。それでよろしいな」

「はい。けっこうです。ありがとうございます」田代は両手を膝について頭をさげた。「大和高田店のメンテ契約変更については社内稟議《りんぎ》がまだなんで、連絡はわたしの携帯にしてください」

伊達はまた名刺を出してヒラヤマ総業の電話番号に棒線をひき、裏に携帯の番号を書いて田代に渡した。

「長々とすんませんでした。次は上司を連れてきます」

「失礼ですが、上司の方といわれるのは、堀内さんやないんですか」

「なんで、そう思たんですか」

「ほとんど黙っていらっしゃいましたから」

「田代さん、あんた、よう観察してはりますわ」

伊達はにやりとして立ちあがった。堀内も立つ。

「ほな、また」

応接室を出た。


「誠やん、おれは上司か」

「そう見えたんやろ。杖ついて黙ってるし」

「しかし、感心した。誠やんはオレ詐欺ができる」

「当意即妙というてくれるか」

「その当意即妙が怖いわ。樋渡を攫《さら》うつもりなんやろ」

「樋渡を攫うて吐かせる。柳沢たらいうホールオーナーとのからみが知りたい」

「ポスコムと土岐のからみもな」

「樋渡を操ってるのは田代とちがうか。そんな気がするわ」

「あれは腐れや。顔は笑うてるけど、眼が笑うてへん」

ビルを出た。歩道橋をあがる。左の膝がうまく曲がらないから階段はしんどい。あがりきったところで一息ついた。

「堀やん、腹減った。なんぞ食おうや」

「西天満で食お。Z4で樋渡は攫えん」

ヒラヤマ総業の契約駐車場にZ4を駐め、イプサムに乗り換えよう、といった。

「西天満に行くんやったら、ついでや、生野のおっさんに関遊協の柳沢を調べさせよか。あれは狸やから、あちこちに知り合いがおるで」

「そら、生野は顔が広いけど、これ以上、あのおっさんを引き込むのはどうなんや。また手数料をくれとかいいかねんぞ」

「いうのは勝手や。わしは、払う気はない」利用できるやつは利用すればいい、と伊達はいう。

「分かった。誠やん、電話してくれ。生野に」

「おっさんは暇や。せいぜい仕事を与えてやらんとな」

伊達はジャケットからスマホを出した。


西天満——。『信濃庵』に入った。生野は小上がりでかき揚げとほうれん草の白和《しらあ》えを肴《さかな》に燗酒《かんざけ》を飲んでいた。伊達と堀内もあがって卓の前に座る。

「早いお越しですな。どこにいてはったんですか」

「千里中央ですわ。ホールコンのメンテナンス業者に訊き込みしてました」

「ほう、なんの訊き込みです」

「ちょっと気になって、土岐のゴト師グループがどんなホールを相手にどういうシノギをしてるか、調べとことと思たんです」

「さすがに、そこらの競売調査員とはちがいますな。半日たりともじっとしてへん。デスクでパソコンばっかりいじってる、ほかの社員に見習わしたいもんや」

「いまだに刑事《デカ》の垢《あか》が抜けんのですわ」

伊達は笑って、女将を呼んだ。にしん蕎麦とかやくごはん、堀内は天ぷら蕎麦を注文する。

「酒、飲まんのですか」と、生野。

「このあと、車で行くとこがありますねん。九時すぎに」

「そら飲めませんな」

生野は手酌で酒を注ぎ、「関遊協の柳沢、調べましたで」

ディベロッパー時代の知人が今年の三月まで日遊連――日本遊技事業協同組合連合会――の事務方理事をしていたという。

「名前は差し障りがあるからいえませんけど、Aさんとしときましょ。日遊連の理事いうたら警察の天下りが多いけど、Aさんはちがいます。京都でパチンコホールをやってる在日商工業者です」

生野は酒を飲み、つづける。「わしもAさんから話を聞いてて、なんべんも、ほんまですかいな、と聞き直したんやけど、パチンコ業界と警察とは実にいろんな癒着、軋轢《あつれき》がある。そこんとこから説明せんことには関遊協副理事長の柳沢につながらんのです。話は長いけど、聞いてくれますか」

「もちろんです。一から聞かせてください」

伊達はあぐらをかき、上体を前に傾けた。生野は伊達と堀内を見て、

「そもそも、パチンコと警察の関係は『パチンコ業界が警察に天下り等で利益を提供し、その代わりに換金黙認や釘調整黙認等の利益を得る』というギブ・アンド・テイクの図式で成り立ってる。そうして、その図式は概してまちがいやなかったんやけど、二〇〇二年の日韓共催サッカーワールドカップで様相が一変した。パチンコ業界と警察が対立したんですわ」

パチンコ事業者は在日韓国・朝鮮人が多く、そこに事業性を見た当時の日遊連執行部がサッカーグッズを一括購買し、ホールの景品として全国の加盟店に仕入れてもらおうと目論んだ。ところが、サッカーワールドカップの成功とは裏腹に日遊連の事業は大失敗に終わり、億を超える多額の負債

を抱えてしまった。この責任をとる形で日遊連執行部は総辞職したのだが、その翌月には、ひとりを除いて総再任した——。

「そのひとりというのが、共同購買を立案した高見聡《たかみさとし》いう専務理事で、つまりは更迭ですな。高見は警察庁生活安全局の保安課課長補佐を最後に定年退職したノンキャリやけど、日遊連の専務理事は警察天下りにとっては最上位のポストです。……これが警察にとって、どういうことか。要するに〝小賢しくも日遊連は警察庁の了承を得ず、天下り最上位の専務理事にすべての責任を押しつけて辞めさせた〟いうことですわ」

「そら、パチンコ業界が警察をコケにしたらマズいですわな。あとで、どんな仕返しがあるやら分からんでっせ」さもおかしそうに伊達は笑う。

「しもた、こらあかん、と日遊連は気ぃついたけど、専務理事は警察の天下りポストやから後任人事ができへん。なんとか次のひとを、と警察庁に要請したけど、門前払いですわ。結局、専務理事不在のまま二〇〇六年まで来て、事件が起きたんです」

「事件……。なんです」

「二〇〇六年五月の日遊連総会の日ですわ。パチンコ業界を所管する警察庁生活安全局環境課から課長代理が出席して課長の祝辞を代読してる、ちょうどそのときに、日遊連理事長の平本幸雄《ひらもとゆきお》が経営する世田谷のホールに警視庁の立ち入り検査が入った。パチスロ機の無承認変更容疑です」

「総会開催中の立ち入り検査て、平本に恥かかせるためやないですか」

「分かりやすいでしょ。警察庁が理事長をハメたんです」

「平本は警察とわるかったんですか」

「警察にもいうべきことはいう、必要なら争う、いう姿勢でした。天下りの専務理事も必要ないという考えで、警察庁には睨まれてました」

その総会を機に、日遊連はふたつに割れた。一方は平本シンパで、警察に対しては〝是々非々〟、もう一方は明確な〝親警察〟で、〝パチンコ業界は警察の意向に従って発展させるべき〟という方針だった。

「簡単にいうたら、反警察が平本、親警察が現理事長の松原祥公《まつばらしょうこう》です。二〇〇七年以降、日遊連の理事長立候補者はこのふたりだけで、勝ったり負けたりの接戦がつづいてます」

二〇〇七年三月の理事長選挙では松原が勝ち、専務理事の天下り人事が復活した。二〇一〇年の選挙では平本が勝ったが、警察による無承認変更などの行政処分が多く、二〇一三年には松原が選挙に勝って現在にいたっている。

「あと五カ月。来年の三月が次の日遊連理事長選挙と関遊協の理事長選挙です。関遊協のオーナー連中も反警察派、親警察派で票読みしてます」

そこへ、にしん蕎麦とかやくごはん、天ぷら蕎麦が来た。伊達はノンアルコールビールを注文し、箸を割って、

「柳沢はどっちです」

「どっち、というのは」

「親警察か、反警察か」

「親警察ですわ」

「関遊協の理事長は」

「もちろん、親警察です。木村いう八十前の爺《じい》さんやけど、ちょっとトロいみたいですな。柳沢の人形ですわ。柳沢は木村を飾りに立てて、裏で関遊協を牛耳ってます」

「旨味はなんです。副理事長の」

「金でしょ。Aさんは、年間四億というてたかな。加盟店からの会費ですわ。それを柳沢は好きなように使える」

「そうか。柳沢は次の関遊協理事長選挙で木村を勝たせたいんや」

「柳沢は日遊連の松原にべったりです。月にいっぺんは東京へ行って機嫌をとってる。柳沢は日遊連の次の副理事長の座を狙うてると、もっぱらの噂です」

「どえらい策士やないですか」

伊達はかやくごはんを口に入れて、「けど、なんで理事長やのうて副理事長を狙うんです。中途半端に」

「日遊連の理事長は東遊協の指定席です。副理事長はその限りではない」

「なるほどね。そうなんや」

「全国一万千のパチンコホール、三千八百のパチンコ遊技業者のナンバーツーです。生半可なポストやない」

「来年の関遊協選挙の票読みはどうなんですか」堀内は訊いた。

「競《せ》ってるみたいですね。親警察派と反警察派が」

「反警察の頭目は」

「鍵本いうホールオーナーです。神戸の三宮と新開地で『コーラルベイ』いうパチンコホールをやってます」

「『コーラルベイ』の鍵本ね」

メモ帳に書いた。日遊連の平本と松原、関遊協の木村も。「──『ダラス』の新井さんは関遊協の理事ですか」

「さあ、聞いたことないですな」

「寝屋川の『MAY』、岸和田の『パシフィック』、高槻の『サバンナ』、このオーナーが理事かどうか、木村派か鍵本派か、調べてもらえませんか」

四店のオーナーが関遊協の理事で、鍵本シンパではないかという気がした。元刑事の勘だ。メモ帳に店名を書き、ちぎって生野に渡した。

「このホールはカバン屋の土岐と関係があるんですか」

「ちょっと訳ありですねん。ことが片付いたら報告します」

「分かりました。Aさんに訊いてみましょ」

生野は白和えを口に入れ、酒を飲む。堀内は天ぷら蕎麦に箸をつけた。


九時五分――。千里中央に着いた。ポスコムが入居するビルの前にイプサムを駐める。

「どこで攫う？　樋渡を」

「そうやな……。大和高田までは遠すぎるな」伊達はあごをひねる。

「羽曳野はどうや。南阪奈道の『羽曳野』で降りて、東へちょっと行ったら石川や。河川敷が広いし、夜中は人気《ひとけ》がない」

石川の河川敷は土地勘がある。中央署にいたころ、被疑者が覚醒剤を隠したと自白した農機具小屋を捜索したことがある。

「よっしゃ。それで行こ」

伊達はいって、車を降りた。堀内も降りてビル内に入り、三階のポスコムへ。田代は白いワイシャツの男と事務室にいた。

「樋渡さん？」

伊達が訊いた。はい、とうなずく。度の強そうな眼鏡をかけた、三十すぎの神経質そうな男だ。

「ヒラヤマ総業の伊達です。お迎えにあがりました」

「大和高田の『パレス』さんに行くんですよね」

「すんませんな。こんな遅うから。十一時に閉店なんで、それからホールコンを見てください。阪神高速から阪和道、南阪奈道で大和高田へ走ります」

十時半には着くだろう、と伊達はいい、「もちろん、帰りはお送りしますわ」

「お世話さまです。ぼくは大阪市内なんで、森之宮《もりのみや》あたりで落としてもらえますか」

「それやったら、帰りは法円坂《ほうえんざか》で阪神高速を出ますわ。あとは道順をいうてください」

「じゃ、行きましょうか」

樋渡は立って、上着をはおった。


堀内が運転席、樋渡と伊達がリアシートに座った。桃山台《ももやまだい》から新御堂筋にあがって大阪市内に向かう。

「毎日、お忙しいですか」伊達が訊く。

「忙しいですね。最近のホールコンは大型化してますから、メンテが大変です」

「樋渡さんは遠隔もしてるんですか」

「はい。本意じゃないですが」あっさり、樋渡はいった。

「うちの遠隔は遅れてて、ホール全体の還元率を設定するようになってるんやけど、それやとどうしても、出るシマと出んシマができてしまう。そこんとこをうまいこと調整して欲しいんですわ」

「はい。それは田代から聞いてます」

「それと、駐車場から操作をするのは」

「ノートパソコンからホールコンにアクセスします」

「データは」

「パソコンとホールコンのハードに記録されます」

「ノートパソコンを持ち歩いてるのはオーナーですよね」

「店長に任せている店もありますが、普通はオーナーでしょう」

　オーナーは老人が多いから煩雑な操作を嫌うという。「ホールコンにアクセスするセキュリティーコードさえ憶えようとしないんです。なのに、還元率が一パーセントでも狂うと、すぐにクレームですよ。店長もよく叱られてますね」

「うちの店長の収入は知ってるんやけど、ほかはどれくらいですか」

「大手チェーン店の店長で、年収七、八百万円ですかね。主任クラスで四百万円から五百万円でしょう。四十をすぎるときついです」

　パチンコホールの従業員はスキルアップを望める職種ではなく、年功序列もない。一日中、立ち仕事だし、五十や六十になってもホールスタッフのままでは昇給しないから、ひとの入れ替わりが激しい、と樋渡はいう。

「その点、樋渡さんはよろしいな。スキルがあるから」

「コンピューターのエンジニアやプログラマーなんて、日々のルーティンをこなしているだけで、たいていは大したスキルじゃないですよ」

「けど、ハッキングなんかは金になるでしょ。天才ハッカーが金融機関に侵入したニュースとか、聞くやないですか」

「映画やドラマの世界ですよね。実際は盗んだ個人情報とかを名簿屋に売るのが関の山じゃないですか」

「樋渡さんは子供のときからパソコンマニアですか」

「あまりいいたくはないんですが、ゲームおたくでした」

「いじめられたんですか」

「それもありました」

樋渡は高校を中退し、大学検定で卒業認定をとってコンピューター専門学校へ行った。講師の紹介でサラ金会社の契約社員になったが、顧客データを管理するうちに多重債務者の督促担当になり、債務者の多くがパチンコ依存症だと知ったという。

「ちょうどそのころ、『太陽』というパチスロメーカーの社員募集を見たんです。面接に行ったら、その場で採用されました」

『太陽』では開発チームのプログラマーだったが、いくらがんばってもヒット機種が出ず、社内の風あたりも強かった──。「残業、残業で体調を崩したとき、田代さんにスカウトされたんです。……やっぱりパチンコが好きだったんですね。メーカーより現場のほうがおもしろい。そうじゃないですか」

訊かれもしないことを、樋渡はよく喋る。伊達がうまく水を向けるからだ。今里署でも伊達の訊き込みと落としに敵《かな》う刑事はいなかった。

「ホールオーナーから誘われることはないですか。ポスコムをとおさずに、直《じか》でうちのホールコンのメンテナンスをしてくれ、と」

「そこは伊達さん、ご想像にお任せします」初めて樋渡は笑った。

この男はバイトもしているのだ。ポスコムで客をつかんで、将来は独立するつもりなのかもしれない。

「失礼ですけど、ポスコムの給料はええんですか」ルームミラー越しに堀内は訊いた。

「可もなく不可もなく、です」

「『パレス』のホールコンを個人的にみてもらえるというようなことは」

「勘弁してください。わたしはポスコムの社員です」

笑いも怒りもせず、ひとごとのように樋渡はいった。

10

南阪奈道を『羽曳野』出口で降りた。側道を東へ走り、石川の手前の道を北へ行く。樋渡は疑うふうもなく、ウインドーの外を眺めている。

なだらかな坂を降り、石川の河川敷に入った。人気《ひとけ》のまったくないグラウンドの簡易トイレのそばにイプサムを停める。グラウンドに灯《あかり》はなく、ヘッドランプを消すと、あたりは真っ暗になった。

樋渡はようやく気づいたのか、

「どこですか、ここ」

「羽曳野や。石川の河川敷」伊達の口調が一変した。

「どうして、こんなところに」

「鈍いな、あんた。攫われたんや」

「攫われた……」

「誘拐や」

「まさか……」

「まさかやない。いまから訊くことに答えんかい。そしたら川に放り込んだりせえへんがな」

「あなたたちはヒラヤマ総業のひとじゃないんですか」

「わしらはヒラヤマ総業の契約社員や。けど、パチンコ屋やない」

「いったい、どういうことですか」

「ごちゃごちゃと、うるさいぞ。落ち着けや」

樋渡はいきなり、シートベルトを外した。ドアハンドルに手をかける。伊達は樋渡の首をつかんでひねり倒した。助けてくれ――。樋渡は悲鳴をあげる。

「じっとせんかい、こら。手荒なことはしとうないんや」

「助けて。誰か」樋渡はレッグスペースから叫び声をあげる。

「堀やん、こいつはガキやぞ。ぴぃぴぃ鳴きくさって」

「しゃあない。ふん縛って川に沈めるか」

「すみません。ごめんなさい。勘弁してください」

「わめくな。それがうるさいというとんのじゃ」

伊達は樋渡の腕を逆手にとり、顔をフロアトンネルに押しつける。樋渡の身体は不自然にねじれている。

「なんでもいう。なんでも訊いてください」

「訊きたいことはふたつや。ポスコムと柳沢の関係。ポスコムと土岐の絡み。正直に吐いたら、おまえの死体が石川に浮かぶことはない」

「柳沢さんはホールオーナーです。関遊協の副理事長で、東大阪に『ウィロー』というホールを二店、吹田《すいた》と豊中に三店、『ビルボード』というホールを持ってます」

「全部で五店かい。さすがに副理事長やのう」

伊達は舌打ちして、「柳沢とポスコムの関係をいえ」

「柳沢さんはポスコムの株主です」

「ほう、そうかい」

「うちの社長は市川といいます。市川はむかし『明光』という遊技機ディーラーにいて、柳沢さんとはそのころからのつきあいです」

「ようある話やな。市川は『明光』から独立して、ポスコムを作ったんか」

「柳沢さんにいわれたそうです。これからのパチンコ業界はコンピューターだと。ポスコムの創業は九五年でしたが、そのころからホールのシステム集中化が進んで、ホールコンも大型化していきました」

「九〇年代のパチンコ業界いうたら、脱税ソフトが横行して、国税庁がキリキリしてたころやな」

「北への送金も大っぴらにやっていたそうです」

「ポスコムは二十年前に創業した……。柳沢が資金援助したんか、市川に」

「資金援助をしてくれたし、銀行の借入保証人にもなってくれたそうです」

「そら、市川は柳沢に頭があがらんわな。柳沢はそのころからの株主か」

「よくは知りませんが、二〇パーセントくらいの株は持っていると思います」

「田代はいつからや」

「田代も創業メンバーのひとりです。市川が『明光』から連れてきました」

「おまえ、素直によう喋るな。ええやつや。ま、座れ」

伊達は樋渡を起こしてシートに座らせた。

「シートベルト、締めんかい」

「はい……」樋渡はいわれたとおりにする。

「で、ポスコムはあんたみたいなエンジニアやプログラマーを社員にして、ホールコンのメンテナンスをやってきたというわけか」

「柳沢さんが応援してくれたんです。知り合いのオーナーに、ポスコムを使ってやってくれと」

「ポスコムが稼いだら、株主の柳沢も儲かる。簡単な図式や」

「柳沢さんは恩人だと、いつも市川がいってます」

「ええ気なもんやの。欲と道連れの恩人や」

伊達はせせら笑って、「カバン屋の土岐と柳沢はどういう関係や」

「さぁ……。ぼくは知りません」

「おいおい、とぼけたらあかんがな。土岐はあんたがホールコンから抜いたデータを持って、あちこちのホールを脅して歩いてるんやぞ」

「ぼくはそんなことしてませんが……」

「堀やん、このお喋りくんは、嘘をつきだしたぞ」

「うっとうしい」

堀内はいった。「簀《す》巻《ま》きにして、石を抱かして川に沈めよ」

「そうやの」

伊達はまた樋渡の首をつかんだ。樋渡はあわてて、

「いいます。田代の指示でデータを抜きました。ＣＤディスクに記録して、田代に渡しました」

「ほな、田代が土岐にディスクを渡してんのか」

「だと思います」

「思いますやあるかい。おまえは恐喝に関与してるんや」

「ちがいます。恐喝なんかしてません」

「おまえ、田代にディスクを渡すとき、金をもろてるやろ」

「いえ、それは……」

「もろてるんやな」

「あ、はい……」

「あほんだら。それを恐喝というんじゃ」

伊達は腕をゆるめた。「おまえがデータを抜くのは、田代に指示されたホールか」

「はい、そうです」

自分がメンテナンスをしているすべてのホールから抜くわけではない、と樋渡はいう。

「なんぼや。データの抜き賃」

「十万円です……」

「たった十万かい」

「安いですか」

「おまえ、土岐がそのディスクでホールオーナーになんぼ要求してるか知っとんのかい」

「知りません。田代もいいませんから」

「おまえがデータを抜いた寝屋川の『ＭＡＹ』は、土岐に一、千万と裏ロムの取り付けを要求されてるんやぞ」

「まさか、そんな大金ですか」

「田代にいえ。わたしの報酬はあまりに低いと」

「もう、しません。いくらもらっても懲り懲りです」

「きれいごとはええわい。今度から百万にせい」伊達は吐き捨てた。

「ひとつ教えてくれ」

堀内はいった。「寝屋川の『ＭＡＹ』、岸和田の『パシフィック』、高槻の『サバンナ』、この共通点はなんや」

「共通点？　そんなものがあるんですか」

「あんたがデータを抜いて、ディスクを田代に渡したホールやないか」

「分かりません。ぼくは田代のいうとおりにしただけです」

「『ＭＡＹ』と『パシフィック』と『サバンナ』のオーナーは関遊協の〝反警察派〟か」

「あの、おっしゃる意味が分からないんですが」

「その三人のオーナーは『コーラルベイ』の鍵本派かと訊いてるんや」

「オーナーの派閥なんて知りません」樋渡は首を振る。

「田代は土岐とあんたの仲介役やろ。……ほな、土岐は誰からデータを抜くホールを教えてもろてるんや」

「ごめんなさい。分かりません」

「おれは柳沢が黒幕やと思てるんやけどな。ちがうか」

「そうですかね……」

樋渡の口ぶりはとぼけているふうではない。ほんとうに知らないのだ。

「柳沢いうやつは、そもそもどういう人間や」伊達が訊いた。

「腰の低いひとです。わたしが『ウィロー』と『ビルボード』のホールコンのメンテをしているときも、顔が合えば柳沢さんのほうから丁寧に挨拶してくれます」

「そら、表の顔やろ。裏をいえや、裏を」

「柳沢さんは元警察官です」

「なんやと……」

「バブルのころに大阪府警を退職したと聞きました。柳沢さんのお父さんも元警察官で、どこかの署長だったはずです」

「待たんかい。二代つづいた警官が、いまはパチンコ屋やて、聞いたことないぞ」

「でも、わたしはそう聞きました」田代から聞いたという。

「誠やん、こいつの話はほんまやぞ」

堀内はいった。「こんな突拍子もない嘘をつくはずないわ」

「柳沢の齢は」伊達が訊く。

「七十前です」

「ほな、父親は死んどるな」

「十年くらい前です。告別式は肥後橋《ひごばし》の北御堂《きたみどう》会館で、千人もの参列者が集まったそうです」

「パチンコ屋の葬式が千人てか。話半分としても、すごいのう」

伊達は嘆息し、煙草をくわえた。「堀やん、ほかに訊くことないか」

「ないな。こいつはよう喋った」

「ほな、沈めるか。簀巻きにして」

「お願いです。後生です。助けてください」

樋渡はいった。「このことは誰にもいいません」

「冗談やがな」

伊達は笑い声をあげた。「森之宮まで送ったる」

「ありがとうございます」樋渡はシートにへたり込んだ。

「後生てな言葉、久しぶりに聞いたな」

伊達はウインドーをおろして煙草に火をつけた。


阪神高速道路の法円坂出口を降りたところで樋渡を解放した。樋渡は後ろも見ずに歩道を走っていった。

「コンニャクみたいなやつやな」

「コンニャク？」

「骨がない」

「そら誠やんにあれだけカマシ入れられたら、コンニャクにもなるで」

「どないする。飯でも食うか」

「今日はあちこち動きすぎた。帰って寝るわ」

針中野の三協銀行、西天満のヒラヤマ総業、寝屋川の『ＭＡＹ』、千里中央の『ポスコム』、そうしてまた西天満、千里中央、羽曳野、森之宮と、不自由な足でよく歩き、運転もした。眼が落ち窪《くぼ》んでいるのが分かる。

「誠やん、酒抜けたやろ。この車で帰れ」

おれはタクシーで帰る――。そういった。

「送らんでもええんか」

「千里と西今川は逆方向や」

シートベルトを外した。「明日は新井に会お。柳沢のことを訊きたい」

新井なら関遊協のことも知っているだろう。

堀内は車を降り、近づいてくる空車のタクシーに手をあげた。


十月二十三日金曜――。伊達は十一時に来た。堀内は伊達を部屋にあげてコーヒーを淹れ、太股のガーゼと包帯を替えて抗生物質を服む。

「傷はどうなんや」

「腫れはひいてきた。かさぶたもはってる」

順調にいけば、あと半月で抜糸できるだろう。内藤のことだから、自分でやれ、といいかねないが。

「むかし、西成署の同僚がシャブ中の女を引きに行って包丁で切りつけられた。左の腕を七針ほど縫うたんやけど、それがいつまで経っても治らへん。……糖尿や。包帯とれたんは三月後やったな」

「おれの中央署の連れは通風発作が出てるときにガサかけた。サンダル履きでな。棚から花瓶が落ちてきて足の指を直撃や。花瓶は割れずに刑事《デカ》が壊れた、いうて署の笑いもんやった」

「病気は怖いのう」

「刃物も怖いで」

埒《らち》もない話をしながら着替えをし、コーヒーを飲んだ。

「さて、昼飯はなにする」

「なんでもええ。誠やんの食いたいもんや」

「鮨、食うか」

黒門市場《くろもんいちば》に知った鮨屋がある、と伊達はいう。「旨いのはまちがいない。けど、高い」

「分かった。先に払いを決めよ」

百円玉を弾いて掌で受けた。「どっちや」

「表」

裏だった。

「堀やん、大トロや鮑《あわび》は食うなよな」

「いうとけ」

百円玉をポケットに入れて部屋を出た。


新井に電話すると、二時までは『ダラス』の一条通店にいる、といった。伊達が金を払って鮨屋を出る。勘定は二万円だったが、一万五千円は伊達が食っただろう。

阪神高速で長堀から堺、一条通交差点脇の『ダラス』に着いたのは一時半だった。建物は〝美原店〟よりひとまわり小さく、駐車場は三階建になっている。敷地は五百坪ほどか。

ホールに入った。金曜の午後とあって客はけっこう多く、ドル箱を積みあげているのも十人ほどいる。

「堀やん、見てみいや。客の四人にひとりは女やぞ」

「主婦やな」

三十代から四十代の化粧気のない女が脇目もふらずにハンドルをにぎっている。

「亡国遊戯やのう。ギャンブル依存症と多重債務者の製造工場やで」

「そういう誠やんもパチンコするやないか」

「わしはパチンコが好きなわけやない。博打が好きなんや」

「大阪に公営カジノができたら入り浸るな」

「堀やん、裏カジノに行ったことあるんか」

「三べん、行った。中央署で。カチ込みや。一件あたり三千万から四千万を押収して国庫に納めた」

「そら、交通取締より率がええな」

「おれも立派な公務員やったんや」

「ゲーム機汚職事件のころはめちゃくちゃな刑事《デカ》がおったらしいな」

「半端な腐り方やなかったみたいやで」

七〇年代の終わりから八〇年代の初め、キタやミナミのゲーム喫茶やゲームセンターを家宅捜索した保安係や風紀係の刑事たちが最初にすることは、店の賽銭箱やゲーム機の収納ボックスを開けて中の札をポケットに隠すことだったと聞く。それらが発覚したことも一因となって八二年の〝大阪府警ゲーム機汚職事件〟につながり、当時の布施《ふせ》署の巡査長や前任の大阪府警本部長が首吊り自殺をした——。

「採用面接のとき、しつこう訊かれたわ。思想傾向とギャンブル癖を」

「わしはあんまり訊かれへんかったな」

「誠やんは柔道やってたからや」

柔道の強化選手にギャンブル癖があったら試合に勝てないだろう。

コーヒーレディが通りかかった。手招きして新井の所在を訊くと、社長室は二階だといい、休憩コーナーのそばにドアがあるといった。堀内は礼をいい、バックヤードに入って階段をあがった。

《社長室》のドアをノックし、返事を聞いて中に入った。新井はソファに片肘をつき、シェーバーを使っていた。

「ま、どうぞ」

いわれて、ソファにステッキを立てかけ、新井の向かいに腰をおろした。新井はシェーバーの電源を切ってテーブルにおく。

「昨日、銀行に行きました。すんませんでした。千五百万、確かに入金されてました」頭をさげた。

「そらよかった。いろいろ、お世話さんでしたな」

「ゴト師の李とカバン屋の土岐から接触ありましたか」

「電話の一本もありませんわ。おふたりのおかげや。生野さんに相談してよかったと思てます」

上機嫌で新井はいう。内心はともかく、千五百万など大した金ではないといった顔だ。

「で、今日は」

「ひとつは入金の報告とお礼です。もうひとつは、関遊協副理事長の柳沢さんについて話をうかがいたいと思て参上しました」

「柳沢となにかあったんですか」新井は柳沢を呼び捨てにした。

「実は、土岐から取りあげたアタッシェケースの中に『ダラス』ではないほかのホールのデータを記録したＣＤディスクがあったんです」

「ほう、土岐はほかにも強請《ゆすり》をやってたんですか」

「ディスクにはなにも書いてないから、どこのホールか分からんのですけど、土岐が柳沢とツーカーの仲やというのは摑みました」

「あの柳沢がね……」新井は天井を仰ぐ。

「柳沢繁郎の人物像と経歴を教えてください」

「ま、ひと言でいうたら、クズですわな」嘲《あざけ》るように新井はいった。

「関遊協の副理事長がクズですか」

「柳沢の親父《おやじ》はほんまもんやったけど、息子のほうは腐れの鼻つまみですな」

「父親は『ウィロー』と『ビルボード』の先代オーナーですよね。名前は」

「柳沢徳雄です」

「徳雄も繁郎も元警察官やと聞いたんですけど」

「そう。そのとおりです」新井は深くうなずいた。

「よう知ってはるんですか、徳雄のことも」

「そら、恐ろしいほどの切れ者でしたわ。我々の業界で保安課長の柳沢徳雄を知らん人間はひとりもおらんかった」

新井は鼈甲の眼鏡を指で押しあげ、ソファにもたれて話しはじめた――。

七〇年代の初め、大阪のパチンコ業界には『困ったときの柳沢詣で』という言葉があった。新規開店の許認可や新台検査でトラブルが発生したとき、柳沢に頼みさえすれば、よほどの逸脱でない限り、瞬時にカタがつく。柳沢は『柳沢天皇』と呼ばれ、彼が府警本部保安課長時代に作成した

『柳沢メモ』は、風俗営業の許認可に関するノウハウがすべて網羅されている、いわば保安行政のバイブルのような指導書だったという――。

「ぼくは親父にいわれて、大学を出て五年ほど、ほかのホールで丁稚奉公をしたんやけどね、ちょうどそのころですわ。柳沢徳雄の力を初めて知ったんは」

東大阪市のあるホールオーナーが所轄の石切署に新規営業を申請したが、いわゆる百メートル規制にひっかかって許可がおりなかった。ホールオーナーは数百万の金を包んで柳沢に泣きつき、柳沢は石切署の保安係長を飛ばして、自分の息のかかった部下を後釜に据えた。そうして無理やり許可をおろした、と新井はいった。

「ひどいもんですな。そらほんまに『柳沢天皇』や」伊達がいう。

「ほかにも、石切署の管内でおもしろいことがありましたわ」新井はつづける。

ある大手自動車ディーラーがパチンコ業界に参入しようと画策し、種々の規制をクリアしてホールの建設工事にかかったとき、基礎坑から弥生式土器の欠片《かけら》が多数発見されたために工事は中断、緊急発掘調査が行われて一年の工期延長となり、そうこうするうちに有床の眼科医院が近くに開業した。これも風営法の条例にひっかかって結果的にディーラーはホールの開店を断念したが、この一連の仕掛けも柳沢のさしがねだと噂された――。

「味方にしてあれほど頼りになるひとはおらんけど、敵にまわしたら鬼より怖い……。死んだうちの親父も、柳沢のことをそういうてましたわ」

「なんでそんな力を持ったんですか、柳沢は」堀内は訊いた。

「柳沢徳雄の父親は府議会の議長を務めたほどの大物議員でした。その上、柳沢は八尾の大地主のひとり娘のとこへ婿養子に入って、十億という遺産を相続した。右手に権力、左手に金を持って怖いもんはなにひとつない。毎晩のようにキタやミナミを飲み歩いて札びら切ったもんやから、ゲーム機汚職が事件になったとき、府警上層部も柳沢に手がつけられんかったということですわ」

「柳沢徳雄はいつ、パチンコホールのオーナーに転身したんです」

「八〇年ごろやったと思いますわ。府警の保安課長から北淀《きたよど》署の副署長に栄転して、高津《こうづ》署の署長で退職しましたな」

「なんと、警視正まで行ったんや」

伊達がいった。「『ウィロー』グループの一号店は」

「東大阪の角田です」

柳沢徳雄は府警を退いたあと、東区本町に行政書士事務所を開設したが、二年後にその事務所を子飼いの府警OBに譲り、東大阪市角田のパチンコ店『ラスベガス』を買収して『ウィロー』と名称を変えた。ホールオーナーになった翌年には、業界団体『公共遊技調査会』——大阪、兵庫、京都など、関西の七つの遊技観光組合が加盟——を設立し、専務理事におさまった、と新井はいう。

「徳雄が『ラスベガス』を買収した原資は十億の遺産と保安課長のころの義理掛けですか」

「遺産もあったやろけど、組合から奉加帳がまわってきてね、うちの親父も三十万円の熨斗《のし》をとどけましたわ」

「徳雄の『ウィロー』は、ほかのホールにしたら商売仇やないですか。なんで奉加帳がまわってきたんですか」

「柳沢は警察を辞めたけど、息のかかった部下が何人も現役でいてるやないですか。隠然たる影響力がある。柳沢の機嫌を損なうわけにはいかんかったんです」

「なるほどね。警察いうとこは死ぬまで〝親分子分〟やもんな」

「柳沢は奉加帳でなんぼほど集めたんですか」堀内は訊いた。

「五千万は集めたいう噂でしたな。ホールオーナーで主だったひとが五、六十人。小さいホールも入れたら二百人くらいが金を出したんとちがいますか」

「五千万……。いまなら手が後ろにまわりますな」

「ええ時代やったんです。保安や風紀の警察官僚には」

「柳沢徳雄に上納したメリットは」

「まずいちばんは、所轄から立ち入り検査の摘発情報が入ってくる。それと、地回りに守《も》り料を払わんでもええ。ややこしいのが店に来て因縁つけても、どこの組か分かったら、こっちのもんですわ。所轄に電話一本入れたら、それできっちり寄りつかんようになる。月々五十万も六十万も守り料出すより、警察抱き込んだほうがずっと安上がりでしたわ」

「いまでは考えられん癒着ですな」

「この業界はヤクザにも警察にも食われてきたんです」

熱のこもらぬふうに新井はいって、「長話をしたら喉が渇きましたな。飲み物はなにがよろしい」

「ほな、コーヒーを」

「伊達さんは」

「わしもコーヒーください」

新井は立って、デスクの電話をとった。コーヒーを三つ注文し、ソファに腰をおろす。

「いつもはどっちの店にいてはるんですか」伊達がいった。

「美原ですわ。こっちは番頭代わりの店長に任せてるさかい」

店長は今日、遊技機組合の会合に出ている、と新井はいう。「齢をとると、なにごとも億劫でね。

日がな一日、こうやって遊んでますねん」

一日中、遊んでいるわけではないだろう。毎朝、この爺は美原と一条通の『ダラス』をまわり、駐車場からホールコンに電波を飛ばして遠隔操作をする。夜は夜でキタやミナミを飲み歩き、『ミルキーウェイ』の茉莉子を抱いているのだ。

「柳沢徳雄が警察を辞めてホールオーナーになった経緯は分かりました。息子の繁郎も元は警官やったそうですね」堀内はいった。

「徳雄が北淀署の副署長やったとき、繁郎を府警に押し込んだみたいですな。採用試験を受けろ、と」

「縁故入社ですか」さもバカにしたように伊達がいう。

「繁郎は所轄署をまわらされたみたいです。さすがに防犯はやらんかったはずですわ」

「そら、府警も考えますわ。親父の影を踏ませるわけにはいかん」

「柳沢繁郎はなんで警察を辞めたんですか」堀内は訊いた。

「強盗事件です」ぽつり、新井はいった。

「どういうことです」

「八八年か八九年のバブルのころですわ。繁郎が南大阪の所轄で係長やったとき、非番の警官ふたりが地元のスナックで飲んだんです。酔うて商店街をふらふら歩いてるところへ、前からチンピラが来て目が合うた。ガンをつけられたんですな。先に手を出したんは警官のほうですわ」

チンピラを殴り倒した警官は、落ちていた財布を拾って金を抜いてしまった。その金でまた一軒、飲みに行ったという。「なんぼ酔うてたいうても、金を奪《と》ったらあきませんわな」

「そらひどい。正味の強盗傷害や」伊達がいった。

「次の日の朝、地場の組長が所轄に怒鳴り込んできたそうです。署長を出せ、と」

署長は当の警官ふたりに事情を訊いた。酔っていてなにも憶えていないといったが、喧嘩を見ていた野次馬が何人かいた。組長の話にまちがいはない。警官ふたりはチンピラの財布から金を抜き、側溝に財布を捨てていた――。「組長の狙いは金ですわ。それは分かってる。署長は困り果てたけど、どうしようもない。そこへ出てきたんが係長の柳沢で、わたしに任せてくれと引きとった」

繁郎は父親の徳雄に頼んで組長の上部団体に話をとおしつつ、組長に頭をさげて組員の治療費と慰謝料を差し出した。

「当時の金で五百万。柳沢は組長の膝前に積んだと聞きました」

「そら、組長も受けとりますやろ。美味しいシノギや」

「柳沢はポケットマネーで強盗事件を揉み消した、殊勲甲やと評判になったんです」

「相も変わらん警察の隠蔽《いんぺい》体質ですな。不祥事は隠す、なかったことにする、関係者は秘密裏に処分する……。そのための監察ですわ」

伊達は吐き捨てた。伊達も堀内も監察にやられて職を失ったのだ。

「ところが、マスコミに嗅ぎつけられたんです。記者が商店街の野次馬に話を訊いてるのを知って、柳沢は警察を依願退職した。それからは『ウィロー』グループの若社長ですわ」

「事件は報道されんかったんですな」

「記者が裏をとれんかったんとちがいますか」

裏はとれたはずだ。府警上層部が新聞社に圧力をかけて記事にさせなかったのだ。

「その、地場のヤクザというのは」

「知らんのです」

「ほな、柳沢がいてた所轄も」

「知りません」

「堀やん、どう思う」

「おもしろい話やな」

調べてみる価値はある。柳沢の弱みにつながるかどうかは分からないが。

そこへノック――。コーヒーレディがトレイに紙コップのコーヒーを載せて入ってきた。胸が大きく、スカートが短い。コーヒーレディは堀内たちの視線を意識して膝をまげ、テーブルにコップをおいて出ていった。

「ああいう裾の開いたスカートは新井さんのセンスですか」

伊達はコップの蓋をとり、砂糖とミルクを入れる。

「ぼくはもっと短うせいというてるんやけどね」

「あれ以上、短かったら、ちょっとかがんだだけでパンツが見えますわ」

「ええやないですか。減るもんやなし」

「セクハラ、パワハラですな」

「あの子らの時給は、お客を愉しませてなんぼでしょ」新井はパイプを吸いつける。

「もひとつ訊きたいんですけど、関遊協の派閥で、寝屋川の『MAY』と岸和田の『パシフィック』、高槻の『サバンナ』は『コーラルベイ』の鍵本シンパですか」

「『コーラルベイ』、鍵本……。よう知ってはりますな」

「聞いたんですわ。関遊協は〝親警察〟と〝反警察〟に割れてると」

「確かに、その三店は鍵本の応援団です」

「新井さんも鍵本派ですよね」

「そのとおりです」

新井はうなずいて、「関遊協というのは、そもそも柳沢徳雄が組織した団体です」

「それは……」

「さっき、いいましたよね。公共遊技調査会。……関遊協の前身ですわ」

八七年、柳沢徳雄はパチンコ事業者のより強固な結束をめざして公共遊技調査会を解散し、関西遊技業協同組合を組織した。理事長に事業者、副理事長に近畿管区警察庁OBをおき、自らは専務理事として組合を支えるかたちをとったが、理事の多くを腹心のホールオーナーと府警OBで固め、実質は柳沢の一存で方針が左右する団体だった——。

「大阪のホールオーナーで柳沢に逆らえる人間はおらんかった。そら、そうですやろ、ホールの許認可をする警察と対等に渉《わた》りあえるのは柳沢しかおらんのやから。……そういう意味では天才的でしたな、柳沢徳雄という男は」

まさに怪物だった、と新井はいう。「しかしながら、そんな前近代的なシステムがいつまでもつづくわけはない。大阪はともかく、京都や神戸のホールオーナーが柳沢独裁を嫌うて、あちこちに分派ができた。柳沢は引き締めをはかったけど、流れをとめることはできん。ブロック協議会や拡大委員会が組織されて理事の権限が小そうなる。いつまでも柳沢のいいなりやないやろ、いうのが時代の趨勢《すうせい》ですわな」

「大ボス、柳沢徳雄にも翳《かげ》りが見えた……」

「息子の繁郎を副理事長に据えて、自分は専務理事を降りた。それが九八年ですわ」

「狙いは院政ですか」

「狙いはよかったんやけど、頭がわるかった」

「頭がわるい？」

「脳梗塞《のうこうそく》で倒れたんです。三年ほど病院暮らしをして、十年前に逝きましたわ」

「北御堂会館の葬式に千人も集まったそうですな」

「よう知ってはりますな」

「取材したんですわ」

「さすがに、刑事さんや」

「警察手帳のない刑事は苦労しますわ」伊達は笑って、コーヒーを飲む。

「柳沢繁郎はやり手ですか」堀内は訊いた。

「能なしのボンクラですな。徳雄という後ろ楯がなかったらなにもできませんわ」

「けど、木村とかいう爺さんを御輿に担いで、いろいろ画策してるんでしょ」

「えらい詳しいやないですか」

「取材したんです」

「関遊協の次期理事長は鍵本ですわ。たぶんね」

「反警察ですか」

「反警察も親警察もない。関遊協は金がかかりすぎるんです」

「それは……」

「月会費ですわ。遊技機一台あたり百二十円。新規加入料が一台あたり一万円。新台入替のときは同じ台数を撤去するから新規加入料は要らんけど、月会費がきつい。うちは美原店が五百台に一条通店が三百台やから、関遊協に加盟してるだけで、年に百十五万円もの会費をとられますねん」

会費を払うメリットはほとんどなにもない、と新井はいう。「都遊協の加盟店が関遊協と同じくらいで、月会費が一台百円です。百二十円は取りすぎでしょ」

「関遊協の加盟店て、何店です」

「いまは千店ほどかな」

「一店あたりの台数は」

「千台のホールもあるし、二百台のホールもある。……均したら三百台強ですか」

「ちょっと待ってください」

テーブルに指で書いた。1000×300×120×12——。「四千三百二十万……。いや、ちがう。四億三千二百万やないですか」

「そうですわ」

新井はうなずいた。「年間、四億を超える金が関遊協に集まるんです」

「そら、びっくりや」

伊達がいった。「上納金が年に四億以上やて、広域暴力団顔負けでっせ」

「その四億の半分ほどが警察天下り理事と事務職員の給与を含めた事務経費、あとの四分の一がイベント開催費とかギャンブル依存症防止の啓発費、あとの四分の一が理事長と副理事長の使途不明金ですわ」

「四億三千万の四分の一は一億一千万……。月に一千万は使いでがありますな」

「鍵本がいうてるのはそこですわ。一台あたりの月会費を都遊協と同じ百円にして、有給理事は五人からふたりにする……」

「なるほどね。警察OBを放逐するのが〝反警察〟なんや」堀内はいった。

「表向き、警察は静観してますわ。けど、立ち入り検査や遊技機の不正変更で摘発されるのは鍵本派のホールが圧倒的に多い」

「それは静観やない。恣意的選別ですわ」

生野から聞いた話を思い出した。日遊連総会の日、理事長が経営するホールに警視庁の立ち入り検査が入ったことを。

「柳沢がチクッてるんですか」

伊達がいった。「あのホールとこのホールは裏ロムが入ってる、とか」

「天下りの理事をとおして情報を流してる可能性もないとはいえませんな」

「ほな、遠隔の情報も？」

「さて、そこはどうですやろ。ぼくの口からはいえませんわ」

喋りすぎたと思ったのか、新井は言葉を濁した。そう、『ダラス』も遠隔操作をしているのだ。

パイプの煙草が消えたのか、新井はまたライターの火を入れた。

「パイプて、旨いですか」堀内は訊いた。

「旨いですね。けど、扱いがめんどくさい。葉を詰めたり、灰を掻《か》き出したり、タールを掃除したりね。同じ葉を吸うてもパイプによって味が全然ちがいますんや」

「へーえ、葉巻とはちがうんや」

「吸うてみますか」

新井は吸い口をティシュで拭った。「けむりは喉でとめるさかい、肺にはよろしいで」

「いや、またにしますわ」

爺がくわえていたパイプなど、金をもらっても吸えない。

「堀やん、行こか」伊達がいった。

「ああ……」

うなずいた。新井に訊くことは訊いた。「ありがとうございました。失礼します」

立って、頭をさげた。

11

ホールを出て車に乗った。

「あの爺、食えんな」

「ほんまもんの狸や。会うたびに新ネタを出しよる」

「いっぺん、柳沢に会うか」

「いや、その前にネタを集めたい」

「柳沢が警察を辞めた経緯やな」

新井の話だと、柳沢は八八年か八九年に依願退職した。二十五年以上も前の記録が監察に残っているだろうか。

「堀やんの連れが監察におったな」

「依田《よだ》か。あんな腐れは連れやない」

「腐れでもネタはとれるやろ」

「まぁな……」

依田は堀内の警察学校の同期生で、ちょっとした顛末がある。依田は堀内の別れた妻、里恵子の友だちとつきあっていた――。

堀内が里恵子と知り合ったのは、警察学校を出て三年目、北淀署地域課の苦情処理を担当していたころだった。里恵子は保育園の保育士で、園児の母親と同居している男が園児に暴力をふるっているらしく、生傷が絶えない、と相談に来た。典型的な児童虐待だった。堀内はアパートを訪れて母親と男から事情を訊き、問題を地域課の上司に引き継いだ。ほどなくして母親は男と別れ、虐待はやんだ。そのあいだ、里恵子とは何度か顔を合わせたが、責任感の強いはきはきした態度に好意をもって交際を申し込み、一年後に結婚した。

依田はそのころ刀根山《とねやま》署の警務課にいたが、ことあるごとに女を紹介しろと堀内にいった。依田は陰気に見える顔とずんぐりした体形のためか女には縁遠く、風俗でしか発散できない、と嘆いていた。

堀内は里恵子にいって、同僚の保育士を依田に紹介したが、依田はいつのまにか関係をもち、妊娠させてしまった。

交際している女が妊娠したら籍を入れる――。それが警察官のルールだが、依田は中絶させて保育士と別れた。中絶費用も出さなかったという。

生真面目な里恵子はこれを知り、依田の不実を刀根山署の上司に訴える、といったが、堀内はとめた。あとで知ったが、依田は女癖がわるく、そんな男とは別れたほうがよかった、と里恵子にいった――。

そう、依田には貸しがある。あのとき堀内が里恵子をとめたからこそ、依田はいま警察のエリートコースである本部監察室で大きな顔をしていられるのだ。

「堀やん、依田んとこへ行こうや」

「嫌がるやろな」

依田に会ったのは今年の一月だ。頼みごとはこれが最後にしてくれ、といっていた。また依田に会うのもおもしろい。

「誠やん、大手前《おおてまえ》や」

「おう」伊達はエンジンをかけた。


中央区大手前の大阪府警本部——。ロビーの受付で、警務部監察室の依田に面会したいといった。氏名と身元を訊かれる。伊達がヒラヤマ総業の名刺を出して、依田の友人だといった。

少し待って、依田がエレベーターから降りてきた。堀内と伊達を見て表情をくもらせる。また、こいつらか、という顔だ。

「久しぶりやな。元気か」

堀内は笑った。依田は笑わない。一月より額が後退し、ひどく肥っている。

「ヒラヤマ総業の伊達です」伊達は一礼した。

「ああ、よう憶えてます」

依田はいった。伊達が新地の取立屋に腹を刺され、懲戒免職になったのは去年のことだ。監察室の依田が知らないはずはない。

「ちょっと話があるんやけど、ええかな」堀内はいった。

「ま、外に出よ」

依田は先に立って府警本部を出た。

上町筋《うえまちすじ》を渡り、大阪城公園へ歩いた。首筋をなでる風が冷たい。あと一週間もすれば十一月だ。

緑地のベンチに並んで腰かけた。

「で、話というのはなんや」さもうっとうしそうに、依田はいった。

「頼みがある。八八年か八九年に柳沢繁郎いう所轄の係長が警察を辞めた。こいつを調べて欲しいんや」

柳沢は署員の強盗傷害を揉み消した。それが噂になり、新聞記者が裏をとりはじめたのを知って、柳沢は依願退職した。いまは『ウィロー』と『ビルボード』というパチンコホールのオーナー社長をしている——と、堀内は経緯を話した。「柳沢繁郎がおった所轄署と、手打ちをした組長を知りたいんや」

「それ、ほんまかいや。署員が強盗てか……」依田はいう。

「どこが不思議や。いまは現職警官が出会い系サイトで女を呼び出して集団強姦したり、つきおうてる女を殺す時代やで」どちらもここ一年の大阪府警の事件だ。

「その柳沢いうのは、組長になんぼ渡したんや」

「五百万や」

「そら大金やな」

「柳沢が強盗傷害を揉み消したんは殊勲甲やと、警察ん中で評判になった。監察が知らんはずはない。調べてくれ」

「簡単にいうなよ、おい。そんなむかしのことをほじくり出して、おれにも立場というもんがあるんやで」さも困ったように依田はいう。

「このとおりや。頼むわ」

頭をさげ、下手《したて》に出た。依田は舌打ちする。

「すんませんな。ほかに知り合いがおらんし、依田さんだけが頼りですねん」

伊達も頭をさげた。依田はそれを見て、

「しゃあない。調べてみる。おまえの携帯は」と、堀内にいう。

「090・6588・17××」メモ帳に書き、ちぎって渡した。

「分かった。連絡する」依田は紙片をポケットに入れた。

「急《せ》いてるんや。今日、明日中に連絡くれるか」

「勝手やの。相変わらず」

「どういう意味や」

「意味はない」

依田は仏頂面でいい、ベンチを立って去っていった。ずんぐりした後ろ姿を、伊達は見やって、

「やっぱり、腐れやったな」

と、唾を吐く。「胸ぐらつかんで頭突きの一発もくれてやったら気分がええのにな」

「頭突きより、タマを蹴りつぶしたれ」

「いうのう、堀やんも」

「ああいう横柄で愛想のかけらもないのが監察向きなんやで」

警察組織において監察は特異だ。彼らは上層部の指示で警察官の悪を暴き、世間に対しては隠蔽する。それは決して正義のためではなく、上層部の権力闘争やライバルを追い落とすためのシステムとして機能する。すべての警察官は監察を畏怖し、嫌悪するが、監察のメンバーは強烈なエリート意識をもっている。監察は確かにエリートであり、その閉鎖性は公安に似たところがあるが、他の警察官の恥部をにぎっているだけに昇進は早い。依田は堀内と同じ齢で警部補だ。

「堀やん、行こ。寒うなってきた」

「そういや、寒いな」

公園の木々は色づき、枯れ葉が風に舞っている。

「今朝の天気予報でいうてた。今日は十一月中旬の気温やて」

伊達は腰をあげた。尻を手で払いながら、「知ってる記者がおる。近畿新聞や」

社屋は野崎町の読売新聞の近くだという。

「電話してみいや。記者は外に出てることが多い」

「おう、そうやな」伊達はスマホを手にした。

「近畿新聞て、どれくらいや。発行部数」

「さぁな……。むかしは六十万部とかいうてたけど、いまは五十万を切ってるんとちがうか。近ごろの若いやつは新聞読まんもんな」

伊達はスマホのキーをタップする。堀内は煙草をくわえた。


北区野崎町——。伊達は梅田《うめだ》新道《しんみち》から北へ行った大通りのコインパーキングにイプサムを駐めた。近畿新聞大阪本社へ歩く。

「小篠《こしの》は西成署の記者クラブにおった。通天閣下のスナックとか、なんべんか飲みに行ったけど、とっぽい、気のええ男や。わしより年上やったし、いまは偉いさんやろ」

伊達が今里署に来る前に、小篠は奈良支局へ異動したという。「その壮行会に出たんが、小篠に会うた最後や」

「記者の壮行会まで顔出したか。誠やんは律儀や」

新聞記者は異動が激しい。近畿新聞は京都新聞や神戸新聞と同じくらいの大手ブロック紙だから、近畿一円に支局がある。

近畿新聞社に入った。古めかしい吹き抜けのロビー。警備員ふうの制服の男が受付カウンターに座っている。

「小篠さん、お願いします。伊達といいます」

「お約束でしょうか」

「お約束です」

男はパソコンのマウスを操作した。

「編集委員の小篠でしょうか」

「偉いさんの小篠さんです」

男はカウンターの電話をとり、少し話して、

「降りてきます。そちらにおかけになってお待ちください」

堀内は壁際のベンチシートに腰かけた。伊達は煙草を出したが、周囲に灰皿がないのを見て、ポケットにもどした。

痩せぎすの白髪頭の男が現れた。胸に社員証を提げている。伊達にまっすぐ近づいて、

「いやぁ、ごぶさたです」親しげにいった。

「こちらこそ、ごぶさたですわ。いまや編集委員さまですな」

「遊軍ですよ。こき使われてます」

「ちょっと、お時間よろしいか」

「はい、はい、けっこうです」

地階に喫茶室があると小篠はいい、受付から〝訪問者証〟を二枚、もらってきた。階段を降りた。喫茶室とは名ばかりの休憩コーナーに案内され、小篠が自販機の缶コーヒーを買って円テーブルにおいた。

「申し遅れました。今里署で伊達の同僚やった堀内といいます」

頭をさげた。「一昨年、依願退職しました」

「やっぱり、元刑事さんでしたか。雰囲気で分かります」

目付きがわるい、とはいわない。「失礼ですが、退職されたのは足の具合がおわるいからですか」

「いや、ヤクザに刺されたんですわ。座骨神経損傷です」

「それは大変だ」

小篠が堀内の受傷事件を知らないはずはない。近畿新聞の記事にもなったが、この男は知らん顔だ。そこが優秀な記者なのだろう。

「十年ぶりに会うて、いきなりの頼みごというのもなんやけど、大昔の事件を調べてますんや」

缶コーヒーのプルタブを引きながら、伊達がいった。「八八年か八九年に、南大阪の所轄署で署員ふたりがヤクザふたりを殴り倒して財布を奪《と》った。強盗傷害事件ですわ。柳沢繁郎いう係長が組長に五百万を渡して手打ちにしたんやけど、噂が広がって新聞記者が裏をとりはじめた。係長は依願退職して、事件は公《おおやけ》にならんかったと、そんな不祥事がありましたんや。小篠さんに心あたりはないですか」

「八八年か八九年ですよね。南大阪の所轄署……。警察官による強盗……」

小篠は俯いて額に手をあてていたが、「そういえば、ありましたね。ぼくが新任で岸和田支局にいたころです」

「ほう、そらよろしいな」

「確か、先輩記者が取材してました。支局長の指示で。……でも、裏を取り切れなかったんじゃないかな」

「その先輩記者て、まだいてはるんですか」

「退職しました。去年です」郷里の長崎に帰って果樹園をしているという。

「そのひとに連絡とれんですか」

「連絡はとれると思います。でも、支局長に話を聞かれたほうがいいんじゃないですか」

「支局長は」

「社にいます。いまは論説主幹です」

「そら大物や」

「会ってみますか」

「もちろんです」

「話好きの爺さんです」

小篠は笑って、ワイシャツの胸ポケットからスマホを出した。


七階にあがった。《論説主幹室》のドアを小篠はノックする。返事が聞こえて、三人は部屋に入った。絨毯敷き、革張りの応接セット、壁一面の本棚、奥の木製デスクに小肥りの男が座っていた。

「元今里署の伊達さんと堀内さんです」小篠が紹介する。

「久野《くの》です」

男はいい、立ってこちらに来た。ま、どうぞ、とソファを手で示す。堀内は伊達と並んで腰をおろした。

「じゃ、わたしはこれで」小篠が引き返そうとする。

「いや、きみもおれ。ぼくが忘れたことを補完してくれ」

ひきとめて、久野は座り、小篠も座った。

「あらましは小篠から聞きました。あの強盗事件は八九年ですわ」

久野はいった。脂の浮いた赤ら顔に黒縁眼鏡、酒が好きそうだ。「熊取《くまとり》署です。栄町商店街の漬物屋の前でやりよったんです。牛若組という、あほみたいな名前の組やったから、よう憶えてますわ。地域課の署員ふたりが組員ふたりをノックアウトして、財布を奪《と》ったんです」

被害額は八千円あまりだったという。「財布の小銭まで抜いたというから質《たち》がわるい」

「財布は側溝に捨てたんですね」堀内はいった。

「雨水溝ですわ。鉄格子のあいだに捨てよったから、流れてしもて、物証《ブツ》がとれんかったんです」

財布があがっていれば記事を掲載しただろう、と久野はいう。「酔うたはずみの喧嘩とはされてるけど、あとの証拠隠滅はけっこうまじめにやってましたわ。さすがに警察官ですな」

「組員の名前は」伊達が訊いた。

「ひとりは、駒井でしたかな。もうひとりは山田とか山本とか、ようある名前やから忘れました」

「牛若組の組長は」

「忘れもせん、弁野《べんの》いう名前ですわ。弁慶と牛若丸で、牛若組にしたんですやろ」

「柳沢繁郎の肩書は」

「刑事課の盗犯係長でしたな」

「盗犯係が地域課のトラブルに出しゃばりよったんですか。えらい、お邪魔虫や」

「署長が柳沢に頼んだと聞きましたな。柳沢はなにせ、金があるから。五百万を弁野に渡した話は、金額が大きいだけに府警本部まで聞こえたらしい」

「柳沢の親父の徳雄が警察OBでパチンコ屋というのは」

「知ってました。それも含めて記事にしようとしたんですがね」

「府警から待ったがかかったんですか。記事の掲載」

「そこはどうですかね。我々、新聞記者に捜査権はない。よほどの証言と裏取りをせんことには迂闊に掲載できませんわ」

警察が捜査に入って公表した事件ならともかく、伝聞を記事にはできない、と久野はいう。

「伊達さんも堀内さんも記者に突っ込まれて都合のわるいことはありましたやろ」

「そら、ありましたな。腐るほどありましたわ」

伊達は笑い声をあげる。「組員との麻雀、ただ飯、ただ酒、犯歴データの流用、みんな合わせたら前科百犯ですわ」

「それが嵩《こう》じて監察に？」

「あいつらは悪徳警官の首を刎《は》ねるのが飯のタネやからね」

「一度、取材させてください。伊達さんの悪徳を」小篠がいった。

「前科百犯のヤメ刑にそれをいいますか。さすがの新聞記者魂ですな」

「本にしますか。ゴーストライターをつけますよ」

近畿新聞には出版部門もあると小篠はいう。案外に本気だ。伊達は小篠を見て、

「退職公務員にはね、小篠さん、守秘義務いうもんがある。それに、わしはいま、柳沢を脅しあげて金にしようと思てますねん」

「まさか、冗談でしょう」

「そう、冗談ですわ」伊達はまた笑った。

「署員の名前はなんていうんですか」

堀内は久野に訊いた。「たったの八千円を奪《と》ったセコいやつは」

「さぁ、誰でしたかな。ちょっと待ってください」

久野は天井を向いてしばらく考えていたが、「いやぁ、忘れました」

「警察は辞めたんでしょ」

「もちろんです。柳沢の退職と前後して辞めました」

「齢は若かったんですか」

「ふたりとも三十すぎやなかったですかね」

「会うたんですか」

「いや、ぼくは会うてません」取材は部下に任せていたという。

「その、長崎で果樹園してるひとは憶えてませんかね」

「どうかな……」

久野はつぶやいて、「浅間に連絡とれるか」小篠に訊く。

「とれます」

携帯の番号を聞いている、と小篠はいった。「デスクのアドレス帳を見れば」

「ほな、浅間に訊いてみてくれるか」

「はい、訊いてみます」

小篠はうなずいて、部屋を出ていった。

「ご親切にありがとうございます。助かりますわ」

伊達がいった。久野は向き直って、

「なんで二十六年も前の事件を追うてるんですか。それも、退職した刑事さんが」

「発端は脅迫ですわ。あるホールオーナーが遠隔捜査をネタにゴト師に脅されて、我々に助けを求めてきたんです。それで、あちこち動きまわってるうちに、柳沢繁郎に行きあたりました」

「おふたりはいま、興信所かなにかで？」

「いや、我々がいま籍をおいてるヒラヤマ総業は競売屋です」

「競売ですか……。いろいろあるでしょ。ややこしいことが」

「そう、トラブルシューターですねん。堀内と伊達のコンビは」

「おふたりの話はおもしろそうや。いっぺん酒でも飲みますか」

「久野さんはええひとですな」

「そうかな。でもないですよ」

「けど、論説のネタにされたらかなわんですな」

「そんなんやない。暇ですねん。この広い部屋におっちんして鼻毛抜いてるとね」

この男、そうとうの切れ者《もん》やで――。堀内は思った。久野は偉ぶるところがまったくない。なるほど、これが社長、副社長に次ぐ編集部門のトップにまで昇りつめた、この男の器量なのだ。

当たり障りのない話がつづいた。煙草が吸いたい。あくびを嚙み殺しているところへデスクの電話が鳴った。久野が立って、とる。相手は小篠らしい。久野はメモをとりながら話をして、もどってきた。

「これですわ」

久野は紙片をテーブルにおいた。《有田・30？　高柳・25？》とある。

「浅間が憶えてたんは名字と年頃だけでした」

「充分です。すんませんでした」

伊達は紙片を手にして立ちあがった。「ぜひ今度、飲みましょ。新地にお誘いします」

「待ってます」久野はいった。

「ほな、失礼します」

論説主幹室をあとにした。


「切れるな」

伊達がいった。「いかにも新聞記者や」

「おれもそう思た」

「堀やんとわしのノンフィクションを書くか。大阪府警腐敗の構造」

「府警がみんな腐ってるわけやない。一部や」

「バディー物《もん》やな。ダークヒーロー・堀内と伊達の『相棒』や」

「ダークヒーローは余計やろ」

「腹減った」伊達は腕の時計を見た。「五時前やぞ。腹も減るはずや」

「鮨、食うたやないか。黒門で」

「あれは昼飯やろ。わしは晩飯が食いたいんや」

「どうせそのあとは、夜食が食いたいというんやろ」

「堀やん、食は力の源泉や」

「分かった。なに食う」

「肉やな。鶴橋、行こか」

「どこでも連れてってくれ」

コインパーキングにもどってイプサムに乗った。堀内は依田に電話をして、八九年に熊取署で退職した有田と高柳という警察官のフルネームと現住所を教えてくれ、といった。

——チンピラふたりを殴って金奪《と》ったんが、そのふたりや。

——有田と高柳な……。

——ちゃんとメモしてるか。

——してる。やいやい、いうな。

依田の嫌がる顔が見えるようだ。

——組の名前は牛若組。弁野いうのが組長や。

——待てや。そいつのデータまで欲しいというんか。

——おまえは監察の警部補さんやないか。情報集めが仕事やろ。

——それがひとにもの頼む言い方か。

——すまん。親しき仲にも礼儀ありやったな。

——堀内よ。おまえとおれは親しいことないんやで。

——そうか。ほな毎日、府警本部へ行って、旧交を温めんといかんな。

——分かった、分かった。切るぞ。

電話は切れた。

「くそ生意気なやっちゃで」

「わしがいっぺんシメたろか」伊達はエンジンをかける。

「あんなクズをシメても金にはならん」

そこへ、着信音——。伊達はスマホを出した。

「——はい。——あ、どうも。——そうですか。——そらよかった」

伊達はしばらく話をして、スマホをポケットにもどした。

「生野や。三嶋会と手打ちができそうや」

金子が北陽連合の本部長に会ったという。「金子が金を積んだらしい。たぶん、二、三百万」

「そら豪勢や」

「その金は生野が集金に行くんやろ。新井んとこへ」

「新井も踏んだり蹴ったりやな」

「金はあるとこからないとこに流れるんや」

「ま、とりあえずは、めでたしやな」

これで後ろから撃たれる恐れはなくなった……と思いたい。

伊達は運転席のウインドーを少しおろして煙草を吸いつけた。コインパーキングを出て走り出す。

「雨、降りそうやな」空が暗い。

「わし、雨は嫌いやない」

「なんでや」

「心が洗われる」

「ほう、そうか……」返す言葉がない。

西天満のヒラヤマ総業の契約駐車場にイプサムを駐め、タクシーで鶴橋へ行った。駅裏の焼肉屋に入って生ビールを注文し、コイントスをする。堀内が勝った。

「堀やん、四連勝やな。一昨日《おととい》から」

「おれ、思うんやけどな、いつでも三分の二は誠やんが食うて、おれは三分の一や。それで勘定が半々いうのは不公平とちがうか」

「太っ腹の堀やんがそれをいうか」伊達はおしぼりで顔を拭く。

「大阪人はセコいんやで」堀内は笑った。「けど、誠やんと食う飯は旨いわ」

「うれしいのう。堀やんはやっぱり相棒や」

「今日はどうする。このあとや」

「ミナミで飲もか。新井の奢りや」

『ミルキーウェイ』へ行こう、と伊達はいう。「わしは澪が好みや。かわいいやろ」

「こないだは、乳の大きい蘭が好きやというてなかったか」

「澪でも蘭でもええ。乳なんぞ、ついてたらええんや」

「よめさんの乳もついてるだけか」

「堀やん、わしはな、世の中でよめはんほど怖いもんはないんやで」

生ビールが来た。伊達はメニューを広げて、バラやカルビや上ミノを三人前ずつ注文する。堀内はテールスープとキムチの盛り合わせを頼んだ。

アパートの前でタクシーを停めたとき、一瞬、ルームミラーに明かりが射したような気がした。振り返ると、少し離れたところに白いミニバンが駐まっている。ヘッドランプを消したのか。

「運転手さん、後ろの白い車、尾《つ》いてきてたかな」

「いや、どうでしたかね。後ろは気にしてなかったから」

堀内はもう一度、ミニバンを見た。車内にひとがいる気配はない。

料金を払ってタクシーを降りた。アパートの敷地内に入って鉄骨階段をあがる。ステッキの音が小さく響いた。

二階の部屋に入り、ドアの隙間からミニバンを見た。街灯の下、フロントウインドーを透《すか》してシルエットが浮かぶ。誰か乗っている。それも、ふたり……。さっきは上体を伏せていたのだ。

尾けられたのか——。

伊達とは千年町で別れた。『ミルキーウェイ』で迎車を二台頼み、別々に乗ったのだ。ミナミから尾けられたとは考えにくい。

だとすると、どこから尾けられたのか——。

鶴橋の焼肉屋？　それも可能性は低い。

ヒラヤマ総業の契約駐車場か——。

それは考えられる。西天満から鶴橋、鶴橋からミナミ、ミナミから西今川と尾けられたのかもしれない。

ドアを閉め、施錠した。ちゃちなシリンダー錠だから心もとない。

明かりは点けず、伊達に電話した。すぐにつながった。

——誠やん、どこや。

——千里や。タクシーの中。どうかしたか。

——尾けられたみたいや。いま、アパートの前にミニバンが駐まってる。

車内にふたりいる。三嶋会の組員か、土岐の手下の半グレか、相手は分からない、といった。

――カチ込みはないと思う。

いまどきのヤクザや半グレが相手のヤサに殴り込みをかけることは滅多にない。たいていは路上で標的《マト》を襲うのだが、その手口は荒っぽい。金属バットや鉄パイプで頭部を狙い、顔の形がなくなるまで殴りつづけるのだ。

――おれは誠やんが尾けられてへんか、確認したかったんや。

――待て。

少し、間があった。

――わしは大丈夫や。尾けられてへん。

――そうか。よかった。

――よかったやあるかい。ふたり張ってるんやろ。いまから、そっちへ行く。

――かまへん。誠やんは帰れ。向こうがおれをやる気やったら、階段をあがるときにやられてる。

――あほいえ。んな話を聞いて寝られるわけないやろ。待っとけ。

電話は切れた。口では来るなといったが、伊達が来ないはずはない。それが分かっていて電話したのだ。

携帯の明かりで流し台の抽斗を開け、包丁を出した。いつでも手にとれるようにダイニングテーブルにおく。椅子に座って煙草をくわえた。酔いはすっかり覚めている。

そして三十分――。車のドアが閉まる音がした。堀内は立って、流し台の上の窓を開けた。ミニバンから男がふたり歩いてくる。顔は見えない。ひとりは素手で、ひとりは長いモノを持っている。

金属バットだ。ふたりは堀内が寝るのを待っていたらしい。

窓を閉めた。包丁の刃に布巾を巻いてベルトに差す。ステッキを右手に持った。拍動が耳の奥に聞こえる。

足音が階段をあがり、外廊下を近づいてきた。ドアの向こうでとまる。

カチャッとドアノブがまわった。二度、三度、ドアが引かれる。話し声は聞こえない。

鍵穴になにかが挿し込まれる音がした。ピッキングか。

ステッキをかまえ、蛍光灯の紐を引いた。視界が一気に白くなった。

「誰や」

いった。「三嶋会か」

鍵の音がやんだ。

「土岐の手下か」

返答はない。足音が遠ざかる。階段を降りていった。

堀内は大きく息を吐《つ》いた。窓を開ける。ミニバンに男が乗り込んで走り去った。

膝が震えていた。蛍光灯を消し、倒れ込むように椅子に座った。

携帯が振動した。開く。伊達だった。

――はい。

――堀やん、大丈夫か。

――ああ、大丈夫や。

――いま、阪神高速、駒川を出た。あと二分で着く。

――すまんな。

伊達の声を聞いて、落ち着きを取りもどした。

──いま、ふたり来た。

──なんやて。

──ドアを開けようとしたから声をかけた。諦めて帰りよったわ。

──ミニバンは。

──もう駐まってへん。

──油断するなよ。外には出るな。

──出とうても膝が固まってる。

──あと一分や。今川駅が見えてる。

──喉がからからや。どこかコンビニでビール買うてきてくれ。

──なにがビールや。膝が固まってる男が余裕かますな。

近鉄の高架をくぐった、と伊達はいった。


アパートの下で車が停まり、ドアが閉まった。足音があがってくる。

ノック──。堀やん、と声がした。

堀内は蛍光灯を点け、錠を外した。伊達が入ってくる。タクシーを待たせている、といい、堀内のベルトに差した包丁に眼をやった。

「あ、忘れてた」包丁を抜いてテーブルにおいた。

「顔、見たか」伊達はダイニングチェアを引き寄せて座った。

「見んかったな。遠いし、暗かった」ひとりは金属バットを持っていた、といった。

「半グレかのう」

「かもしれん」

半グレに金属バットは定番だ。ヤクザは匕首やナイフといった刃物を使うことが多い。

「わし、考えた」伊達は煙草をくわえた。「組筋は金子が北陽連合と話をつけたはずや。堀やんを尾けたんは土岐の手下とちがうか」

「おれもそう思う。土岐は柳沢とつるんでるし、柳沢は関遊協に天下りの理事を抱えてる」

　柳沢には警察人脈もある。伊達がヒラヤマ総業の契約駐車場にイプサムを駐めることを知って、土岐の手下に駐車場を張らせていたのかもしれない、と堀内はいった。

「誠やんはずっと千里に住んでるから、ヤサは知られてる。おれは此花から東京へ行ったりして住所不定やったから、ヤサを知られてなかった。誠やんは尾けられずに、おれが尾けられたんは、そういう理由《わけ》やろ」

「海老江のマンションの駐車場で土岐のケツ持ちどもを雑巾にした。あのカタをつけに来たんでもなさそうやな」

「ミナミの喫茶店《サテン》でも、土岐のケツ持ちをいわしたぞ」

「どっちにしても、裏で糸引いてるのは柳沢やろ」

「おれもそう思うな。あちこちに枝葉は広がってるけど、根は柳沢や」

「堀やん、こいつはまだ奥があるぞ」

「ああ、ある」うなずいた。

「しかし、堀やんはどうする。ヤサを知られたで」

「ま、毎日、ここから出勤するのはヤバいわな」

「わしんとこに来るか」

「いや、それは誠やんに迷惑や」

伊達には家族がいる。小学校教諭の妻と娘がふたり。そんな家に闖入《ちんにゅう》できるわけがない。

「今日はホテルに泊まる」

この一月、東京から帰ったころは新大阪駅近くのビジネスホテルを定宿にしていた。賃料は忘れたが、安かった。

「誠やん、いっしょに出よ。東三国《ひがしみくに》か新大阪あたりでおれを落としてくれ」

「分かった。用意せいや」伊達は煙草に火をつけた。

堀内は寝室に入り、着替えと内藤医院でもらったガーゼや包帯、化膿どめの薬をバッグに詰めた。また、宿なしのボーフラ暮らしか――。つぶやいた。

12

携帯の着信音で眼が覚めた。伊達だ。

――はい。

――わしや。飯、食いに行こ。

ナイトテーブルの時計を見た。《10:56》――。カーテンを閉めているから、朝が分からない。

――寝てたんか。

――寝てた。

このホテル――『サンライト西中島』に入ったのは午前二時すぎだった。シングルルームが一泊五千八百円。一月から二月にかけてここに五日ほど連泊した。

――誠やん、どこや。

――西天満や。いま、駐車場におるんやけどな、Ｚ４が見あたらんのや。

――なんやて。昨日は駐まってたやないか。

――土岐や。手下がこの駐車場を張ってて、Ｚ４が駐まってんのに気ぃついたんやろ。

しまった。ヒラヤマ総業の契約駐車場にＺ４を駐めておくべきではなかった。土岐は予備のキーを持っているのだから。

――くそったれ。おれらが鶴橋に行ったあと、乗り逃げしよったな。

――乗り逃げとはいわんやろ。土岐の車や。

しかし、それで分かった。昨日は西天満から尾けられたのだ。

――けったくそわるいのう。さっさと売り飛ばしときゃよかったわ。

――誠やん、書類のない車は売れんのや。

――それもそうか。

――しゃあない。スポーツカーには縁がなかったんや。

――いま、車に乗った。そっちへ行く。

――分かった。近くまで来たら、また電話してくれ。

ベッドを出た。カーテンを引き開ける。眩《まぶ》しい。裸になってシャワーを浴び、ガーゼと包帯を替えた。

伊達はホテルの玄関口まで来た。堀内がイプサムに乗り込むと、すぐに走りだした。

「どこで飯食うんや」

「さぁな、考えてたんやけど、食いたいもんがない」

「朝飯は」

「食うた。卵かけごはんとめざしと味噌汁。大根おろしもあったな」

「そら、まだ腹が減ってないんやろ」食べたいものがないはずだ。

「生野に会うて報告しといた。堀やんのアパートに、金属バット持ったチンピラが二匹来たと」

「で、生野は」

「大してびっくりもしてなかったな。チンピラは土岐の手下やろけど、金子にいうて、もういっぺん北陽連合に釘刺しとくというてた」

「所詮は他人《ひと》事《ごと》か」

「そういうやつや。あの子泣き爺は」

「なんか、Ｚ４を盗《と》られたと聞いて力が抜けた。験直しにステーキ食お」

「よっしゃ。ステーキやったら『近江亭』やな」

淀川を越えた。新御堂筋から御堂筋を南下し、道頓堀橋を渡って西へ入った。伊達はコインパーキングに車を駐め、『近江亭』へ歩く。古めかしい煉瓦タイルの店に入って二階の窓際に席をとり、堀内は近江牛のヒレ三百グラムをミディアムで、伊達は五百グラムをレアで注文した。

「さ、払いはどっちや」伊達は百円玉を掌《て》にのせた。

「待て。三百グラムと五百グラムで、それはないやろ」

「ステーキ食お、いうたんは堀やんやで」

「裏」

「表」

伊達は百円玉を弾いた。くるくるとまわって倒れる。裏だった。

「五連敗やぞ、おい」

「神様はちゃんと見てるんや。どっちが大食いかを」

「情けないのう」伊達は天井を仰いだ。

「このあとはどこや。『ウィロー』か」

「おう。柳沢に挨拶しよ」

伊達は朝、東大阪の『ウィロー』に電話したといい、「柳沢は午後から関遊協におる。事務所は北浜、昭電ビルの三階や」

「脂ぎった爺かな」『ダラス』の新井を思い浮かべた。

「吹けば飛ぶような痩せ爺とちがうか」

「お代は見てのお楽しみか」

「腐れの顔なんぞ見とうないのう」

伊達は椅子にもたれてあくびをした。

北浜——。昭電ビルに入った。吹き抜けのロビーは風格がある。ドーム天井から三基のシャンデリア。壁、柱、床はすべて錆色の石張りで、正面にダムと発電所を象《かたど》ったレリーフタイルが嵌め込まれている。バブルのころまでは使われていたのだろう、どっしりした木のカウンターが階段のそばに据えられていた。

「このビル、大阪市の建築遺産に認定されてるよな」

「へーえ、そうかい」伊達は興味なさそうに、「なんぼかくれるんか。認定されたら」

「民間の建造物に予算はおりんやろ」

「どうでもええけど、賃料高そうやぞ」

「上納金が毎年、四億三千万も集まる組合や。屁とも思てへんわ」

そう、堀内がマル暴担だったころ、神戸川坂会本家は年間十数億の上納金を集めると聞いた。関遊協には広域暴力団顔負けの集金力がある。

三階にあがった。廊下が広い。301号室、真鍮《しんちゅう》のプレートに刻まれた《関西遊技業協同組合》を見てウォールナットのドアを押した。手前のデスクの女性が顔をあげる。

「伊達いいます。柳沢さん、いてはりますか」

「柳沢はおりますが、お約束でしょうか」

女性の表情に怯えが見えた。無理もない。伊達はツイードのジャケットに黒のポロシャツ、だぶだぶのズボン、頭は短いスポーツ刈りで、どこかの土建屋か、産廃をシノギにしているヤクザといった風体だ。

「約束はしてませんけど、ヒラヤマ総業の伊達と堀内いうてもろたら、柳沢さんは知ってますわ」

「お待ちください」

女性はデスクの電話をとり、小声で話をして、「柳沢はお会いすると申してます。どうぞ」

女性に案内され、奥の別室に行った。ドアに《理事長室》とある。

「理事長は木村さんとちがうんですか」伊達が訊く。

「この部屋は理事長と副理事長の兼用です」

いま理事長はいないと女性はいい、ノックした。返事が聞こえて、中に入った。

正面の壁際にデスクがふたつ並び、右に白髪の男が座っていた。男は鼻下と、こめかみからあごにかけて白い鬚をたくわえている。

「伊達さん、堀内さん……。どちらが」柳沢はいった。

「わしが伊達ですわ」

伊達は小さく頭をさげた。堀内もさげる。

柳沢は立って、こちらに来た。背が高い。伊達とそう変わらない。

「おかけください」

革張りのソファを手で示して、「飲み物は」

「コーヒーを」

「じゃ、三つ」

柳沢はいい、女性は部屋を出ていった。

伊達と堀内はソファに腰をおろし、柳沢も座った。

「そろそろいらっしゃるころだと思ってました」

柳沢は鷹揚《おうよう》にいった。「お噂は聞いてます」

「どんな噂ですか」と、伊達。

「ま、いろいろな噂です」

柳沢はソファにもたれて脚を組んだ。ものいいは大阪弁ではない。

「柳沢さん、大学は」堀内は訊いた。

「いきなり不躾な質問ですな」

柳沢は堀内を一瞥して、「成京大ですよ。ラグビー部」

「なるほどね。それで東京弁なんや」

「ポジションは」伊達が訊く。

「センターです」

「そうか。そんな体格ですわ」

「わたしがいたころは、けっこう強かったんですよ。いまはさっぱりですがね」

「東京の大学から大阪府警ですか」

「親父にいわれたんです。就職は大阪でしろ、と」

「お父上も大阪府警ですな」

「親父は勤めあげましたがね、わたしは中途退社です」

「ええやないですか。大きな受け皿があるんやから」

伊達も柳沢もにこやかに話す。おたがい、様子見だ。

「伊達さんは、ある意味、有名人ですな」

「有名人……」

「キタのレストランで腹を刺された。相手はホステスのツケの取立屋で、そのホステスと伊達さんは愛人関係にあった……」

「不徳の致すところですわ」

「わたしも監察にやられましたよ」

「やられたんはいっしょやけど、心証がちがいますわ。わしは痴情関係のもつれやけど、柳沢さんは部下を庇うて詰め腹を切った。警察官としては勲章もろて、きれいに退職したんです」

「あれがいい機会でしたよ。どっちにしろ定年まで勤める気はなかったし、親父にも、早く辞めろといわれてました」

「けど、おもしろかったでしょ。警察は」

「刑事のころがいちばんおもしろかった。親父の血じゃないけれど、警察の水が合ってました」

そこへノック――。さっきの女性がトレイを持って入ってきた。コーヒーを三つ、テーブルにおき、砂糖とミルクを添える。一礼して出て行った。

「これ、〝マイセン〟ですか」

白地に藍色の草花を染めつけたカップを手にとって、伊達がいう。「よめはんが欲しいというんやけど、高うて買えませんねん」

「よかったらお贈りしましょうか。四客」

「それは……」

「伊達さんのおうちは娘さんがおふたりですよね」

「どこで聞いたんです」伊達は真顔になった。

「いろいろ教えてくれるひとがいるんですよ」

「なるほどね。関遊協の副理事長ともなると、あちこちに知り合いがおるんや」

「そう、わたしは警察OBだから」

柳沢は笑うが、伊達はにこりともしない。堀内はコーヒーをブラックですすり、

「『ダラス』の新井さん、ご存じですか」訊いた。

「よく知ってます。古い知り合いです」柳沢はうなずく。

「新井さんの『ダラス』、寝屋川の『MAY』、岸和田の『パシフィック』、高槻の『サバンナ』。遠

隔操作のデータを抜かれて、李鏞一というゴト師に脅迫されてます」

李はゴト師グループのリーダーで、土岐雅博というカバン屋の手先だといった。

「ほう、『ダラス』や『MAY』が遠隔操作をね……。関遊協は厳に禁止しているんですがね」しれっとして、柳沢はいう。

「カバン屋の土岐を操ってるのは、柳沢さん、おたくですわ」

「土岐という男は知りませんね。第一、わたしはカバン屋なんて縁がない」

「さすがに、顔色ひとつ変わりませんな」

柳沢を睨みつけた。「ポスコムの市川と田代にいうて『MAY』や『パシフィック』のホールコンデータを抜かせたんは、柳沢さんやないですか」

「ポスコム……。なんの会社です」

「おもしろい。出資した会社を忘れた……。おたくはポスコムの株主のひとりでっせ」

「…………」一瞬、間があった。柳沢は答えに窮した。

「月にいっぺんは東京へ行くそうやないですか。日遊連理事長の松原のご機嫌伺いして、次の副理事長の座を狙うてるというのが、もっぱらの噂ですな」

堀内はつづける。「しかし、柳沢さん、おたくと土岐や李の関係が明るみに出たら、次の関遊協理事長選挙で、いまの木村理事長は『コーラルベイ』の鍵本に負けますよ。……我々が鍵本のとこへ行って、いまの話をしたら、よろこびますやろな」

「――なにが欲しいんだ」

ぽつり、柳沢はいった。「金か」

「金ね……。柳沢さんの予算は」

「五百万」

「子供の使いやないんでっせ。経費も使うたし、土岐のケツ持ちのチンピラに太股も刺された。満身創痍《そうい》ですわ。たった五百万でチャンチャンはない。鍵本んとこへ行ってもええんやで」

「分かった。一千万だ」

「よろしいな。なんでもかんでも金で済ませる資力があって」

堀内は笑った。伊達を見る。「ええか、誠やん。一千万で」

「かまへん」伊達はうなずいた。

「ということで交渉成立……といいたいとこやけど、柳沢さん、もうひとつ条件がありますねん」

柳沢の渋面《しぶづら》を見た。「おれも伊達も警察ＯＢです。関遊協の理事定員を増やして、理事にしてくれませんかね。できたら非常勤で」

「バカも休み休みいえ」

柳沢は吐き捨てた。「おまえたちは警察の面汚しだ。関遊協の理事だと。笑わせるな」

「おっと、地が出ましたな。泣く子も黙る副理事長さんの」

「いい加減にしろ。黙って聞いてりゃいい気になって」

「柳沢さん、伊達は懲戒免やけど、おれは依願退職ですわ。経歴に汚点はない。理事の資格はありますやろ」

柳沢の顔が紅潮した。拳を握りしめている。

「どうです、関遊協の理事。鍵本派をつぶすためやったら、協力は惜しみませんよ」

柳沢は眼をつむって長いためいきをつく。

「どうですねん。柳沢さんの答えは」

「切れるな、あんた」柳沢はいった。「競売屋には惜しい」

「おれも伊達もヒラヤマ総業の社員やない。嘱託調査員です」

「分かった。理事にしよう。あんただけだ」

「それはおおきにありがとうございます。理事の年収は」

「七百万」

「そら高給や。伊達と折れにしますわ」

「勝手にしろ」

「一時金一千万と関遊協の非常勤理事。それでよろしいな」

「………」柳沢は黙ってうなずいた。

「誓約書、もらえますか」

「なんだと……」

「冗談ですがな。洒落の分からんひとや」

堀内はメモ帳に三協銀行の支店名と口座番号を書いた。ちぎってテーブルにおく。

「いつ、振り込んでくれます」

「月末だ」

振込人名は〝関遊協〟——。〝年間コンサルタント料〟の明細で領収書を郵送しろという。この男はどこまでも腐っている。

「むかむかしてきた」

伊達がいった。「堀やん、行こ」

「ああ……」腰を浮かした。

一階ロビーに降りた。

「あのボケ、関遊協を食い物にしとるな」

「クズや。コンサルタント料で領収書を寄越せといいくさった」

「クズの切れ者《もん》や。土岐や田代より一枚も二枚も上手《うわて》やで」

伊達は肩を揺すって玄関へ歩く。「ほんまに、堀やんを理事にするんかのう」

「さぁな……。なったら儲けもんや」

「年収七百万は安うない。さすがに堀やんや。ええとこに眼をつけた」

「話してるときに思いついたんや」

「そういう機転が堀やんは利く。わしはさっぱりや」

「機転やない。悪知恵や」

「自分でいうてたら世話ないのう」

「けど、柳沢がどう出るや分からん。あいつの口裏は読めんかった」

「ま、今日のとこは顔見せや。良しとしよ」

コインパーキングにもどった。堀内が料金を払ってイプサムに乗る。

土佐堀通《とさぼりどおり》に出たところで堀内の携帯が振動した。開く。

「依田や」着信ボタンを押した。

――はい。堀内。

――情報がとれた。いうぞ。

――おう、いうてくれ。

——牛若組は九八年に解散した。組長の弁野は二〇〇五年に死んでる。

——そら愛想なしやな。熊取署の有田と高柳は。

——有田出巳《いずみ》、三十五歳。高柳修三、二十八歳。退職時の齢やから、いまは有田が六十一で、高柳が五十四やろ。

高柳の消息は不明。有田の現住所は住之江《すみのえ》区南港《なんこう》だと、依田はいう。

——有田と高柳にやられたチンピラの名前は。

——そんな記録はない。

——有田の南港の番地を教えてくれ。

——行くんか。

——行く。有田に会う。

——まさか、監察に聞いたとはいわんやろな。

——いうわけない。新聞社のデータをたどったんや。

——南港西一の七の二の三〇五。

——一の七の二の三〇五やな。

メモ帳に書いた。

——これきりやぞ。もう二度と顔出すな。

——冷たいの。いっぺん飲もうや。

——おまえとは飲まん。

電話は切れた。

「誠やん、南港や。有田出巳、六十一歳」

伊達は阪神高速高麗橋《こまばし》入口に向かった。

「よっしゃ。行こ」

湾岸線、南港北出口で降りた。高架をくぐって西へ行く。咲洲《さきしま》高校をすぎると、広大なマンション団地が見えた。ナビによると、南港西一丁目七番地二号はこの団地だ。

「二号棟の三〇五号室やろ」

「けっこう古そうやな」

府の住宅供給公社が分譲したマンションだろう、周辺の木々は生い茂り、中層の白い建物は時代を感じさせる。

伊達は二号棟の車寄せにイプサムを駐めた。降りる。玄関ガラスドアはオートロックではなく、エントランスに入ってメールボックスを見ると、『305』のプレートは《有田》となっていた。

エレベーターで三階にあがった。三〇五号室、《有田出巳》の表札を確認してインターホンのボタンを押す。はい――。と返事があった。

――ヒラヤマ総業の堀内と申します。ご主人はご在宅でしょうか。

――セールスはお断りします。

――ちがいます。我々は大阪府警のOBで、警友会の幹事をしてます。

――主人は警友会に入ってませんけど。

――それは承知してます。警察共済のことで話があります。

――ごめんなさい。出ます。

ドアが開く。グレーのカーディガンの小柄な女が顔をのぞかせた。

「共済年金の手続きのことですか」

「それもあります。ご主人にお会いしたいんですが」

「主人は今日、学校です」

「学校……」

「南港西小学校です」

校務員だという。どこか企業を退職して、小学校に雇用されたらしい。

「ほな、そこに行ってみます」

礼をいい、踵を返した。


南港西小学校――。正門のスライディングゲートは閉まっていた。近ごろの小学校はセキュリティーが厳しい。

伊達と堀内は車を降りて門柱のインターホンを押した。

――はい。どちらさまですか。

――ヒラヤマ総業の伊達といいます。校務員の有田さんはいらっしゃいますか。

――お待ちください。

ゲートのそばで待った。校内は静かだ。

「子供の声がせんな」

「堀やん、今日は土曜や」

「そうか。曜日の感覚がないんや」

前庭の向こう、校舎の右方向から男が歩いてきた。伊達と堀内を見て頭をさげた。

「有田です」

「伊達といいます。こっちは堀内。ご自宅にお伺いしたら、こちらにいてはると聞きました。お忙しいとこ、すんません」

「いや、かまわんです。子供たちはみんな帰りました。いまは暇ですわ」

愛想よく、有田はいった。坊主頭に黒縁眼鏡、グレーのジャージ、えんじ色のベストに大きく《南港西小学校》とプリントされている。

「ついさっき、よめはんから電話がありました。警友会のひとがこっちに来るて」

「あの、警友会の名刺は作ってないんですわ。いまはここに勤めてます」

伊達はヒラヤマ総業の名刺を差し出した。「堀内とわしも二年前に警察を辞めました。今里署の暴対の同僚やったんです」

「マル暴ですか。やっぱり……」

有田はしげしげと伊達を見る。「マル暴は身体が大きぃないと務まりませんな」

「子供のころから柔道やってました。いまも町道場でやってます」

「道理で……」

「折入って、有田さんに話がありますねん。ちょっと長うなるかもしれんし、車に乗りませんか」

「警友会は、わし、パスしてますねん」

「いや、その勧誘やないんです」

「共済年金？」

「そんなとこです」

「はいはい、聞きましょ」

有田は通用門から出てきた。堀内が車のドアを開ける。有田はリアシートに乗り込み、その横に伊達、運転席に堀内が座った。

「実は今日、柳沢に会うたんですわ」

伊達がいった。「柳沢繁郎。知ってはりますな」

「…………」有田は眉をひそめた。

「新聞社にも行きました。熊取、栄町商店街の強盗事件。記事にはならんかったみたいですな」

「おたくら、なにをいうてますねん。あれはもう時効やで」

「そのとおり。なにも事件を蒸し返そうとは思てません」

「ほな、なんや。なにが目的なんや」

「証言ですわ」

「証言やと……」

「三十万でどうですか」

「えっ……」有田はじっと伊達を見た。

「柳沢がパチンコ屋に転身したんは知ってますよね」

「ああ、知ってる」

「いま、関遊協の副理事長というのは」

「知らんね」

「関西遊技業協同組合。来年の春、理事長選挙があるんですわ」

「柳沢が立候補してるんかいな」

「いや、柳沢は現理事長の木村いう爺さんを応援してます」

木村と対抗しているのは鍵本というホールオーナーだと伊達はいい、「本筋に関係ないから詳細はいいませんけど、要は熾烈《しれつ》な選挙戦です。わしと堀内は鍵本派のある人物から頼まれて、柳沢をつぶしにかかってますねん」

「それには有田さんの証言が必要なんです」

堀内はいった。「これは事件捜査でもなんでもない。証言というのは言葉のアヤで、有田さんにお願いしたいのは、柳沢のとこへいっしょに行ってもらいたいんです」

「柳沢は当然、有田さんの顔を憶えてますわ」

伊達がつづける。「脅しやない。我々には有田さんという強盗事件隠蔽の証人がおるということを、柳沢に認識させときたいんです」

伊達は柳沢と土岐、ポスコムの関係を口にせず、理事長選挙に話を限定する。

「正直なとこ、鍵本派が次の理事長選に勝ったら、我々の懐は潤います。三十万円は有田さんへのお裾分けですわ」

「銀行の口座を教えてくれたら、半金を振り込みます」

堀内はいった。「十五万。月曜日に」

「三十万円……」

有田はつぶやいた。「柳沢に会うだけでよろしいんか」

「有田さんは黙って立ってくれてるだけでええんです」

伊達がいう。「それで三十万。どないです」

「柳沢には恨みがある。あの男はクズや」

「恨み、いうのは」と、堀内。

「熊取の商店街で組員と喧嘩したんはほんまやけど、わしも高柳も金は奪《と》ってへん。……そう、財布は拾《ひろ》たかもしれんけど、金は抜いてへん」

「なるほど。そうでしたか」

いうにこと欠いて、金は奪ってない、ときた。雨水溝に財布を捨てたのは野次馬とでもいうのか。

「柳沢に口どめされた。いっさい喋るな、わるいようにはせん、と。……それが三カ月ほど経って、監察に呼ばれた。あっさり、これですわ」

有田は指で首を切った。「約束がちがう、と柳沢にいうたら鼻で笑いよった。おまえらは強盗したんやぞ、依願退職で済んだんは誰のおかげやと、逆ねじ食わせよった。あいつは最低や。高柳が死んだんは柳沢のせいやで」

「高柳さん、亡くなったんですか」

「もう三年になるな。中皮腫や」

高柳は退職後、故郷の鳥取に帰り、父親の解体屋を継いだという。「年にいっぺんは大阪に出てきて酒を飲んだりしてたんやけど、なんやしらん、気色のわるい咳《せき》してた。解体でアスベストを吸うたんですわ」

「それやったら、なおさらや。高柳さんの仇とりましょ」

「死んだんは高柳だけやない。もうひとり、いてますわ」

「それは……」

「おたくら、新聞社で柳沢が辞めた理由を聞いたんですか」

「聞きました。有田さんと高柳さんの事件を揉み消したことが噂になって、記者が取材をはじめたからでしょ」

「それもある。けど、裏がありますねん」

「というのは」

「わしと高柳が喧嘩した相手、知ってますわな」

「知ってます。熊取の地回りでしょ。牛若組の駒井、もうひとりは……」

「山村ですわ。駒井と山村」

有田はいい、「柳沢はパチンコ屋の親父から金を引っ張って、わしらの喧嘩をなかったことにしたけど、それで牛若組が承知したわけやなかった。組長の弁野はしつこく柳沢を強請《ゆす》ったんです」

「そうか。極道があっさり寝るはずはないですわな」

「弁野にとって、柳沢は金ヅルですわ」

まるで他人事《ひとごと》のように有田はいう。「柳沢は困って、親父に泣きついた。泣きつかれた親父が頼ったんが、神戸川坂会の直系組織で、北陽連合といいますねん」

北陽連合――。思いがけない組の名を有田は口にした。

いや、意外ではない。当時から柳沢と北陽連合は関係があったのだ。

「柳沢は北陽連合を使うて牛若組と手打ちをしたけど、そのことが監察に知れて警察を辞めたんですわ」

「へーえ、それが柳沢退職の真相でしたか」

ヤクザと警察幹部のあからさまな癒着は、監察も隠蔽のしようがなかったようだ。

「高柳のほかにひとり死んだといわはったんは、駒井ですか、山村ですか」伊達が訊いた。

「牛若組の幹部で、包岡《かねおか》いうのが失踪したんです。たぶん、死んでます」

包岡は柳沢に会う、といって自宅を出たが、その後、連絡はなく、一週間後に和歌山県串本《くしもと》で包岡の乗っていたクラウンが発見された——。

「串本の漁港です。車はロックされてて、捜索したらグローブボックスに覚醒剤と注射器があったそうです。和歌山県警がどんな捜査をしたか知らんけど、事件性はないということで、沙汰止みになりましたんや」

「包岡は柳沢に会う、いうて出たんですね」

「そうです」

「県警は柳沢に事情を訊いたんですか」

「そら訊いたでしょ。当然、柳沢は首を振りますわ」

柳沢には包岡が失踪した当日とその後のアリバイがあった——。「包岡とは面識がないともいうたみたいです」

「ヤクザがひとり失踪した。車内にはシャブと注射器《ポンプ》があった……。死体が見つからん限り、捜査はしませんわな」

「弁野も危ないと思たんちがいますか。柳沢を深追いしたら北陽連合にやられるて」

「牛若組は九八年に解散して、組長の弁野も死んだ。駒井と山村は……」

「知りませんな。ふたりともええ齢やし、ヤクザの足は洗うたんとちがいますか」

「いや、おもしろい話をありがとうございました。ためになりましたわ」

伊達は頭をさげた。「月曜日、十五万を振り込みます。口座を教えてください。携帯番号と」

「わるいですな。これくらいのことで十五万ももらえるやて」

有田はにやりとして協和信用金庫南港支店の口座番号と携帯番号をいい、堀内はメモ帳に書いた。

「柳沢に会うときは、よろしくお願いします」

「もちろんです。いっしょに行かせてもらいますわ」

諂《へつら》うように有田はいい、ドアを開けて車を降りた。伊達も降りて助手席に乗る。堀内はシートベルトを締めて走り出した。


「堀やん、ええ話を聞いたのう。包岡は北陽連合に殺《と》られたんやで」

「しかし、どうやって証明する。包岡が失踪したんは八九年や」

証明するには物証《ブツ》が要る、といった。

「物証はなんや。包岡の死体か」

「死体というよりは白骨やな」

「海の底の白骨は回収できんぞ」

「山に埋められてたら、なんとかなるで」

「そら堀やん、希望的観測というやっちゃ」

「けど、探してみる値打ちはある。柳沢を追い込んだら、一千万、二千万や」

「欲が深いのう、堀やんは。そこが好きやで」

伊達はスマホを手にした。スクロールして発信キーに触れる。

「――ああ、伊達。――ちょっと頼みごとがあるんやけどな、いまからいうゴロツキの住所が知りたいんや。――九八年に解散した熊取の牛若組。駒井と山村いう組員がおったんやけど、そいつを調べて欲しいんや。――いや、フルネームは分からん。――すまんな。頼みごとばっかりで」

伊達はスマホをポケットにもどした。

「荒木か」

「ええ男や。頼んで、いやといわれたことがない」

「また、飲みに行くか」

「あいつ、腰を据えたら、ボトル二本はいくな」

「誠やんも二本はいくやろ」

「堀やん、わしは一本半や。次の日はなにも憶えてへん」

「どっちにしても、誠やんと荒木に勝つやつはおらんわ」

飲みも食いも、ふたりは底なしだ。肉なら三キロ、瓶ビールなら二ダースは空にする。

「死んだ親父がよういうてた。大酒飲みは長生きせんて。四年前、ぽっくり逝った」心筋梗塞だったという。

「齢はいくつやった」

「七十二や。おふくろはいま七十三やけど、ぴんぴんしてる」

「誠やんはおふくろさんに似たんや」

「おふくろは酒、飲まんで」

「むかしの女は飲まへん」

堀内の母親も酒は一滴も飲まない。いまは奈良の西大寺《さいだいじ》で長男一家と暮らしている。

「堀やんの親父さんは早ように死んだんやったな」

「六十三や。肺ガンやった」

父親はろくでなしだった。が、なぜかしらん、女にはモテた。金もないのにミナミのスナックのママとつきあって、堀内が警察学校に入った年に家を出ていった。死ぬ前はヒモ暮らしだったらしい。「――因果はめぐる。おれも親父みたいな死に方するような気がするわ」

「堀やんらしいないのう。また、杏子みたいな女を見つけろや。連れて歩いたら男が振り返るような女を」

「あんな金食い虫はあかん。懲りた。男を財布としか見てへん」

懲りたわけではない。足を引きずったやさぐれの四十男になびく女がいるとは思えないだけだ。

「けど、杏子はええ女やった。堀やんも肩で風切ってキタやミナミを飲み歩いてた。正直、わしもあんな女とつきあいたかったで」

「誠やん、他人《ひと》の饅頭は旨そうに見えるんや」

「他人の饅頭、食いたいのう」

「『ミルキーウェイ』の茉莉子、食うたらどうや」茉莉子は新井の女だ。

「あれか……。あれも金食い虫やろ」

「食いとうないか」

「わしは蘭がええ。乳のあいだに顔うずめて赤ちゃんごっこしたい」

伊達のいう情景を思い浮かべた。おもしろい。が、このあいだは蘭より澪が好みだといっていた。伊達は澪を口説いてソデにされたのだろうか。どちらにしろ節操がない。

「蘭の携帯、知ってるんか」

「知ってる」

「ほな、三回、同伴せい。それで食えんかったらやめとけ」

「堀やん、わしは三回も同伴せえへん。ショートホールは二打目がバーディーや」

わけの分からないことを伊達はいう。ゴルフもしないのに。

南港北入口から阪神高速にあがった。

「どうする、誠やん」

「大阪港線に入れや。どこぞで飯食お」

「まだ四時やぞ」インパネの時計を見た。

「四時でも五時でも、食い物屋はやってる」

新世界のジャンジャン横丁で串カツを食おう、と伊達はいった。

新世界——。ジャンジャン横丁の串カツ屋は行列ができていた。たぶん東京あたりから来たのだろう、ガイドブックを持ったグループと、中国人の観光客がいる。通天閣界隈はいまや観光地と化しているようだ。


行列に並ぶのがいやで、空いている豚カツ屋に入った。たいそう不味《まず》い。衣がやけに厚くて肉が固い。大阪にも不味い店はたまにある。すぐにつぶれるが。


近くの昭和レトロの喫茶店に入ってコーヒーを飲んでいるところへ、伊達のスマホが鳴った。

「荒木や」

伊達は着信キーに触れ、しばらく話をしてスマホをおいた。

「駒井啓二。まだ極道しとるわ」

齢は五十一。神戸川坂会系の三次団体、美《み》靫会《ゆきかい》の組員だという。「事務所は此花や。四貫島《しかんじま》商店街を北へ抜けたとこらしい」

「行ってみるか」

「極道の事務所か……。手帳もなしに入るのは気が重いのう」

「おれは誠やんより気が重いわ」

左の膝に手をやった。「なにかあってもこの足や。逃げるに逃げられへん」

「堀やんとわしは相棒やろ。堀やんが逃げられへんときは、わしもアウトやで」

伊達は笑った。堀内も笑う。

「行くか。美鞆会」

ステッキの重さを確かめた。

13

此花区四貫島――。商店街を抜けた正蓮寺川《しょうれんじがわ》の堤防の近くに美鞆会の事務所はあった。マッチ箱を立てたような白っぽいタイル外装の飲み屋ビルの五階に《みゆき》と袖看板が出ている。スナックとまちがって五階にあがった客は面食らうだろう。

伊達はビルの前にイプサムを駐めた。堀内は降りる。伊達と並んでビルに入り、エレベーターのボタンを押した。

五階。エレベーター前の鉄扉に金色のアクリルの切り文字で《金融　みゆき》とあった。伊達は鉄扉に耳をつけて小さくうなずき、ノックする。はい――と返事が聞こえた。

事務所に入った。飾り提灯が眼にとまる。赤の筆文字で《美鞆》と書かれた何十張という提灯が天井近くの壁面を埋めつくしていた。飾り提灯のあいだに白木の神棚があり、その下に額装の肖像写真が二枚掛けられている。神戸川坂会の六代目会長と、もうひとりは美鞆会の上部団体の組長だろう。提灯にも肖像にも代紋がないのは、暴対法施行以降、ヤクザの看板をおおっぴらに掲げられないからだ。

「なんでっか、おたくら」

手前の黒いスーツの男がいった。髪はオールバック、レンズの細長い縁なし眼鏡、顔が生白く、頬が削げている。

「ヒラヤマ総業の伊達といいます。駒井さんはいてはりますか」

「専務はちょっと出てますわ。もう帰ってきはる時間やけど」

男は腕の時計を見て、「専務にどんな用事でっか」

「駒井さんが熊取の牛若組にいてはったころの話を聞きたいんですわ」

「熊取の牛若組……。えらいむかしのことでんな」

男は駒井が牛若組にいたことを知っていた。

「わしら、二年前までマル暴担でした」伊達はいう。「いや、警察とは関係ない。ヒラヤマ総業は競売屋で、わしと堀内は嘱託の調査員です」

「いまは刑事とちがいまんのか」

「懲戒免職ですわ。わるさがすぎましたんや」

伊達は男に名刺を差し出した。男は受けとって、

「専務とは」

「面識はないです」

「知りもせんひとに、専務は会いはりませんで」

男は奥のふたりに目配せをした。ひとりは赤のジャージ、ひとりはジーンズに生成りのジャケット——。ふたりとも組員というよりは暴走族あがりの半グレのような装《な》りだ。

「ここで待たしてもろてもよろしいか」

男は返事をしない。組員ふたりがそばに来た。囲まれる。堀内はステッキを右手に持ち替えた。

「ま、よろしいわ」男はいった。「座っててくれまっか」

「すんませんな」

伊達はキャスターつきの椅子を引き寄せて腰をおろした。堀内も座って事務所を見まわす。

スチールデスクが四脚、壁際にキャビネットとロッカー、真ん中に革張りのソファ、テーブルにラーメン鉢や丼鉢が積まれ、灰皿には吸殻が針の山のように刺さっている。ブロンズ風の七福神や練りもののヌード像、壺、皿、鳥は剝製、金魚の水槽、萎《しお》れた観葉植物などがそこここにおかれているのは、いかにも組事務所らしい雑然とした情景だ。

「おたくら、こっちに片足突っ込んでまんのか」男は指で頬を切った。

「それは」と、伊達。

「若いころ、頼まれて、なんべんか占有に行きましたんや。倒産した会社とか社長の家にね。競売屋とカチ合うて悶着しましたがな」

「地上げ屋が跋扈《ばっこ》したころですな。最近は占有屋とバッティングすることは少ないみたいです」

競売で落とした物件は裁判所の命令で占有を排除すると伊達はいい、「わしも堀内も排除はしませんねん。入札する物件を調査して報告書をあげるのが仕事ですわ」

「分業でんな」

「システムです」

「どういうわるさで警察辞めたんでっか」

「ミイラとりがミイラになりましたんや」

「ミイラとり……？」

「癒着ですわ。上にバレたんです」

「わしの知り合いにもいてまっせ。昨日まで刑事してたんが、今日は警備員いうの」

べらべらとよく喋る男だ。番頭風の大阪弁で、埒もないことを。いちいち相手をする伊達は暇つぶしのつもりだろうが。

「競売屋いうのは刑事より儲かりまんのか」

「年収は倍になりましたな」

適当なことを伊達はいう。「その代わり、桜の代紋を返上しましたわ」

「そら、もったいないでんな」

「後悔してますねん」

伊達は笑って、「駒井さんは専務とかいうてたけど、若頭ですか」

「ちがいまっせ。うちはヤクザやない。ちゃんと大阪府の登録番号もろた商工金融と小口金融の会社ですわ」

「社員は何人です」

「七人。ひとり、長期出張してますねん」

なにがおかしいのか、男は笑い声をあげた。チンピラふたりも追従で笑う。

そこへ、ドアが開いて三つ揃いのスーツの男が入ってきた。小肥りで背が低い。ごくろうさんです——。チンピラふたりが声を合わせていった。

小肥りは伊達と堀内を一瞥し、「なんや」と訊いた。

「競売屋ですわ。専務に話があるて、待ってましてん」

「ヒラヤマ総業の伊達いいます」

「堀内です」

座ったまま一礼した。小肥りはソファに腰をおろして、

「ヒラヤマ総業は知ってる。大手やな」

「そら、ありがとうございます」伊達はいって、「駒井さんですか」

「ああ、そうや」

駒井はうなずいた。「で、話というのは」

「熊取の牛若組のことで訊きたいことがあります」伊達がいった。

「えらいむかしのことを知ってるんやな、え」

「わしと堀内はいま、柳沢繁郎のことを調べてますねん」

「熊取署の警部補か」

駒井の表情は変わらない。「いまはパチンコ屋やろ」

「『ウィロー』グループのオーナーですわ」

「柳沢とは因縁があったんや」

「その因縁のことで駒井さんの話を聞きたいんです」

「思い出しとうもないな。柳沢は下衆《げす》や」

「下衆を叩きたいんですわ、わしらは」有田と高柳の強盗事件を追っている、と伊達はいった。

「んなことを調べてどないするんや」

駒井は煙草をくわえた。黒スーツがライターの火を差し出す。

「さっきもいいました。柳沢を追い落とすんです」

「そうか……」

駒井はけむりを吐いた。「おまえら、外せ」黒スーツにいう。

「ええんですか」

「外せというてるやろ」

「ほな、すんまへん」

黒スーツは立って、チンピラふたりと事務所を出ていった。

駒井はソファにもたれた。伊達をじっと見て、

「誰に頼まれた」

「クライアントですわ。名前はいえませんねん」

「どういうクライアントや」

「柳沢は熊取署を退職したあと、父親の事業を継いで、いまは関西遊技業協同組合の副理事長です。そこで柳沢に敵対する人物と考えてください」

「柳沢がパチンコ屋になったんは知ってる。それで、大昔のことをほじくり返してるんか」

「シノギですわ、シノギ」

伊達も煙草をくわえた。「むかし、牛若組の弁野さんが熊取署の柳沢にねじ込んだ。それと同じことを再現しようと思てますねん」

「おまえら、ほんまに競売屋か」

「嘱託調査員では食えんのです」

「柳沢を追い込むのは勝手や。好きにせい。けど、わしにはなんの得があるんや」

「十万でどうです」

「なんやと……」

「柳沢から金をとれるかどうか、わしらにも分かりませんねん。しかしながら、駒井さんには情報提供料として十万、投資しようということですわ。もちろん、断ってもろてもけっこうです」伊達は餌を投げた。

「十万はいま、くれるんかい」駒井は食いついた。

「ここにあります」伊達はジャケットのポケットに手をやった。

「話が早いな。分かった。なんでも訊けや」

駒井はソファに片肘をついて伊達を見た。

「柳沢は強盗事件の揉み消しにヤクザを頼った。憶えてますか」

「憶えてる。北陽連合や」

「北陽連合の誰です」

「田中とかいうたな。田中功《いさお》……。理事長の舎弟やった」北陽連合の理事長の名は忘れたという。

「牛若組は誰が出たんです」

「オヤジと兄貴や」

「それは、弁野組長と……」

「包岡の兄貴や。包岡健次」

「包岡さん、失踪しましたな」

「なんや、よう知ってるやないけ」

「警察ネタですわ。知り合いがぎょうさんいてますねん」

伊達は牽制《けんせい》し、「串本の漁港で包岡さんのクラウンが発見されたそうやないですか」

「和歌山県警の刑事が事務所に来よったな。オヤジにあれこれ訊きよったけど、オヤジも包岡の兄貴がどこへ行ったか見当がつかん。……それっきりや」

「包岡さんが失踪して、弁野さんは北陽連合とやり合おうとはせんかったんですか」

「そら、ケジメをとろうとは思たかもしれん。けど、北陽にやられたという証拠がない。兄貴の死体もない。泣き寝入りするしかないがな」

当時の北陽連合傘下の組員は百人。牛若組は十人に満たなかったという。

「わしが熊取署のクソどもと喧嘩したせいで包岡の兄貴が殺《と》られてしもた。兄貴にはわるいことしたと思てる」

弁野は組長名代として包岡を北陽連合との交渉にあたらせていた。武闘派の包岡は状況を見ずに突っ走る癖《へき》があり、そこが仇《あだ》になったと駒井はいう。「イケイケで一本気で、いかにもヤクザらしいヤクザやった。……無駄死にや。臆病風吹かせたオヤジの代わりに殺《や》られたようなもんやで」

「その弁野さんも死にましたな」

「ちゃんと畳の上で死によった。組は解散。すったもんだのあげくに、わしは美鞍会に拾われて、いまにいたったというわけや」

「牛若組が解散したときに、足を洗おうとは思わんかったんですか」

「わしは十九のときからヤクザや。総身に刺青《すみ》も入ってる。ほかに食うすべ知らんがな」

「包岡さんはシャブをやってたんですか」

「それは知らん。けど、たとえやってたとしても、車ん中にパケやポンプをおいとくような下手は打たん。北陽連合が仕掛けよったんや」パケと注射器に包岡の指紋はなかったという。

「包岡さんの車は漁港で見つかったけど、海から死体は揚がってない。どこで殺られたんですか」

「んなことは分からん。けど兄貴は、柳沢に会う、いうて家を出た」

「それは誰の証言です」

「よめはんや。兄貴の」

「そのひとは」

「元気や。いまも熊取におる」

「名前と住所、教えてもらえませんか」

「行くんかい」

「行きます」

「待て」

駒井は立って奥のデスクへ行った。抽斗からノートを出してくる。「包岡千恵子。熊取町別宮《べつみや》三の二の二十八」

堀内はメモ帳に書いた。

「えらいすんませんでしたな。ほな、これで」

伊達は札入れから十万円を出してテーブルにおき、立ちあがった。堀内も立つ。

「あんた、その足で刑事やってたんか」駒井がいう。

「刑事辞めたから、こうなったんですわ」

「なんやて」

「バッジを外した刑事はヤクザに刺されますねん」

ステッキをつき、事務所を出た。

イプサムに乗った。伊達が運転する。

「くそったれ。あの程度のネタに十万も払うたわ」

「ええがな。経費や」

堀内はポケットから五万円を出して伊達に渡した。

「けど、情けないのう。手帳さえあったら、あんな腐れ極道、なんとでもできるのに」

「誠やん、身過ぎ世過ぎや」

シートベルトを締めた。伊達はエンジンをかけて走り出した。


此花でイプサムにガソリンを入れ、阪神高速道湾岸線を経由して熊取町に着いたのは五時半だった。JR熊取駅から東へ二キロ、整然と区画された新しい住宅地が別宮三丁目だった。

電柱の住居表示を見ながら、木々の疎らな住宅街を走った。五十坪ほどの敷地にタイル風のサイディングパネルで仕上げたプレハブ住宅が建ち並んでいる。むかしながらの木造モルタルの家は見あたらない。

「住宅の造りようも変わったな。瓦屋根の家が一軒もない」

「そういや、そうやな」

「こういう軒のない家の雨仕舞いはどうしてるんや」

「堀やん、いつから建築屋になったんや」

「おれの親父、大工やで」

「ああ、そうやったな」

堀内の父親は棟梁だった。和歌山県の有田《ありだ》で大工になり、堀内が中学二年のとき、独立して大阪に出てきた。四條畷《しじょうなわて》で小さな工務店をし、バブルの最盛期は従業員が三人いた。腕は確かだったらしいが、バブルが弾けて仕事がなくなり、ゼネコンの二次下請けの型枠大工になったころから人間が変わった。毎晩のように飲みに出て外に女をつくり、母親とは口も利かなくなった。あんな男にはなりたくないと思っていたのが、堀内もまた女をつくって家を出て、いまはひとりで暮らしている。因果はめぐる。堀内にも父親の血が流れている。

給水塔の近くの白い家に《包岡》という表札がかかっていた。車を停めて降りる。堀内がインターホンのボタンを押した。

――こんばんは。ヒラヤマ総業の堀内といいます。包岡千恵子さんはいらっしゃいますか。

――母はいま、出てますけど。

――お帰りはいつですか。

――犬の散歩です。もうすぐ帰ってくるはずです。

――ほな、ここで待たしてもらいますわ。

――あの、ご用件は。

――包岡さんのご主人の件です。知り合いの駒井さんに住所を聞いて来ました。

――そうですか。

そこでインターホンは途切れた。駒井の名を出したのはまずかったか。

イプサムのフェンダーにもたれて煙草を吸い、包岡千恵子を待った。

「堀やん、いまのは息子の嫁やろ」

「千恵子が七十すぎやったら、よめは四十すぎかな。この家は千恵子が買うて、息子夫婦と住んでんのとちがうか」適当にいった。

「それやったら、千恵子とよめは仲がわるいな」

「見てきたようにいうやないか、え」

「うちのよめはんも、わしのおふくろとは犬と猿や。たまに孫の顔を見にきても、すぐに帰る」

「誠やんはどっちの側や」

「そら、よめはんに決まってるやろ。怒らしたら蛙《かえる》みたいに飛びついて、わしを殴りよる。こないだはパチキ入れられたで」

「小学校の先生が飛びかかって頭突きするか」

笑ってしまった。「写真に撮って教室に貼れ。ゴリラに立ち向かう勇敢な先生や」

「誰がゴリラや」

「誠やん、おれはひとりや。喧嘩もできへん」

「けど、いちいち言い訳考えんでもええやないか。どこの女と寝ても、いつ帰っても、詮索されることがない」

「誠やんは詮索されるんか」

「女の勘は恐ろしいぞ。鉄壁のアリバイ工作しても見破られる」

「ほな、遊ぶなや。これからは仕事だけにせい」

「どの口がそんなこというんや、え」

伊達といるとおもしろい。身体に似合わず、よく喋る。口数の少ない堀内にはいい相棒だ。

トイプードルを連れた女が近づいてきた。伊達と堀内を見て怪訝な顔をする。

「包岡千恵子さん？」

伊達がいった。女はうなずく。

「ヒラヤマ総業の伊達といいます」伊達は頭をさげた。

「堀内です」一礼した。

「我々は調査員です。訳あって包岡健次さんの失踪事件を調査してます」

千恵子は答えず、トイプードルを抱きあげた。犬は千恵子の頬を舐める。

「かわいいですね。名前は」堀内は訊いた。

「ぺぺです」

さも面倒そうに千恵子はいった。浅い茶色の髪、赤いフレームの眼鏡、ホワイトジーンズにピンクのジップパーカ、齢に似合わぬ派手な身なりだ。若いころは水商売をしていたのだろう。

「あのひとのことを調べて、なにがあるんですか」愛想の欠片もなく千恵子はいった。

「八九年の熊取の強盗事件です。牛若組の若い衆《し》が警察官に殴られて金を奪《と》られた。……事件の再調査をするうちに、ご主人の失踪事件が浮上してきたんです」

「答えになってませんよ。わたしは目的を訊いてるんです」

「さっきもいいましたけど、わしと堀内は興信所の調査員です。クライアントに依頼されたことを調査して報告するのが仕事です」

「そんなことに協力してどうなるんです。あのひとのことは忘れたいんです」

「不躾ですが、謝礼です」

伊達は札入れを出し、三枚の一万円札を抜いた。「これでぺぺちゃんに美味しい缶詰でも買うてください」札を千恵子の手ににぎらせた。

「なんですか、これ」

「無礼は承知してます。堪忍してください」

伊達は下手《したて》に出る。「ひとつふたつ、お訊きしたいだけです」

千恵子は顔を伏せた。犬をなでる。

「近畿の警察には〝二強三弱一虚弱〟いう囃《はや》し言葉がある。知ってはりますか」

「なんです、それ」

「二強は大阪府警と兵庫県警、三弱は京都府警と奈良県警、滋賀県警、一虚弱は和歌山県警です。……そう、和歌山県警は迷宮入り事件の率が高うて、捜査能力が劣る。その理由は半島ゆえの地域性とか、のんびりした県民性とか、いろいろあるんやけど、ま、ご主人の失踪事件が沙汰止みになったんもむべなるかな、ですわ」

「そんなにあかんのですか。和歌山県警は」

五回か六回、事情を訊かれたと千恵子はいう。

「ご主人は熊取署の柳沢に会う、いうて家を出たんですよね」

「熊取署やないです。柳沢さんはあのころ、警察を辞めてました」

「ほな、パチンコ屋に転身したころかもしれませんな。ご主人の牛若組と北陽連合が揉めてるのは」

「薄々、知ってました」

「牛若組の弁野組長がご主人を交渉役にしたというのは」

「それも、あのひとがいってました」

「組長はご主人を矢面に立たして、自分は後ろに隠れてたんです」

「弁野さんはそういうひとでした。面倒なことはみんなおれや、とあのひとがこぼしてました」

「ご主人が失踪する前、なにかなかったですか。手がかりになるようなことは」

「だから、柳沢に会うといって、あのひとは出て行きました」

「相手は柳沢ひとりですか」

「柳沢さんにはいつも、付き添いがいたみたいです」

「誰です」

「聞いてません。柳沢さんにはバックがいるといってました」

「それは北陽連合の人間ですよね」

「知らないんです。知ってたら和歌山県警のひとにいってます」

包岡が帰ってくるための協力は惜しまなかった、と千恵子はいう。「いいひとでした、刑事さん……。親身になってくれて」

「和歌山県警の誰です」

「末松いうひとです」

「フルネームは」

「四課ですか」

「知りません」

「たぶん……」

八九年当時、和歌山県警に暴対課はなかったはずだ——。

「ほかに憶えてはることはないですか」

「ありません」千恵子は首を振って、「うちのひとを見つけてください。死んでるのは分かってます。でもわたしは、骨を拾ってちゃんと供養したいんです」

「それは我々もいっしょですわ。決着をつけたいことに変わりはないんです」

「名刺をください。なにか思い出したら電話します」

「あ、すんません。気がつかんで」

伊達は名刺を出して千恵子に渡した。

「ほんとに調査員なんですね」千恵子は名刺を見る。

「わしも堀内もほとんど席にいてません。電話は携帯にかけてください」

「分かりました」

千恵子は犬を路上におろした。犬は堀内を見あげて尻尾を振る。頭をなで、イプサムに乗った。


阪和道貝塚インターへ向かった。

「むかしを思い出すな、堀やん」

伊達がいう。「こつこつと込みをかける。近畿新聞の久野、元警官の有田、美鞆会の駒井、包岡のよめの千恵子と来て、次は和歌山県警の末松や」

「なんか知らん、おもしろいわ。アパートでじっと天井見てるより、充実してる」

「仕込み杖、作ったりしてな」

「極道と切った張ったするのも久しぶりや」

「そういうのをおもしろがるのが堀やんらしいわ」

「けど、おれはもうどうでもええと思てるんかもしれんな。人生に見切りをつけた」

「そんなおまえ、棺桶に片足突っ込んだ爺みたいなことというなよ。辛気くさいぞ。楽しいことはなんぼでもあるんやで」

「楽しいことな……」

なにがそうなのか——。酒か、女か、博打か。なにをするにも、この不自由な足を引きずって行かないといけない。携帯を持ってはいても、かかってくるのはアパートの大家と伊達だけだ。まともな話をするのは伊達ひとり。このシノギの片がつけば、また独りになる。

ほんまに辛気くさいやつやで——。そう思う。引きこもりの四十男にはオレ詐欺のクズさえ寄ってこないのだ。

「どこか喫茶店《サテン》に寄ってコーヒーでも飲むか」

「いや、もう六時や。わしは和歌山へ行きたい」

末松に会って話を聞く、と伊達はいう。

「しかし、簡単に見つかるとは思えんで。分かってるのは名字だけ。四課かどうかも不確かで、おまけに県警におるかどうかも分からん。八九年に四十ぐらいやとしたら、いまは六十六や」

退職した刑事の情報を警察が出すはずがない。それも一介の競売屋に。

「堀やん、和歌山県警にも柔道の強化選手はおるんやで」

伊達はウインカーを点けてイプサムを左に寄せた。停車してハザードランプを点滅させる。スマホを出して〝和歌山南署〟を検索した。

「番号いうから電話してくれるか」

「ああ……」堀内は携帯を出した。ダイヤルボタンを押して伊達に渡す。

「——和歌山南署ですか。伊達といいます。生安課の三輪さん、お願いします。——大阪府警におった伊達誠一です。三輪さんにいうてもろたら知ってますわ」

少し待った。

「——おう、伊達です。元気かいな。——いま、熊取におるんやけど、行ってもええかな。——おおきに。そうする。——ひとつ頼みがあるんやけど、八九年に県警四課におった末松いうひとに会いたいんですわ。住所とか教えてもろたらありがたいんやけど。——わるいね。ほな、三、四十分で行きます」

伊達は電話を切った。

「わしと同じ九十キロ級や。いっぺん対戦して、みごとに投げられた」

三輪とは大阪府警と和歌山県警の飲み会で仲よくなったという。「試合は負けたけど、酒は勝った。さっぱりした、ええ男や」

「大したもんや。誠やんの柔道人脈」

「わしの財産や。警察辞めて役に立つとは思いもせんかったけどな」

伊達はハザードランプを切り、また走り出した。


和歌山南署は県警本部から南へ四キロ、国道42号沿いの和歌浦《わかのうら》にあった。照明を落としたロビーにひとはいない。

伊達がルームランプを点けてスマホを手にしたとき、玄関から男が出てきた。伊達に向かって手をあげる。伊達はサイドウインドーをおろした。

「おひさしぶりです」

「こっちこそ」伊達はいって、「友だちの堀内。今里署のころの相棒ですわ」

「堀内です。よろしく」頭をさげた。

「刑事部屋でお茶でも飲みますか」三輪はいった。

「いや、飯食いませんか。三輪くんがよかったら」

「そうやね。食いましょか」

「どこか知ってる店、教えてくれるかな」

伊達は三輪を車に乗せた。

三輪に案内されたのは東仲間町《ひがしちゅうげんまち》の割烹だった。

「堀やん、ええか」

「ああ、かまへん。帰りはおれが運転する」

いうと、伊達は生ビールをふたつ頼み、品書きを手に三輪の好みを聞きながら、モズクやヒジキの白和え、刺身の盛り合わせ、野菜のかき揚げを注文した。酒が飲めなくなった堀内はさつま揚げや焼き魚を頼んだ。

「さっそくやけど、さっきの件、分かりました」

三輪はおしぼりを使いながら、「警友会の名簿をたどったらありました。末松徹《とおる》、二〇〇五年に県警交通部運転免許課主任で定年退職してます」

退職時に主任――。巡査部長だ。末松は出世に縁のない警察人生を送ったのだろう。

「再就職先は『紀央自動車学校』です」

「二〇〇五年の退職いうのは、ふつうに考えて一九四五年生まれか」

伊達はあいづちを打って、「いまは七十の爺さんやな」

「それで、教習所に電話してみたんです」

末松は週四日、交通法規と安全講習を教えていたが、三年前の春、退職したという。

「末松さんの携帯とかは」

「名簿には載ってません。自宅の電話番号も」

「末松さんの家は」

「直川《のうがわ》です。ここからやと四キロぐらいかな。紀ノ川を渡って東へ行ったら、ＪＲの六十谷《むそた》駅がありま す」駅の北に直川神社がある、その近くだと三輪はいった。

「ほな、このあとで行ってみますわ。末松さん、家にいてますやろ」

「訊いてよろしいか。末松さんはなにをしたんです」

「大したことやない。八九年に熊取のヤクザが失踪して、乗ってた車が串本の漁港で見つかった。その捜査をしたんが末松さんですわ」

「漁港に沈んでた車を引き揚げたんですか」

「沈んでたとは聞いてない。漁港のどこかに乗り捨ててあったらしい」

ヤクザはおそらく死んでいる。死体は未発見で、未解決のまま、捜査は終了したと伊達はいった。

「子供や若い女が失踪したんならともかく、ヤクザが行方知れずになったところで、ほかの事件にでもからんでない限り、府警も腰を入れた捜査はしませんわ。マスコミの注目も浴びへんし、ま、いうたら捜査経済における〝捨て事件〟というやつですな」

そこへ生ビールが来た。堀内は茶の入った湯呑で乾杯する。

「伊達さん、稽古は」

三輪は左手で柔道着の襟をつかむしぐさをした。

「町道場でやってますわ。いちおう、師範代いうことで、月々の会費はタダですねん」

「ぼくはなにもしてません。もう百キロを超えました」

「そら肥えすぎや」

「医者にいわれてます。せめて十キロは落とせと」

「三輪さん、齢は」

「三十八です」

「そろそろヤバいね。四十を超えたら、簡単には体重が落ちん。わしはいま九十八キロです」

「たった三、四キロのちがいやないですか」

「百キロ級と百キロ超級では階級がちがいますがな」

「いっぺん、やりますか」

「なにを」

「稽古」

「そらあかん。投げられて怪我する」

「ぼくのほうが怪我しますわ。伊達さん、師範代やのに」

ふたりの話は尽きない。同じ柔道という競技で鍛練したもの同士の連帯を堀内は感じた。三輪は伊達の懲戒免職にいたる経緯を知っているだろうが、そんなことはおくびにも出さない。三輪も荒木に似た、いい男だ。

注文したモズクと白和えが来た――。

14

直川の集落に入ったのは、ちょうど九時だった。三輪に教えられた直川神社の鳥居をすぎて左に折れ、明かりの点いている酒屋の前に車を停めた。伊達が降りて酒屋に入り、もどってくる。

「このちょっと先や。玄関の横に大きな水瓶をおいてる家が末松や」

五十メートルほど行って、その家を見つけた。車を降りる。

「堀やん、インターホンもチャイムもないで」門柱のまわりを伊達は探す。

「勝手に入れということやろ」

門扉もないから中に入った。モルタルがひび割れた前庭に軽四トラックが駐められている。その奥に小屋があり、耕運機が見えた。末松は畑をやっているらしい。

玄関の引き戸の前に立ち、

「こんばんは。末松さん、いてはりますか」

声をかけると、ほどなくして戸が開いた。坊主頭の男が顔をのぞかせて、

「なんですか」と、見知らぬふたり連れを訝《いぶか》しむようにいった。

「夜分、恐れ入ります。大阪のヒラヤマ総業の伊達といいます」

「同じく、堀内といいます」ふたりして頭をさげた。

「我々は元大阪府警の捜査員で、二年前に退職しました」

伊達はつづける。「いまは調査員です」

「探偵さん？」

「ま、そうです」

伊達は名刺を出した。「末松さんですね」

「そうです」

「いきなり、こんなことというてびっくりされると思いますけど、我々は八九年に串本漁港でクラウンが発見された包岡健次さんの調査をしてます。その過程で、末松さんが捜査にあたられたと、包岡さんの奥さんから聞きました。五分か十分でけっこうです。話をおうかがいできませんか」

「ああ、あの事件ね。よう憶えてます」

末松はうなずいた。「立ち話もなんやし、入ってください」

「かまいませんか」

「わざわざ大阪から来られたんでしょ。同じ警察の飯を食うた仲間や。ま、どうぞ」

「ほな、お言葉に甘えます」

家に入った。玄関は広い。水を張った石臼の中にメダカがいた。

「うちもメダカ飼うてます。ベランダの水槽で。黄色い緋《ひ》メダカです」

「これはニホンメダカです」

「ニホンメダカて、激減してますよね」

「裏庭の池にぎょうさんいてます。持って帰りますか」

「ありがとうございます。けど、酸素がないから無理ですわ」

なにげない世間話から入るのが伊達の訊き込みだ。これがまた巧い。

靴を脱いで板敷きの廊下にあがり、左の座敷に通された。応接間として使っているのか、座卓のほかに家具らしきものはない。床の間に花の萎れた信楽《しがらき》の花生《はないけ》と、その後ろに《赤富士と鶴》の軸が掛かっている。いかにも安物くさい軸はバッタ屋でよく売られている吉祥画だろう。

「家内が寄り合いに出てて、お茶も出せませんのや」

「いえ、おかまいなく」

座布団を勧められたが、正座ができない。

「おたく、足が不自由なんですやろ。膝、くずしてください」

「すんません。そうします」

左脚を伸ばしたまま腰をおろした。柔道の稽古で馴れている伊達は正座だ。

「なんでまた、あんなむかしのことをあたってるんですか」末松は訊いた。

「包岡さんの未亡人に依頼されたんです。供養をしたいから骨を見つけて欲しいと」

「骨ね。包岡の……」

末松はつぶやいて、「わしはあのころ、県警四課でした。班長に呼ばれて、大阪府警からこんな要請が来てる、協力してやれ、といわれてね。後輩の西口いうのとふたりで捜査しましたんや」

包岡健次の車——シルバーのクラウン——は串本漁港の南端、水産試験場近くの、地元のひとたちが駐車場代わりに使っている空き地に放置されていた——。

「はじめに車を調べたんは東牟婁《ひがしむろ》署地域課の駐在警官でした。漁業組合の事務員から、見慣れん和泉《いずみ》ナンバーのクラウンが一週間前から駐まってると電話があって、車を見に行ったんです」

警官によると、クラウンのグローブボックスには車検証や自賠責保険証があり、自動車盗に荒らされたような形跡はなかった。警官はリア右側のドアポケットからビニールの小袋と針のついた注射器を発見し、これを車検証といっしょに本署に持ち込んで状況を報告した——。

「クラウンはロックされてなかったんですか」

「ロックされてました。警官は自動車屋を呼んでドアを開けたそうです」

それが八九年の十一月末だったと末松はいう。「わしと西口が串本に行ったんは十二月の初めでしたな。えらい寒い日で、和歌山には珍しい雪が降ってましたわ。クラウンはレッカーで東牟婁署に運ばれてました」

「末松さんは車を見たんですか」

「きれいな車でしたわ。〝ロイヤルサルーン〟やったか、あのころは少ないアルミのホイールを履いててね。ヤクザの車いうのはダッシュボードに飾りもん置いたり、シートにムートンの革を敷いたり、煙草の匂いが強かったりするんやけど、そういう感じがせんかった。走行距離も三万キロほどでしたな」

「パケの中にシャブは」

「〇・一グラムほどかな、粉末が残ってました」

「ポンプの針に血は」

「採取できんかったですね。パケもポンプも指紋なし」

包岡が使ったとは断定できなかったという。「なんか、わざとそこに残したみたいな感じがして、わしは偽装やないかと思てます」

「そらそうですわな。これから海に身投げしようという人間がシャブとポンプを処分もせんと、おまけに車をロックするいうのはおかしい。包岡はどこか別の場所で攫われて、車だけ串本に行ったんでしょ」

「わしと西口の見立てもそうでした」

末松はうなずいて、「けど、班長は乗り気やなかった。大阪のヤクザがどこに攫われようと知ったことやない。迷惑や。適当に報告書を書いとけと、無責任なもんですわ」

「包岡のよめさんにも会うたそうですね」

「何回か、事情を訊きましたな。ラウンジのママでしたわ。男好きのする、ええ女でしたけど……」末松はあとの言葉を呑み込んだ。

「なにか、あったんですか」堀内は訊いた。

「それがね、憔悴《しょうすい》してる反面、早よう結論を出してくれ、いうふうでね」

「死んでるか生きてるか、はっきりせいということですか」

「保険金ですわ。五百万ほどでしたな」

「なるほど。そういうことですか」

堀内が中央署にいたころ、同じようなケースがあった。日本橋《にっぽんばし》の建設会社の社長が経営難で失踪したケースだ。社長は下請け業者への支払いの日に車に乗って自宅を出たが、以後、連絡がなく、自殺の可能性があると、家族から捜査願が出された。車は五日後、丹後《たんご》半島の経ヶ岬《きょうがみさき》で発見されたが、遺書や自殺を思わせる遺留品はなく、社長の遺体も見つからなかった——。

戦争や災害を除いて行方不明者の死亡が法的に認定されるには、当人からの手紙や電話などの連絡がなく、行方不明になった日から七年間が経過する必要がある。七年をすぎると、家族は家裁に『失踪宣告』を求める申し立てをし、認められた場合は当該人物が死亡したとみなされ、戸籍が抹消される。以上の手続きを終えて役所に死亡届が受理されれば、家族は保険会社に死亡保険金を請求できるのだが、ネックは七年という期間だ。行方不明になっても、法律上、当人は生きているとみなされるから、家族は当人の預金を引き出すこともできず、キャッシュカードも使えない。

また、行方不明者が死亡認定されるのは行方不明後、七年間をすぎた日だから、家族はその日まで保険料を納めつづけないといけない——。

「保険金のことはあったにしろ、あのよめさんにわるい印象はなかった。やっぱり、ダンナの身を案じてましたな」

「生きてるか、死んでるか、誰しも宙ぶらりんは嫌ですわ」

あのひとの供養がしたい——。包岡千恵子の気持ちに嘘はないだろう。夫の健次が姿を消してから二十六年、死亡宣告を受け、死亡保険金を受けとってもなお、千恵子の中では、健次はまだ失踪したままなのかもしれない。

「末松さん、ええ刑事《デカ》ですな。人情味がある」伊達がいった。

「そら、うれしいね」末松は笑って、「褒めてもろたし、ひとつ土産話をしましょか」

「なんです……」

「包岡のクラウンですわ。トランクの中から土を採取しました」

「ほう、それは」

「たぶん、山土です。粘土質の赤みがかった土……。量は親指ほどかな」

シャベルに付着していた土が剝がれ落ちたのではないか、と末松はいう。「そう、包岡の死体は山に埋められて、シャベルは海に捨てられた……。西口も同じ意見でした。わしは土を持って帰って、科捜研で分析してくれと、班長にいうたんです」

「それはよろしいな」

「けど、却下ですわ。班長がいうには、科捜研に土を持ち込んでも比較対照するサンプルがない、そのサンプルをどうやって採取するんや、とこうですわ」

「科捜研にはデータがあるでしょ。地域ごとの土壌分析データが」

「データがあっても、大まかな地域が判《わか》るだけで、それを絞り込むには何十人もの人員が要るというのが班長の意見ですわ」

「分かります。確かに人手はかかる。しかし、班長はやる気がなさすぎるんとちがいますか」

「そもそも大阪府警から依頼された捜査や。そんなもんにかかずらってる暇はないと、一蹴されましたわ」

「シュン太郎ですな。末松さんと西口さん」

「わしは諦めんかった。班長に内緒で科捜研に土を持ち込んだんです」

「そう、それが刑事気質《かたぎ》というもんですわ」

「ひと月、待ちましたけどな、結果が出ました」

末松はひとりうなずいて、「日高川《ひだかがわ》です。流域の山土やないかという答えでした」

日高川流域の山土――。どこを掘り起こせというのだ。干し草の山から針一本を探すより、まだむずかしい。

落胆したようすを見てとったのか、末松は、

「ただし、持ち込んだ土には微量のタルクとグラスウールが混ざってました」

「なんですか、タルクて」

「タルクは滑石《かっせき》を粉にしたもんです。蠟石《ろうせき》ともいいます」

主成分は水酸化マグネシウムと珪酸塩《けいさんえん》。その用途はパルプ、塗料、化粧品、絶縁材、断熱材など、あらゆる工業製品にわたっている、と末松はいった。

「子供のとき、遊びましたわ。蠟石で道路に絵を描いて」

伊達はいい、ふと思い出したように、「ベビーパウダーをタルカムパウダーというのはそれですかね」

「化粧品のことはよう知らんけど、むかしはパウダーとかファンデーションにタルクが入ってたみたいですな」

「滑石の鉱山て、和歌山にあるんですか」堀内は訊いた。

「ないです」タルクの原材料は中国やオーストラリアなど、海外からの輸入だと末松はいう。

「グラスウールは」

「ガラス繊維です」

「タルクとガラス繊維が土に混ざってた……」

「わしも不思議に思いました。科捜研の研究員は、FRPやないかなというてました」

「ERP……」聞いたことがある。

「ファイバーなんとかプラスチック。風呂の浴槽とか、受水槽、漁船、ボート。大型のプラスチック製品がそうです」

ガラス繊維の布をプラスチックで塗り固めたものがFRPだと末松はいい、「当時は、プラスチックの増量剤と増粘剤にタルクが使われてましたんや」

「つまり、それは……」

「産廃の最終処分場ですわ。産業廃棄物を埋めて土を被せたとこを掘り起こしたんです」

「包岡健次の死体は産廃処分場に埋められた。そういうことですか」

「確証はない。わしの推測ですわ」

八九年当時、日高川上流には産業廃棄物最終処分場が数カ所あり、日に二十台を超える産廃ダンプが大阪と旧美山《みやま》村、旧中津村、旧川辺町を往復していたという。

「最終処分場は谷を埋めるんですよね」

「十万立米、二十万立米、三十万立米と、後発の処分場ほど埋立容量が大きなってましたな」

数次にわたる廃棄物処理法の改正により、いま、日高川流域に産廃を受け入れる処分場はない、と末松はいった。

「末松さんは処分場を調べたんですか」伊達が訊いた。

「さすがに、そこまでする気力はなかった。わしも西口も科捜研でギブアップでしたわ」

「いや、ありがとうございます。産廃処分場ね……。ほんま、ええ土産をもらいました」

伊達は膝をそろえて礼をいった。堀内も頭をさげる。

「これから、どうされるんですか」

末松は長押《なげし》の時計を見あげる。

「帰ります。大阪へ」

「そら、ご苦労さんや。ようがんばりますな、遅うまで」

「これがシノギですねん。わしらの」

「シノギね。久しぶりに聞きましたな」刑事のころを思い出す、と末松は笑った。

「長々とすんませんでした。失礼します」

伊達は立ちあがった。脚が痺れたのか、顔をしかめる。

「早生のみかんがあるんやけど、食いますか」末松がいった。

「あ、どうも。みかんは大好物です」

「ほな、ちょっと待ってくださいな」

末松はみかんを詰めたレジ袋を持って、車のところまで送ってくれた——。

「なんと、親切なおやじやったな」

「うれしかったんやろ。刑事《デカ》のころを思い出して」

「けど、あのおやじは優秀や」

「できる刑事は出世せん。わしも堀やんもそうやった」

「できすぎて、追い出されたけどな」

「ま、いろいろある。長い人生や」

伊達はシートベルトを締めた。

目覚めたときは部屋が暗かった。寝返りをうち、ナイトテーブルの時計を見る。デジタルの表示は《12：08》だった。

まだ夜か――。一瞬、そう思ったが、昼の十二時だと気づいた。ベッドから出て遮光カーテンを引き開ける。眩しい。眼下の道路を車が行き交っていた。

放尿し、洗面台で顔を洗った。足の具合がわるい。じっと立っているだけで膝に痛みが走る。振り向くと、ステッキは出入口のシューズボックスに立てかけてあった。

何時に寝たんや――。伊達を千里の家に送り、タクシーで西中島に帰り着いたときは一時をすぎていた。運転で疲れていたのか、シャワーも浴びずにベッドに入ったのだ。鏡に映る顔は無精髭が伸び、むくんでいるような気がする。

寝室にもどり、ベッドに腰かけて煙草を吸った。いつもなら伊達からの電話があるのだが、今日は遅い。

携帯をとり、伊達にかけた。五回のコールでつながった。

――おう、起きたか。

――どこや、誠やん。

――鴻池署や。荒木んとこにおる。

八九年に稼働していた日高川流域の最終処分場を調べている、と伊達はいった。

――よう働く。刑事の鑑《かがみ》やな、え。

――ネタを仕入れた。昼飯、食お。

——どこへ行こ。

——そうやな、キタにしよか。西中島から近いやろ。

阪急東通《ひがしどおり》商店街の『星龍《せいりゅう》』、塩ラーメンが旨いという。

——むかし食うた支那そばの味や。たぶん、鶏ガラだけで出汁とってる。

——分かった。東通の『星龍』やな。一時半に行く。

携帯を閉じた。バスルームへ行き、浴槽に湯を張った。


伊達は『星龍』のテーブル席にいた。

「どうしたんや、その格好」しげしげと堀内を見る。

「おかしいか」

「そら、おかしい。うちの近所のレンタルビデオ屋の店員みたいやで」

「風呂入る前に、服を買いに行ったんや」

『サンライト西中島』の並びにユニクロがある。Tシャツ、トランクス、トレーナー、ジップパーカ、チノパンツ、靴下——と、一週間は着替えに困らない服と下着を買ってホテルにもどったのだ。

「風呂あがって、同じパンツを穿くのは気持ちわるいやろ」

「それは誰でもいっしょやけど、その上着は似合うてへんぞ。丈が短いし、細すぎる」

「しゃあないがな。こういうのがいまの若者のトレンドや」

「分かった。明日、わしの服を持ってきたる」

「要らん。誠やんのはぶかぶかや」伊達のファッションセンスだけは真似したくない。

今日はわしが運転する、と伊達はいい、塩ラーメンと炒飯《チャーハン》、餃子を三人前、注文した。堀内は生ビールと青椒肉絲《チンジャオロース》、塩ラーメン、搾菜。

「少食の堀やんにしたら、よう食うな」

「おれは朝飯、食うてへんのや」

「わしは食うた。鯵《あじ》の一夜干しと卵焼と大根おろしとワカメの味噌汁や」

「旅館みたいな朝飯やな」よめさんが大変だろう。

「娘は嫌がるんや。シリアルにミルクなんぞかけて食いよる」

伊達はグラスの水に口をつけて、「さっきの話のつづきや。日高川流域の最終処分場が判った」

八九年に操業していた処分場は三カ所——。大畑と曲谷《まがりだに》、曽根の谷を埋めていたといい、

「おもしろいことに、曲谷の処分場の代表者は古川寿男《ひさお》いうて、こいつが北陽連合の相談役の田中功の舎弟やったんや」

古川は八四年に北陽連合燦友会《さんゆうかい》を除籍処分となり、八九年当時は堅気だったという。

「除籍は最終処分場開設申請に向けての偽装やろ。曲谷の処分場の名称は『田中興業中津曲谷廃棄物最終処分場』やった」

「田中功は北陽連合の相談役で、燦友会の会長か」

田中功という名には憶えがある。そう、美鞍会の駒井啓二がいっていた。柳沢は熊取の強盗事件の揉み消しに北陽連合の田中功というヤクザを頼った、と。

「田中興業は燦友会のフロントで、古川寿男は企業舎弟やな」

「そのとおり」

牛若組組長の弁野——→牛若組幹部の包岡健次←→熊取署刑事課盗犯係長の柳沢繁郎——→北陽連合相談役・燦友会会長の田中功——田中は柳沢繁郎と知り合いで、その舎弟古川寿男は田中興業中津

曲谷廃棄物最終処分場の代表者――と、きれいにつながった。

「曲谷処分場の容量は二十万立米で、九〇年二月に閉鎖した」

跡地は植林用地として、地元林業組合に寄付されたと伊達はいう。

「ほな、包岡の死体は満杯寸前の処分場に埋められたということか」

小さくいった。「跡地て、広さは」

「三千七百坪。谷が産廃でいっぱいになったら、均して五十センチから一メートルほど土を被せる。あとはもう利用価値がないから、地元に寄付すると、申請時に念書を入れるのが普通らしい」

ビールと搾菜がきた。堀内は搾菜をつまんでビールを飲む。

「九〇年に植林してたら、いまは杉か檜《ひのき》の林やな。おまけに三千七百坪……。包岡を見つけようがないで」

「ほんまやで。二十六年前やったら、まだ探しようもあったのにな」

「諦めるか、包岡の骨」

「しかし、もったいない。北陽連合が処分場にからんでると分かったのに」

「古川寿男は生きてるんか」

「荒木んとこでは調べようがなかった。古川は八四年に極道をやめたからな」

暴対課は組員が除籍、破門、絶縁処分を受けたあと三年を経過すると、所属していた組とは関係が切れたとみて、以後の追跡はしない。なにか犯罪に加担している疑いがあれば別だが――。

「田中興業いう会社と事業所も調べてみた。大阪府下に五十ほどある。その中に〝廃棄物運搬〟とか〝廃棄物処理〟いう事業項目を掲げた会社はなかった。古川の田中興業はとっくに廃業したか、曲谷の処分場を操業するためだけに登記した会社やったんかもしれん」

「糸の端をつかんだんや。なんか、たぐり寄せる策はないんか」

搾菜をつまみながら考える。フッとひらめいた。

「誠やん、産廃処分場の開発て、計画書や同意書やら、ものすごい量の申請書類が要るんやろ」

「それは聞いたことあるな。司法書士に頼むんやろ」

伊達はいって、「司法書士を探すんかい」

「いや、その書類を出した先や。たぶん、和歌山の環境生活部。記録が残ってるかもしれん」

「さすがや、堀やん」伊達は笑った。「装《な》りはチャラいけど、いうことがちがう」

「それ、褒めてんのか」

「和歌山へ行こ。三輪に頼む。環境生活部に同伴してくれと」

「今日は日曜やで」

「せやから、三輪に頼むんや。書類の閲覧をな」

伊達がスマホを出したところへ青椒肉絲と炒飯、塩ラーメンが来た。

「誠やん、食お。電話はあとや」

「おう、食うたら、和歌山や」

伊達はスマホをおき、箸を割った。


和歌山南署に着いたのは三時五十分――。三輪を車に乗せて県庁へ行った。

ここで待っててください――。三輪はいって、通用口から県庁に入っていった。

「いっぺん、三輪を接待せないかんな。どこかホテルとって、ミナミに連れて行こ」

「荒木にも声かけたれ。相撲部屋が引っ越してきたと思われるわ」

おもしろそうだ。三人とも幕下あたりで廃業した力士だといえば、ホステスはみんな信じるだろう。

「高校三年のとき、相撲部の団体戦があった。人数が足らんいわれて、わしも出たがな。よれよれの臭いまわしをまいてな」

さもおかしそうに伊達はいう。「先鋒《せんぽう》や。向こうは百二十キロほどあるぶよぶよのデブや。こんなもん、一発で投げたると思たら、ぶちかましてきよった」

「まわしとって、投げ飛ばしたんか」

「気がついたら土俵の下におったわ。脳震盪《のうしんとう》や」

伊達は頭に手をやる。「相撲は強いぞ。あいつらとだけはゴロまいたらあかん」

「誰も裸のデブとは喧嘩せんやろ」

笑ってしまった。伊達の相撲話は初めてではないが、聞くたびにおかしい。

そうして三十分──。三輪が駐車場にもどってきた。イプサムに乗る。

「分かりました。田中興業代表取締役の古川寿男。設置許可書の住所はこれです」

三輪に紙片をもらった。ボールペンの大きな字で《大阪市港区八幡通《やわたどおり》3－12－9》とある。

「いや、助かりました。ありがとうございます」

堀内はいった。伊達も礼をいう。

「易いことです。またなにかあったらいうてください」

「コーヒーでも飲みますか」

「わるいけど、署にもどります」

「こんどは大阪で飲も。連絡しますわ」

伊達はいい、駐車場を出た。

15

港区八幡通──。ナビを頼りに来た。〝3-12-9〟はバス通りに面した『エンブルやわた』という六階建の賃貸ビルだったが、どのフロアにも《田中興業》はなかった。一階の飲料会社でビルのオーナーを訊き、八幡通八丁目へ行った。

「あれやな」

伊達は玄関ガラスドアに《エンブル》と書かれたビルの前にイプサムを停めた。降りて中に入る。短いカウンターの向こうに紺色ベストの女子社員がいた。

「すんません。ちょっとお伺いしたいんですけど、三丁目の『エンブルやわた』はおたくのビルですよね」

「はい、そうです」

女子社員はいって、「なにか……」

「一九八九年、八幡通三丁目十二番九号に田中興業いう会社があって、それを調べてるんです。いまはおたくのビルが建ってますけど、当時のことをご存じないですか」

「八九年って、ずいぶん前ですね」

「そう、バブルの最盛期ですわ」

当時は地上げが横行していた。銀行やノンバンクから資金提供を受けたディベロッパーが民家やアパートを買収して更地にし、不動産業者や貸しビル業者に転売したのだ。堀内は中学生だったから実感はないが、ヤクザや企業舎弟、堅気の企業経営者までもが入り乱れて金に踊った狂乱の時代だった。

「『エンブルやわた』はいつ建てられたんですか」伊達が訊いた。

「平成四年です」

「ということは……」

「一九九二年です」

「二十三年も前ですな。ほな、それ以前のことは」

「知らないと思います。うちの社長も」

「そうですか……」伊達は上を向く。

「ごめんなさい。お役に立てなくて」

「いや、ありがとうございます。失礼します」

外に出た。

「空振りか」

「でもないやろ。古川寿男は九〇年ごろまで八幡通におったんとちがうか」

八七年に古川は田中興業の代表者として中津村曲谷の最終処分場の設置許可を得て、谷の埋立てをはじめた。包岡健次は八九年十一月に失踪し、曲谷処分場は九〇年二月に閉鎖した——。「どうする、堀やん」

「さぁな……」

区役所へ行っても住民票は閲覧できない。司法捜査員を証明する警察手帳がないのだから。「荒木にいうて、古川寿男の本籍を調べてもろたらどうや」

「本籍か……」

伊達はひとつ間をおいて、「望み薄やろ。住民登録はそこに住んでないとあかんけど、本籍てなもんは大阪城でも西表島《いりおもて》でも、好きに登録できるからな」

「やっぱり、荒木につきおうてもらうか。港区役所」住民票をたどれば古川の転出先が判る。

「しかしな、荒木にわるい。鴻池署から港区は一時間以上かかる」

伊達はいって、「さっきのとこにもどろ。込みをかけてあかんかったら、荒木に電話する」


『エンブルやわた』の並びの酒屋で、三丁目十二番地に古川という家はなかったか、と訊いた。知らない、と店主はいい、古いむかしのことは自治会長が詳しいといった。自治会長の電器店に行き、事情を話すと、八七年当時の会長は小池といい、八幡消防署近くの金物店だといわれた。

伊達と堀内は八幡消防署へ走ったが、付近に金物店はなかった。

「さっきのおっさん、適当にいいよったんとちがうか。えらい忙しそうやったし」

「待て、誠やん。あれや」

消防署の斜向《はすむ》かいにシャッターをおろした仕舞《しも》た屋《や》が見えた。庇のテントは褪色して、ところどころが破れているが、赤地に白で《小池金物店》と読めた。

「ええ眼やな、堀やん。日も暮れてるのに」

「一・五や。視力は」

「そら遠視や。あと三、四年もしたら新聞が読めんようになるで」

「読めんでもええ。世の中のことには興味がない」

「わしも大した興味はないけどな」

伊達はシャッターの前に車を停めた。堀内は降りてインターホンのボタンを押す。チャイムは鳴ったが返答がない。伊達も降りてきた。

「空き家か」

「かもしれん」

そこへ、はい、と声が聞こえた。

——こんばんは。ヒラヤマ総業の堀内といいます。小池さんが八幡通三丁目の自治会長をされてたと聞いて来ました。ちょっと、お時間もらえますか。

——はい、出ます。

少し待って、シャッターの通用口が開いた。出てきたのはワイシャツに薄茶のコーデュロイブルゾンをはおった小柄な老人で、口もとにマスクをつけ、首にチェックのマフラーを巻いていた。

「風邪気味ですねん。感染《うつ》らんようにしてくださいな」

齢は八十すぎか。みごとに禿げているが、生野のように脂ぎってはいない。

「体調がわるいのに出てもろて、すんませんね」

伊達がいった。「小池さんは三丁目十二番地に住んでた古川いうひとを憶えてはりませんか。八〇年代のバブルのころです」

「古川さん……」小池はうなずいて、「そんな美容院がありましたな、バス通りに」

「美容院でしたか」古川は髪結いの亭主だったらしい。

「けっこう繁盛してましたで。うちの家内も行ってましたわ。……そうそう、『あかね美容室』……。いや、ちがうか。『かえで美容院』やったかな」

「我々はヒラヤマ総業に委託された保険調査員で、古川寿男いうひとを探してます」

伊達は小池に名刺を差し出した。小池は受けとって、

「古川さん、亡くなったんですか」

「死亡届は出てません。我々はそこを確認したいんです」

「あの美容院は立ち退きになってね、いまはビルが建ってますわ。二億とか三億とか、えらい立ち退き料をもろたと噂になりましたな」小池は話好きのようだが、話題がずれる。

「古川さんがどこに越して行ったか、ご存じないですか」堀内は訊いた。

「引っ越し先ね。わしは知らんけど、家内が知ってるかもしれませんわ。あれは美容院の客で、古川さんのよめさんと仲良うにしてたから」

いうと、小池は家に入っていき、赤いカーディガンの女が出てきた。小池に比べるとけっこう若い。七十すぎか。

「主人に聞きました。古川さんのご主人、亡くなってませんよ」

古川の妻とは年賀状のやりとりをしているが、喪中のはがきが来たことはないという。

「お手数ですけど、今年の年賀状を見てもらえませんか。古川さんの住所が知りたいんです」伊達がいった。

「そうですか」小池の妻はうなずいて、「お仏壇の抽斗かな。探してみます」

家に入っていった。他人のプライバシーにはまるで関心がないようだ。

「夫婦そろて喋りやな」伊達が笑う。

「客にはよう喋る。夫婦ふたりやと無口なんとちがうか」

別れた里恵子とは会話がなかった。里恵子はリッチウェイの会員で、セールストークは巧かった

らしいが。

左膝が痛い。少し立っていると痺れてくる。堀内の表情を伊達は見てとったのか、

「堀やん、座っとけや」

「すまんな」

堀内はイプサムに乗った。

五分ほどして、通用口が開いた。小池の妻が年賀状を手にして出てきた。伊達はメモ帳に住所を書きとり、車にもどった。

「箕面《みのお》や。粟生間谷《あおまたに》北一丁目」

「箕面は誠やんの団地から近いな」

「粟生間谷はけっこう遠いんや。山ん中やし、うちから車で二十分はかかる」

七〇年代に開発造成された住宅地で、間谷東に阪大の箕面キャンパスがあるという。「一丁目三の七やから、集合住宅やない。一戸建や」

「行くか。箕面へ」

インパネの時計を見た。七時十分だ。

「古川が生きとったらええけどな」

伊達はナビをセットした。


四ツ橋筋から新御堂筋、国道171号の小野原《おのはら》交差点を左折した。上り坂がつづく。

「もう五、六年前や。西成署におったころ、粟生間谷に土地買おうと思たことがあった」

伊達はいう。「不動産屋の車で阪大のグラウンドの近くとか見てまわったんやけど、どこも六十

坪以上で予算に合わん。それに、北千里駅までバスで三十分はかかる。よめはんもわしも通勤を考えてパスしたんや」

「そら、共稼ぎで通勤時間が長いのはしんどいわな」

北千里から西成まで小一時間はかかるだろう。バスの時間を含めると一時間半だ。それが毎日となると、伊達でなくてもつらい。

「けど、買わんでよかった。土地があったら家を建ててるやろし、どえらいローンを抱えてるとこや。まさか懲戒免になるとは考えもしてなかった」

「皮肉なもんやな。誠やんよりワルやったおれが依願退職で、退職金をもろた」

「堀やんもわしもハミダシや。どっちにしろ、つづかんかったんやで」

府道4号を越えると、広大な住宅地に出た。伊達は道なりに走って橋を渡る。

間谷北自治会館の前で車を停め、フェンスに掛けられた住宅案内板を見ると、一ブロック南に《古川》という家があった。

「通りすぎたみたいやな」

「さっきの四つ角を右や」

伊達は車をバックさせてUターンした。

百坪ほどの広い敷地にカイヅカイブキの生垣をめぐらせた瓦葺きの邸がそれだった。石組みの門柱に《古川》とある。

「産廃でだいぶ稼ぎよったな」

「なんでもかんでも埋めよったんや。建設廃材から廃棄食品までな」

組筋の最終処分場は違法な廃棄物を引き受けるからクライアントがつく。行政も組筋を恐れて立入検査をしない。バブルのころ、産廃処理はヤクザにとって、濡れ手で粟のビジネスだった。

伊達はインターホンを押した。

――はい。

――ヒラヤマ総業の伊達といいます。古川寿男さん、いらっしゃいますか。

――聞いたことあるな。ヒラヤマ総業。

――競売屋ですわ。

――やっぱりな。……競売屋がなんの用や。

――北陽連合のことで話があります。お時間はとらせません。ちょっと出てもらえませんか。

伊達はインターホンのレンズに向かって頭をさげた。

――誰に聞いたんや。北陽とはとっくに切れてるぞ。

――それは分かってます。迷惑はかけません。ほんの五分だけ、話を聞いてください。

――おまえら、筋者《すじもん》か。

――筋者を取り締まってたマル暴の刑事《デカ》ですねん。いまはふたりとも免職になって、競売屋の調査員やけど。

――帰れ。めんどくさい。

――儲け話を持ってきたんですけどね。一千万、二千万の。

――なんやと。

――聞くだけでも聞いてくださいな。古川さんにもおもしろいと思いますよ。

――分かった。待っとけ。

玄関灯が点いた。窓の向こうに人影が見え、ドアが開いた。犬が吠える。タマツゲの向こうに檻《おり》のような犬小屋があった。

男は小屋から犬を出し、リードを持って近づいてきた。白髪にセルフレームの眼鏡、黒に赤のラインのジャージを着ている。組長クラスの自宅にガサをかけたとき、この種の男が奥の座敷で不機嫌そうに煙草を吸っていたものだ。

「大きい犬ですな」伊達がいった。

「秋田犬や。強いで」

このバカは犬をガードにしているつもりか。

「こないだ、包岡健次のよめさんに会うたとき、トイプードルを抱いてましたわ」

伊達は包岡の名を出したが、古川の表情は変わらなかった。

「古川さん、熊取の牛若組て、聞いたことないですか」

「知らんな」古川はかぶりを振る。

「包岡は牛若組の幹部で、八九年に失踪したんです」

「それがどうした」

「古川さん、齢は」

「七十四や」

「ほな、そのころは四十八か。働き盛りや」

「余計なことは要《い》らん。本筋をいえ。本筋を」

「包岡健次の失踪後、乗ってたクラウンが和歌山の串本漁港で見つかったんですわ。トランクから採取した土を分析した結果、タルクとグラスウールが混じってたんです。……包岡はＦＲＰを廃棄した最終処分場に埋められたんやないか、というのが県警捜査員の意見ですねん」

「それがなんや。わしのやってた処分場と関係あるんかい」

「包岡は北陽連合とトラブってました。北陽連合相談役の田中功は燦友会の会長で、古川さんは田中興業中津曲谷廃棄物最終処分場の代表者ですわな……。包岡健次の死体は曲谷処分場に埋まってるんやないんですか」

「おまえら、おもしろいのう」

古川は伊達と堀内を睨《ね》めつけた。「死体が埋まってますか。はい、埋まってます……。どこのアホが答えるんや」

「証言してくれたらありがたいんですけどね。どないです。百万、払いますわ」

「さっきは二千万というたやないけ」

「包岡の死体が見つかったら二千万ですわ」

死体は白骨化しているだろうが、DNA鑑定できる、と伊達はいう。

「その金はどこから出るんや。おまえらのスポンサーか」

「スポンサーは関遊協の副理事長で、『ウィロー』いうパチンコホールグループのオーナーです」

「パチンコの『ウィロー』……。柳原いう男か」

「柳沢です。知ってるんですか」

「憶えてる。オヤジから聞いたことがある。元は河内長野あたりの警察署の課長やろ」

「熊取署の盗犯係長ですわ」

伊達はいって、「オヤジいうのは田中会長ですよね。いまもつきあいあるんですか」

「さぁな、十年前から失踪したままや」

「飛んだんですか。フィリピンあたりに」

「舟で渡ったんや。三途の川の向こうにな」古川は犬の頭をなでる。

「行儀のええ犬ですな。ちゃんとおすわりして」

「年に二回、訓練士に預けてる」

「包岡健次の死体、曲谷処分場に埋めたんですか」

直截《ちょくせつ》に堀内は訊いた。嘲るように古川は笑う。

「わしは埋めてへん。燦友会の若い者《もん》が埋めたかもしれんな」

「燦友会の誰です」

「そんなこと知るかい。知ってても、いうわけないやろ。燦友会はオヤジが死んで解散した」

解散時の組員は八人。ヤクザの足を洗ったものもいれば、他の組織に拾われたものもいるという。

「ヤクザてなもんはシノギが枯れたら終わりや。わしは曲谷のあと、奈良の谷をふたつ埋めて産廃から手を引いた」

「それで、この邸を建てたんですか」

「オヤジが生きてるうちは茨木《いばらき》のマンションにおったけどな」

組員や舎弟が組長より派手な暮らしをしていると金を毟《むし》られる。組長がベンツなら幹部はクラウン、ヒラの組員はカローラで、チンピラは軽四か原付バイクだ。ヤクザのヒエラルキーは徹底している。

「おまえら、包岡の骨を拾うて柳沢にねじ込むつもりか」

「土産にするつもりですねん。交渉の」伊達がいった。

「なんの交渉や」

「柳沢の悪行を暴いて金にする交渉ですわ」

「ゆすりたかりやないか」

「そうともいいますな」

「ほんまに金になるんか。包岡の骨は」

「そいつは話の持って行きようですけどな」

柳沢との因縁はいえない、と伊達は首を振った。

「曲谷に行ったことあるんかい」

「いや、ないです」

「わしも処分場を閉めてからは行ったことがない。いまは杉林と梅畑やろ」

「梅畑、いうのは」

「谷を埋めて土を被せたあと、林業組合と農業組合に跡地を寄付した」

「三千七百坪ですか」

「よう知ってるな」

「県庁で聞いたんですわ。和歌山の」

「三千二百坪は林業組合、五百坪は農業組合や」

五百坪は南斜面で日当たりがいい。梅の苗木を植えると農業組合から聞いた、と古川はいう。

「包岡が失踪したんは八九年やというたな。何月や」

「十一月です」

「それやったら、谷が満杯になる三カ月前やな」

古川は俯いて考えていたが、「――ちょうど、そのころや。オヤジから電話があって、ユンボのキーを机の抽斗に入れとけ、といわれたことがあった」

「ユンボて、掘削するやつですな」

「パワーショベルや。アームの先にバケットがついてる」

タイヤで移動するパワーショベルをバックホウ、キャタピラーで移動する大型のそれをユンボと呼ぶことが多い、と古川はいい、「わしはオヤジにいわれたとおり、キーをおいて帰った。次の日、現場へ行ったら、ユンボの位置が変わってて、夜中に使うたと分かった」

「包岡を埋めたんですな」

「生き埋めやないやろ。死体を埋めたんや」まるで他人《ひと》事《ごと》のように古川はいった。

「埋めたんは誰です」

「さぁな、誰やろな」

「処分場の従業員やないんですか」

「あほいえ。みんな堅気や。ヤクザの手伝いなんかさせられるかい」

「ということは、燦友会にユンボを使える組員がおったんですか」

「ユンボやバックホウは一週間ほど技能講習に行ったら運転資格がとれる。掘削して埋めもどすだけやったら、そうむずかしい作業やない」

「夜中に掘り返した場所は分かったんですか」

「分からん。……けど、搬入路の近くやろ」

最終処分場は谷の深いところから浅いところへ、搬入路を確保しながら埋めていく、と古川はいう。「ま、現場に行ってみいや。三千七百坪の谷に死体を埋めて、おまけに骨になってからほじくり返そうてな粋狂は、宝くじを当てるよりむずかしいで」

廃棄物の中には、ときに犬や猫の死体も混じっていたと古川はいい、たとえ骨を見つけても人間の骨ではないだろうといった。

「なるほどね。わしもそう思てましたんや。死体を処分するのはビルの基礎杭に放り込むか、産廃処分場に埋めるか。永久に見つかりませんわな」

「包岡を殺《や》ったんはオヤジやない。オヤジは上から、死体を始末せいといわれただけや」

「そうみたいですな」

「オヤジは死んだ。死人に口なしや」

「包岡もね」

「しかし、おまえらのしてることはおもしろいわ。せいぜいがんばって柳沢を強請《ゆす》れや。わしは金なんぞ要らん」

「そら、ありがとうございます」

「おまえらの尻馬に乗ったら、わしまで共犯や。たった百万の端金《はしたがね》でな」

「おっしゃるとおりですな」伊達は笑う。

「金持ち喧嘩せず。柳沢を強請ったら、結果を教えてくれ」

古川も笑ったとき、犬が鳴いた。古川の脚に頭をすりつける。

「もうええか。散歩に行きたいというとる」

「大きい犬はえらいでしょ。散歩が」

「三十分は歩くな。健康のためや」

「ハチ、ええ子やな」犬に向かって伊達はいった。

「秋田犬はみんなハチかい」

古川は犬のリードを引く。「『ホリー』や。この子は」

「そら、ええ名前や」

「ホリー、行こ。お散歩セット持ってな」

古川は玄関へもどっていった。

「堀やん、ホリーやと」

「おれは犬かい」

「よかったな。血統書つきで」

「誠やんが犬飼うときは、『ダーティー』にせいや」

「『ダーティー伊達』か。プロレスのヒールやな」

伊達は踵を返してイプサムに乗った。


十月二十六日、月曜――。朝の九時に伊達に起こされ、和歌山に向かった。

阪和自動車道の川辺インターを出て、県道26号を東へ走った。日高川に沿って山に入っていく。椿山《つばやま》ダムを越え、小森から29号に入る。山また山の曲がりくねった道を五キロほど行ったところが旧中津村だった。

「どえらい山奥やな。車のない時代は陸の孤島やで」

「それでもひとは暮らせるんや。お日さんと水と土があったらな」

「堀やんには似合わんことをいうやないか」

「ひとが生きる意味を、おれは考えてるんや」

「食うて寝て、仕事して、たまに外で女とやる。いつのまにか四十になるわ」

伊達は製材所でイプサムを停めた。事務所に入って、もどってきた。

「曲谷はこの先や。立看板があるらしい」

伊達はペットボトルの茶を飲み、シフトレバーをひいた。

急勾配の坂をのぼりきったところに看板が立っていた。ペイントが薄れているが、《日高町曲谷林業農業組合所管地》と読める。伊達はスピードを落として左折した。

舗装はされているがひび割れだらけの道をおりていくと、フェンスに行きあたった。支柱が折れて、ところどころ破れている。赤錆びたスライディングゲートは開いたままで、三百坪ほどの空き地の右奥にプレハブの平屋があった。

「ここがトラックヤードで、あれが事務所と計量所やったんやろ」

伊達は敷地内に入り、車を駐めた。堀内は車外に出る。左が廃棄物を埋めた谷だったのだろう、一段高い平坦地に梅が百本は植わっている。その奥は杉林だ。

「植林して二十年以上経ったら、こんなふうに変わるか。地面の下はゴミやぞ」

「こんなもん、どうしようもないで」

三千七百坪の広さは想像を超えた。手前の梅林にさえ足を踏み入れる気がしない。

「梅の木は何年ぐらいで実をつけるんや」

「さぁな、六、七年はかかるんとちがうか」

「梅干しなんぞ食うやつの気が知れんな。あんな塩辛いもん」

「おれは好きやで。梅干しのおにぎり」

和歌山の南高梅《なんこううめ》は有名だ。梅酒も作っているかもしれない。

「無駄足やったな、堀やん」

「ええがな。現場を見るのは捜査の基本や」

「ほな、串本漁港も行ってみるか」

「ひとりで行けや。おれは電車で帰る」

——と、電話が鳴った。伊達の着信音だ。伊達はスマホを出し、

「金子や」いって、話しはじめた。

堀内は少し離れて煙草を吸いつけた。山間《やまあい》の澄んだ空気で吸う煙草は旨いような気がする。一本を灰にして捨てたとき、伊達の電話が終わった。

「堀やん、調停不調や」

「調停？」

「昨日、金子が三嶋会の菅沼に会うた」

菅沼——。三嶋会の若頭だ。

「金子は北陽連合の本部長に金を積んだんとちがうんか」

「菅沼が横に寝よったんやろ。込み合いの当事者はわしです、と」

「本部長の仲裁が気に入らんか。くそうっとうしいやつや」

「金子は菅沼に四百万を持って行った。わしらが雑巾にした舛井に三百万、榊原と遠山に百万や」

「おう、それで……」

「菅沼は手打ちを蹴りよった。四百では不足や、とな」

「なんぼ寄越せというたんや」

「舛井に四百、榊原と遠山に百ずつや」

「やっぱり極道や。六百も要求しよったか」

「そこでや。金子はわしに、六百のうち二百を出してくれんか、といいよった。……断ったがな。

いわれるままにずるずる金を払うてるようでは、わしも堀やんも男やない」

「金子はどういうた」

「そう来ると思てました、と笑いよった。金子は平山に尻を持っていく肚や」

平山はかつて兄弟分だった義享組組長の沢居をとおして、三嶋会会長と話をするという。「いよいよ、御大のお出ましやで」

「端から平山が出たらよかったんや。生野も金子も頼りにならん」

「いまはまだ、三嶋会のクソどもがわしらを標的《まと》にかけてる。平山と三嶋の話《ナシ》がつくまで、わしはヒラヤマ総業に寄りつくな、堀やんは西今川のアパートに帰るな、ということっちゃ」

「極道というやつはほんまにめんどいな」

「あいつらは蛇や。メンツを金に替えるのがシノギやからな」

暴対法と暴排条例の施行以降、ヤクザのシノギは激減した。金になることはとことん粘るのが、いまのヤクザだ。

「誠やんのほうが危ないぞ。おれはアパートを出たけど、誠やんのヤサは割れてる。しばらく、おれの泊まってるホテルに来いや」

「わしは堀やんのことが好きやけど、いっしょに寝るのはな……」

「あほいえ。別の部屋をとらんかい」

「わしは毎日、娘の顔を見んとあかんのや」

「誠やん、洒落や冗談でいうてるんやないぞ。おれもおまえも危ないんや。黙って、おれのいうとおりにせいや」

「分かった」

伊達は真顔でいった。「堀やんのいうとおりにするから、よめはんに電話してくれ」

「なにを電話するんや」

「わしと堀やんは出張する。競売の物件調査や。そういうてくれ」

「自分でせんかい。電話ぐらい」

「わしではあかんのや。その点、堀やんはよめはんに信用がある」

伊達はスマホをスクロールして発信キーに触れた。堀内はスマホを受けとる。

――はい。なに？

――すんません。堀内です。

――あ、どうも。こんにちは。これ、伊達の携帯ですよね。

――誠やんはいま、トイレですねん。それで、代わりに電話してます。

――いつも伊達がお世話になってるようで、ごめんなさいね。大変でしょ。あのひとのお守りは。

――こちらこそ、世話になりっ放しですわ。……いま、授業中やないんですか。

――休み時間です。

そういえば、子供の甲高い声が聞こえる。

――実は、競売の物件調査で昼から東京へ行くことになりました。新幹線やないんです。向こうで埼玉や千葉を移動するから、車のほうが便利やということで、名神で東京へ走ります。

――そうですか。東京へね。

――予定は一週間です。誠やんと車をお借りしますけど、よろしくお願いします。……あ、誠やんがもどってきた。代わりますわ。

伊達にスマホを渡した。

「――ということや。――ああ、分かってる。――土産はなにがええ。――いや、急に決まったことなんや。――ほんまにな。わしも行きとうないがな」

伊達は平身低頭、額の汗を手の甲で拭う。「――ごめんな。また電話するわ」

電話を切り、空を仰いだ。

「そんなによめはんが怖いんか」

「あたりまえやろ。あいつの眼がつりあがったら、わしのキンタマはちぢみあがるんや」

伊達はスマホをポケットに入れた。「腹減った。高速のサービスエリアでなんぞ食お」

16

伊達は『サンライト西中島』の503号室にチェックインした。堀内が泊まっている502号室の隣だが、一泊六千円と、堀内の部屋より二百円高い。

「どういうことや。間取りはいっしょやろ。堀やんの部屋と」ベッドに腰かけて、伊達はいう。

「クロスが新しい」

堀内は部屋を見まわした。「貼り替えたばっかりやろ」

「たった二百円でも、一週間泊まったら千四百円の差やぞ」

「一年やったら、七万三千円や」

「一日、一箱半にせないかんの」

伊達は煙草を灰皿で揉み消して、「わし、着替えがない」

「この並びにユニクロがある」パンツと靴下を買え、といった。

「なにかと物入りやのう、逃亡生活は。指名手配になった極道の気持ちが分かる」

伊達は両手を枕にベッドに仰向きになった。「しかし、堀やん。これからどうする」

「さぁな……。会長の田中が死んで、燦友会は解散した。組員も散り散りになった。包岡健次の骨は金輪際、見つからん……」

「堀やん、骨を見つける必要はない。包岡を埋めた組員の証言をとるんや」

「そんな、死体遺棄を白状するやつはおらんで」

「百万、二百万やったらどうや。金で釣れへんか」

「どうやろな。証言はとれても、物証《ブツ》がないことには……」

「柳沢のクソから金はとれんか」

「それより誠やん、柳沢がつるんでた北陽連合の人間はどうや。包岡千恵子がいうてたやろ。柳沢にはいつも、付き添いがいてたみたいです、と」

そう、包岡健次は柳沢に会うといって自宅を出た。柳沢が手引きをして北陽連合の組員が包岡を殺し、燦友会の田中にいって死体を曲谷の処分場に埋めたのだ。

「しかし、どうやって割るんや。柳沢とつるんでた極道を」

「新井はどうや。あの爺はむかしのことをよう憶えとる」

堀内は携帯を出した。窓際の椅子に座って、新井にかけた。

――新井さん、堀内です。

――はいはい、どうも。いろいろ世話になりましたな。

――つかぬことを訊きますけど、バブルの終わりごろ、柳沢繁郎は北陽連合の組員とつきあいがありましたか。

――えらい古い話ですな。北陽連合ね……。聞いた憶えはあります。それがどうかしたんですか。

――柳沢がトラブル処理に使うてた組員を知りたいんですわ。

――いやぁ、ぼくはそういう連中とはつきあいなかったし、分からんですな。

――柳沢の親分の木村はどうですか。関遊協の現理事長。

――木村さんは、ま、どっちかいうたらまともなひとですわ。組関係のことは知らんでしょ。

――誰か、いてませんか。柳沢の裏の顔を知ってるひと。

――それやったら、鍵本はどないです。『コーラルベイ』の。

鍵本……。次の関遊協理事長候補だ。神戸の三宮と新開地で『コーラルベイ』というホールをやっている。

――鍵本は事情通ですわ。頭もええ。柳沢とは犬と猿やし、むかしのこともよう憶えてる。柳沢の古傷やったら、よろこんで喋りますやろ。

――すんませんけど新井さん、『コーラルベイ』に電話してくれんですか。ヒラヤマ総業の伊達と堀内がそちらに伺いますと。

――用件は。

――関遊協の理事長選挙です。柳沢のことでお耳に入れたいことがある、と。

――分かった。鍵本に電話して、折り返しますわ。

電話は切れた。

「誠やん、話はついた」

「さすがやの。手際がええ」

「着替え、買いに行くか」

「堀やんもいっしょかい」

「おれもパンツと靴下を買う」

「わし、ユニクロのパンツはあかんのや。ＬＬでも小さい」

天神橋筋商店街にＬサイズ専門の店があるという。「相撲取りが穿いてる、白い紐つきパンツがあるやろ。わしはあれが好きなんや」

確かに、風通しはよさそうだ。

「堀やん、知ってるか。アメリカ人の三分の一はデブなんやで」

「貧困層ほど、デブらしいな」

彼らは野菜を食わず、できあいのファストフードばかりを食うからだという。

「アメリカの映画を観てみいや。晩飯に野菜を食うてる場面なんぞ観ることないぞ」

「煮物やサラダを作ってる場面もないな」

イタリアンマフィアは料理好きだが、パスタの量に圧倒される。あれほど食って痩せていれば、なにかの病気だ。

「アメリカの食文化はイギリスから来てる。イギリスは料理のない国や」

「ドイツもたいがいひどいやろ」

「よくぞ日本に生まれけり、や。こと食うことに関してはな」

伊達はイプサムのキーをとり、立ちあがった。

天神橋筋商店街で伊達の下着を買い、銀行に寄って、熊取の強盗事件を証言すると約束した有田出巳に半金の十五万円を振り込んだ。近くの喫茶店でコーヒーを飲んでいるところへ携帯が振動した。新井だ。

——はい、堀内です。

——鍵本に電話しました。新開地の『コーラルベイ』にいてます。三時に来てくれというてます。

『コーラルベイ』の場所は新開地五丁目だという。

——了解です。ありがとうございました。

「誠やん、三時や。新開地の『コーラルベイ』」

「ほな、出んといかんな。神戸線は込むやろ」

伊達は窓の外に眼をやった。「どっちや」

「丁《ちょう》」コーヒー代は負けてもいい。

車が走ってきた。プレートナンバーの末尾は《3》だった。

阪神高速道路神戸線——。京橋出口を降りて国道2号を西へ走った。湊町一丁目の交差点を右折する。山陽本線の高架をくぐると、新井から聞いた新開地五丁目に『コーラルベイ』があった。街中のホールらしく、敷地はそう広くない。ホールの北側に四階建の駐車棟があり、伊達は三階にイプサムを駐めた。

階段で一階に降り、ホールに入った。シマは八列。パチスロとパチンコ台が半々か。二百五十台規模の中型店だ。

「どこもかしこも、くそうるさいのう、パチンコ屋というやつは」

「それがええんや。静かなホールは出玉がわるい」

「ここも遠隔してるんか」

「そら、してるやろ」

来る途中、山陽本線の高架の向こうに『モコ』というホールがあった。競合店だ。

景品交換所でオーナーの部屋を訊いた。二階の会長室だという。案内してくれ、といったら、ホール係は露骨に嫌そうな顔をし、シマの反対側のドアを指さした。堀内は笑って交換所を離れた。

バックヤードをとおって二階にあがった。ここも『ダラス』と同じようにゴーッという音がする。一階の天井裏を玉が還流しているのだ。

《会長室》のドアをノックした。返答を聞いて、中に入った。

「ヒラヤマ総業の堀内です」

「どうぞ、座ってください」

仏頂面で鍵本はいった。レンズに薄い色のついたセルフレームの眼鏡、黒のズボンにライトグレーのジャケット、白のシャツに紺色ドットのアスコットタイをしている。齢は六十代半ばか。新井よりひとまわりほど若い。

「このあと、外出するんで、手短に願います」

鍵本はソファに腰をおろして肘掛けに両腕を広げた。「で、ご用件は」

伊達の名も訊かず、名刺をくれともいわない。新井が伝えたのだろうか。

「柳沢繁郎のスキャンダルですわ。関遊協副理事長の」伊達がいった。

「柳沢のね……。売り込みですか」

「ネタを売るつもりはないんです」

「ほな、なんですか」

「柳沢を追い込むためのネタを集めてますねん」

「おたくら、競売屋でしょ。ヒラヤマ総業」

「調査員です。競売物件の」

伊達はソファにもたれて、「昨年まで今里署のマル暴担当でした」

「ほう、刑事さん」

「柳沢繁郎も、親父の徳雄も警察官でした。ご存じですな」

「よう知ってます」

「同じ警察OBとして、わしらは柳沢をいわしたいんですわ」

「なるほど、柳沢を叩きたい……。それで？」

「柳沢はバブルのころ、北陽連合とつるんでた。たぶん、いまも関係がある。ちがいますか」

「ヤクザ関係には疎いんですよ。でも、柳沢は警察にいたころから腐ってた。それは知ってます」

「ほな、熊取の強盗事件も」

「知ってますよ。柳沢はヤクザを使ってウヤムヤにしたんでしょ」

ことなげに鍵本はいう。この男はなにをいっても表情が変わらない。「――でも、柳沢が使っていたのがどこの組かは知りませんがね」

「名前を聞いたことはないですか。柳沢とつるんでたヤクザの名前」

「聞いたことはあるかもしれん。もし聞いたとしても忘れてます。興味のないことやから」

「なんとか、思い出してもらえませんかね」

「ダメですね。もの憶えはわるうないほうやけど」

「そうですか……」伊達は煙草を出した。一本抜いてくわえる。

「ごめんなさい。煙草は苦手なんですよ」

鍵本は首を振った。伊達は煙草をもどして、

「鍵本さんは次の関遊協理事長候補でしょ。現理事長の参謀である柳沢を追い落としたいとは思わんのですか」

「裏工作は好きやないんですよ」しれっとして鍵本はいう。

「そら残念ですな。忘れてしもたんならしかたない。すんませんでしたな」伊達は腰を浮かした。

「待ってください」鍵本はいった。「うちの鈴木やったら憶えているかもしれません」

「鈴木さんいうのは」

「一昨年、リタイアしましたがね、父親の代からのスタッフです」

バブルのころは鍵本に代わって組合の会合に出ていたという。「もう七十すぎやけど、しっかりしてます。鈴木に訊いてみましょ」

鍵本は立って、奥のデスクのそばへ行った。電話をとってボタンを押す。

「──あ、鍵本です。お元気ですか。──それはよかった。──ところで、『ウィロー』の柳沢のことで教えてもらいたいことがあるんです。──徳雄やない。息子の繁郎です。──繁郎とつきあいの深かった北陽連合のヤクザの名前、憶えてませんか。──ああ、そうや。種谷《たねや》や。思い出しましたよ。──ありがとうございます。また顔を出してください」

鍵本は受話器をおいた。「種谷です。北陽連合の種谷」

「齢は」

「柳沢と同じくらいでしょ。六十代やないですか」

「北陽連合の種谷ね……」

伊達は堀内を見た。「堀やん、ええか」

「そうやな。上出来や」種谷の名が分かれば、あとは訊くことがない。

ステッキを支えに、堀内は立った。伊達も立つ。

「柳沢をどう追い込むんですか」鍵本が訊いた。

「すんませんな。煙草、吸いたいんですわ」

伊達は会長室を出る。堀内も出た。

「クズやな。柳沢と同類の」

「敵の敵は味方や。損得勘定はしっかりしとる」

一階に降りた。バックヤードからホールへ。さっきのホール係と眼が合った。不細工な女だ。腕を伸ばして中指を立ててやったら、堀内を睨みつけて、あほ、と口だけでいった。

伊達は荒木に電話して、北陽連合の種谷を調べてくれるよういった。駐車棟の三階にあがり、イプサムに乗る。

「堀やん、なんぞ食おうや。せっかく神戸に来たんやから」

南京町《なんきんまち》に旨い点心を食わせる店があるという。「中華やのに生春巻がある。小籠包《ショーロンポー》と水餃子は絶品や」

「誠やんの頭の中には〝京阪神うまいもんマップ〟があるんやの」

「知ってるか。揚げ春巻は英語で『スプリングロール』、生春巻は『サマーロール』というんや」

「ためになるな、誠やんのレクチャー」

酒は飲まない。大阪への帰りは自分が運転しようと決めた。

生春巻、小籠包、焼売《シューマイ》、水餃子、肉饅を食い、伊達は仕上げに炒飯を食った。デザートの杏仁豆《あんにんどう》腐《ふ》が来て、ジャスミン茶を飲んでいるところへ、伊達のスマホが鳴った。

「──おう、わしや。すまんな。ややこしいことというて。──そうか、分かったたか」

伊達はメモ帳を出した。堀内は杏仁豆腐にスプーンをつける。

この男はやっぱり相棒や──。そう思った。

ふたりがしていることは現役のころとまるで変わらない。訊き込みをし、情報を集め、分析して、以後の捜査方針を決める。ちがうのは上司に報告する必要がないことと、経費が自腹だということ、下手をすれば両手が後ろにまわるということだ。がしかし、仕事を請けて仕上げたときは、手にする金の桁がちがう。つまりはシノギだ。ヤクザのシノギとなんら変わるところはない。

いや、現役のころから堕ちてたか。少なくとも、おれは──。

堕《お》ちたもんやで。伊達もおれも──。

伊達がスマホをおいた。

「堀やん、なにを笑うてるんや」

「なんでもない。食いすぎた」

「種谷宏明《ひろあき》。六十八。北陽連合二代目鼓曳会《こびきかい》の舎弟や」

鼓曳会は憶えがある。東大阪のテキヤ系暴力団で、事務所は確か、長瀬にあったはずだ。

「兵隊は何人や。鼓曳の」

「十二、三人。北陽連合の中では老舗や」

「種谷の前科は」

「暴行、傷害、恐喝、威力業務妨害、詐欺、公務執行妨害、銃刀法違反、凶器準備結集……」

「ションベン刑ばっかりか」殺人、強盗、放火、強姦といった重罪がない。

「それでも、合わせて十年以上は檻の中や。一端《いっぱし》の極道やで」

「どうせ小指もないんやろ」

前科の多いヤクザは粗暴で要領がわるいから、業界での不義理も多い。齢も六十八だから、刺青《ほりもの》からくる肝臓病を患っているかもしれない。

「種谷のヤサは八尾市八尾本町六の十八の二の四〇三。マンションかアパートやろ。面倒になりそうなときは電話してくれ、と荒木はいうてた。鴻池署から八尾は近いからな」

また、荒木に借りができた、と伊達はいい、杏仁豆腐に口をつけた。


八尾——。ナビを見ながら八尾本町へ来た。JR久宝寺《きゅうほうじ》駅の南、木造民家の密集した住宅地に古びた五階建マンションがあった。

「これやろ。ほかに高い建物はない」

車寄せのミニバンの脇にイプサムを停めた。

伊達が降りて玄関に入っていき、すぐに出てきた。

「ここや。メールボックスの四〇三号室に種谷と書いてる」

「よっしゃ。カチ込も」

エンジンをとめて車を降りた。伊達について中に入る。エントランスは狭い。一基だけのエレベーターで四階にあがった。中廊下を挟んで左右に五室が並んでいる。403号室の表札は《種谷宏明・登志子》とあった。

「この登志子いうのは、わしのおふくろといっしょやで。字までな」

よめはんが部屋におったらややこしい、と伊達はいう。

「成りゆきで行こ。よめはんの前で種谷を責めるわけやない」

インターホンを押した。チャイムが鳴る。

――はい、どちらさん。

嗄《か》れた男の声だ。

――種谷さん、ヒラヤマ総業の堀内といいます。

――ヒラヤマ総業……。同業か。

――競売屋ですわ。

――競売屋がなんの用や。誰に聞いて来た。

――大した用やないんです。『ウィロー』の柳沢さんに聞いて来ました。

――柳沢会長から、なにも聞いてへんで。

種谷は柳沢を知っていた。いまもつきあいがあるのだ。

――ここ、開けてくれんですか。名刺も渡したいし。

――分かった。出る。

少し待って、カチャッと錠が外れ、ドアが開いた。坊主頭の爺が顔をのぞかせて、

「なんや、ふたりかい」

「堀内です。こっちは伊達」

「デカいな」

「元、マル暴担ですわ」

「デコスケかい」

久々にデコスケという符牒《ふちょう》を聞いた。制帽をかぶったとき、額の上に旭日章がくる。

「うっとうしいのう」

種谷は舌打ちした。「デコスケに用はないぞ」

「府警は馘になったんですわ」

伊達がいう。「組筋とのつきあいがすぎてね」

「そんな顔しとるのう。おまえら、極道にタカッてたんやろ」

「中に入れてくれんですか。ゆっくり話がしたいし」

「わけの分からんやつを入れるわけにはいかんわい。よめはんもおる」

「ほな、どこか外で話しましょか」

「なにが聞きたいんや」

「柳沢さんのことですわ」

「わしは話しとうない。去《い》ね」

「せっかく来たのに、それはないでしょ」

「誰が来てくれと頼んだ。どつかれんなよ、こら」

「強面《こわもて》ですな」

「じゃかましい」

いうなり、ドアは閉まった。錠がかかる。

「堀やん、令状が要るのう」

「しゃあない。攫うか」

種谷の顔は憶えた。痩せで色黒、禿げのネズミ顔だ。口が臭かった。

「どこで張る」

「車ん中やな」

種谷は部屋を出るはずだ。堀内と伊達という競売屋が家に来た、と柳沢に電話をして。

「久しぶりの遠張りやな」

伊達は背を向けてエレベーターに向かった。

六時、七時、八時……。マンションを見とおせる一方通行路にイプサムを駐めて遠張りをしたが、種谷は出てこない。

「なんでや。おかしいぞ」

伊達がいう。「気になるはずやろ。元デコスケが家に来たんやから」

「ええがな、誠やん。気長にかまえよ」

「思い出すのう。鶴橋の『ビンゴ』。憶えてるか」

「あの遠張りはえらかったな」

四年前の二月だった。『ビンゴ』というポーカーゲーム喫茶店でシャブを売っているという密告があり、近くの路上に車を駐めて客の出入りを張った。車のエンジンをかけているとマフラーから蒸気があがるからヒーターは入れられない。足から腰に毛布を巻き、使い捨てカイロを体中に貼って、五日間も遠張りをした。困ったのはトイレだ。ペットボトルを溲瓶《しびん》の代わりにした。客のひとりひとりを隠し撮りして身元を割り、ガサに入ったときは正直、ホッとした。押収したシャブはたった十二グラムだった。

九時二十分——。玄関から小柄な禿げ頭が出てきた。種谷だ。黒っぽいスーツを着ている。付近に人通りはない。

「誠やん」

「おう」

伊達は車外に出た。無造作に種谷に近づく。種谷が振り向いた。伊達はスーツの襟首をつかむなり、引き寄せて頭突きを入れた。ガツッと鈍い音がして種谷は崩れかけたが、伊達は離さず、絞めあげた。種谷の身体が浮く。伊達はそのまま種谷を運んできて、イプサムのリアシートに放った。

「殺すぞ、こら……」種谷は呻く。

「やかましい」

伊達は車に乗ってドアを閉め、種谷の頸に腕をまわして絞める。種谷は落ちた。


府道5号を東へ走った。国道170号を越え、信貴山口《しぎさんぐち》駅をすぎて山に分け入る。道路灯がなくなり、ヘッドランプを頼りに坂をのぼっていく。舗装路が途切れ、なおも山道をのぼると、雑木林に行きあたった。高安山《たかやすやま》の服部川の上流だ。

伊達は車を降り、リアゲートをあげてロープを出した。種谷を車の前方に引きずり降ろして仰向けにすると、種谷は蘇生して眼をあけた。ヘッドランプの光が種谷にあたる。

「眩しい……」

「そらよかった。あんたは生きてる」

「——おまえら、競売屋やな」

「おう、分かっとるやないか」

「殺すぞ、こら」

「また、それかい。命乞いをするのはそっちやろ」

伊達はロープを手にとった。種谷はそれを見て肘をつき、片膝を立てる。

「待たんかい」

伊達は種谷をつかまえて首にロープをかけた。二重に巻いて引く。種谷は喘いだ。ロープをつかむ左手の小指がない。

「種谷さんよ、あんたは吊るされるんや」

「——なんでや。わしがなにをした」

「あんたはわしらを邪険にした。極道面でな。わしらは腹を立てたんや」

「そら、わるかった。謝る。堪忍してくれ」

「情がこもってないのう。謝り方に」

伊達は種谷の首にかけたロープを結び、もう一方の端を近くの木の枝に向かって投げあげた。ロープは枝にかかり、堀内は端を拾って引く。ロープが張って、種谷はよろよろと立ちあがった。

「ほら、ちゃんと立たんと窒息するぞ」

「待て。堪えてくれ」

「わるいな。堪えとうないんや」

「金ならある。五百万や。あんたらにやる」

「えらい安いのう。自分の命が五百万かい」

「一千万や。現金で払う」

「それ、ほんまかい」

「ほんまや。明日、銀行へ行こ」

種谷の声は掠れ、身体はぶるぶる震えている。ヤクザとはいえ、哀れなものだ。六十八年の生涯で、これほどの恐怖ははじめてだろう。

「分かった。その一千万であんたの命を買おか」

「払う。明日、払う。一千万や」ほとんど泣きそうに種谷はいった。

「な、種谷さんよ、わしらが欲しいのは一千万やない。一千万円分の証言や」

「証言て、なんや」

「あんたの言葉や。真実を述べます、と宣誓せいや」

「なんでもいう。訊いてくれたら、なんでもいう」

「それでええ。命拾いするかもな」

伊達は低くいい、煙草をくわえた。「まず、第一の質問や。あんた、スーツ着て、どこへ行くつもりやったんや」

「どこでもない。飲みに行こうと思た」

「堀やん、どう思う」

「嘘やな」

堀内はロープを引いた。種谷が伸びあがる。

「柳沢や。柳沢に会うつもりやった」悲鳴まじりに種谷はいう。

「柳沢に電話したんか。わしらが帰ってから」

「そのとおりや」

「柳沢とはいつからや」

「長い。わしが四十のころからや」

「あんたはそのころから鼓曳会か」

「そうや。初代の鼓曳会や」

「熊取の強盗事件、知ってるよな。熊取署の警官が牛若組の三下《さんした》を殴って金を奪《と》った」

「なんのこっちゃ」

「誠やん、こいつはしぶといわ」

堀内はロープを引いた。種谷は両手でロープをつかみ、爪先立って喘ぐ。しばらく、そのままにした。種谷の喘ぎが不規則になる。いまにも気絶しそうだ。堀内はロープをゆるめた。種谷はその場にくずおれた。

「分かっとんのか、おい。おまえはいま、三途の川の舟に乗っとんのやぞ」

伊達は種谷のそばにかがんだ。「川を渡るも渡らんも、おまえの返答次第や。素直に協力してくれよ、え」

「――分かった。……熊取の喧嘩は知ってる」

種谷はうずくまったまま動かない。

「そうかい。協力してくれる気になったか」

伊達はスマホを出した。キーを操作し、レンズを種谷に向けて動画を撮影する。

「おまえ、柳沢に頼まれて牛若組の包岡健次に会うたな」

「会うた……。わしは包岡に会うた」

「なんべん会うた」

「三べんか、四へんや」

「なんの話をした」

「金や。包岡が柳沢にかましてきた。熊取の強盗《タタキ》のことは泣くから、二千万出せといいよった」

「柳沢は、出すというたんか」

「一千万までなら出す、というた」

「交渉決裂やな」

「甘《あも》う見られたんや。牛若みたいな格下の田舎ヤクザに鼓曳会が舐められてたまるかい」

「それで、どうしたんや」

「包岡を殺《と》る。そう決めた」

「どっちが決めたんや。おまえか、柳沢か」

「柳沢は関係ない。わしの親分が決めたんや」

「初代鼓曳会の会長か。名前は」

「石井や。石井晃吉《こうきち》」

「石井は死んだんやろ」

「死んだ。二十年前や」

「おまえは石井の命令で包岡を殺《や》ったんやな」

「わしは殺ってへん。兄貴分の加瀬や」

「加瀬は生きてるんか」

「死んだ。肝臓病でな」

種谷は柳沢を庇い、包岡殺しを石井と加瀬にかぶせる気だ。

「包岡は、柳沢に会う、いうて家を出たんやぞ」

「んなことは知らんわい。包岡に電話したんは加瀬や」

「どこで包岡に会うたんや」

「東大阪や。石切《いしきり》神社の近くの駐車場やった」

「それは何時や」

「夜の十時ごろやろ」

「人目のない駐車場に、包岡はのこのこ出てきたんかい。ちょっと話がおかしいのう」

「金を渡すというたからや。二千万」

「そこで包岡を攫うたんか」

「加瀬がチャカを突きつけたんや」

　包岡が乗ってきたクラウンのリアシートに加瀬と包岡、種谷が運転して国道170号を南へ向かった。柏原《かしわら》から羽曳野、富田林《とんたばやし》、若松町から富田林街道に入って千早赤阪村へ行き、山中で包岡を降ろした——。

「わしは、ほんまは包岡を殺《と》る気はなかった。カマシ入れて、二度と柳沢のとこに来んようにしたら、それでよかった。……けど、加瀬は包岡を車から降ろした途端、頭を弾きよった。……しゃあない、わしは包岡をトランクに積んで和歌山へ走ったんや」

「クラウンのトランクに血痕はなかったぞ。どういうことや」

「加瀬がタオルとブルーシートを用意してた。それで包岡をぐるぐる巻きにした」

「おまえの話はザルやな。加瀬とおまえのふたりだけで包岡を殺して死体を遺棄したんかい。石切神社の駐車場に乗って行った車はどうした。その車を運転してクラウンを追走したやつがおるはずやぞ」

「わしと加瀬のふたりだけや。タオルとブルーシートはわしがクラウンのトランクに積み替えた。

チャカが一梃《ちょう》あったら、なんとでもなる」

「まぁ、ええ。そういうことにしとこ。和歌山のどこへ行った」

「どこか知らんけど、山ん中や。穴掘って、包岡を埋めた」

「シャベルはどうした」

「用意してた。加瀬がな」

「クラウンはどうした」

「串本まで行って、港の近くに乗り捨てた」

「串本から、どうやって帰ったんや」

「電車や。加瀬とふたりで電車で帰った」

「堀やん、こいつはあかん。性根が腐っとるわ」

「そうやの。吊るぞ」

堀内はロープをたぐった。腰を入れて引く。ロープが張って種谷は膝立ちになり、

「待て。わしは嘘なんかいうてへん。なにが気に入らんのや」泣くようにいう。

「包岡をどこに埋めたんや。ただの山ん中やないやろ」

伊達はスマホの動画を撮りつづけている。

「分かった。産廃の処分場や」

「どこの処分場や」

「中津村。曲谷」

「その処分場は、どこがやってたんや」

「燦友会や。加瀬は会長の田中と親しかった」

「その田中も死んだ。燦友会も解散した。そうやろ」

伊達がいうと、種谷はうなずいた。みんな死人のせいにする肚だ。

「包岡を産廃処分場に埋めたんは誰や」

「加瀬とわしや」

「ちがうな。もうひとりおったんや。ユンボを使えるやつがな」

「あんたら、なんで、そんなことまで知ってるんや」

「眠たいのう、こいつは。ネタもなしにおまえを攫うわけないやろ」

「ああ、そういや、処分場で待ってたな。愛想のない若いやつやった」

その男は初対面で、名前も聞かなかったという。

「そいつは燦友会の組員か」

「どうやろな。一言も口きかんかった」

「おまえの頭は都合がええのう。感心するで」

伊達は舌打ちした。「燦友会のフロント、田中興業の曲谷最終処分場。……包岡の死体はどのあたりに埋まってるんや」

「分からん。憶えてへん。だだっ広い処分場やった」

「なんぼ広うても、だいたいの見当はつくやろ」

「ゲートを入って左や。舗装が切れたとこから土を固めた道があって、その外れのとこを掘った」

ユンボで掘った穴にシートで包んだ死体を捨て、加瀬と種谷がシャベルで土を被せた。そのあとユンボのバケットで地均しをし、処分場をあとにしたのは午前四時ごろだったと種谷はいった。

「シャベルはクラウンのトランクに積んで、串本に走ったんやな」

「わしは死体を埋めただけや。包岡を殺したんは……」

「加瀬やろ。いまさら誰も証明できへんわ」

伊達はせせら笑った。「堀やん、どうする。こいつの処分や」

「吊るさんとしゃあないやろ。また柳沢とつるんで、わるさをしよるわ」

「やめてくれ」種谷は叫んだ。「なにもいわへん。あんたらのことは口が裂けても喋らへん。このとおりや。堪忍や。柳沢とも縁を切る」

「さっきは銀行へ行くとかいうてたよな。あれは嘘か」

「ほんまや。あんたらに一千万払う。明日、いっしょに銀行へ行こ」

「種谷さんよ、他人を脅して金品を奪うのは恐喝や。わしらは犯罪者やないんやで」

伊達は撮影をやめ、スマホをポケットにもどした。「堀やん、帰ろか」

「ああ、そうしよ」

ロープを放った。「こいつはどうする」

「さぁな……」

伊達は煙草をくわえた。種谷に向かって、「家、送ったろか」

「いや、よろしいわ」

種谷はうずくまってロープをたぐり寄せる。腕がぶるぶる震えていた。

「堀やん、行こ。種谷さんは歩いて帰るそうや」

伊達は煙草に火をつけてイプサムに乗った。


『サンライト西中島』に帰り着いたときは日付が変わっていた。駐車場にイプサムを駐めて車外に出る。

「堀やん、寝るんか」

「寝る。疲れた」

「わしは腹が減ったら寝られんのや」

「ラーメンぐらいやったら、つきあうで」

「江坂《えさか》に旨い鮨屋があるんやけどな。二時ごろまでやってる」わしが奢る、と伊達はいう。

「誠やんの払いやったら行こか。大トロと鮑とウニを食お」

「うれしいのう。わしがなんぞ食お、いうて、堀やんは断ったことがない」

伊達は駐車場を出て、タクシーに手をあげた。

鮨屋は小造りで、白木のカウンターが染みひとつなく磨き込まれていた。店内のようすで旨そうだと分かる。

畳の匂いのする小座敷にあがって瓶ビールと冷酒を頼み、堀内は鰯《いわし》とコハダ、伊達は鯵とヒラメとウニをにぎりで注文した。

「しかし、まぁ、ぞろぞろと出てきよるのう。三嶋会に燦友会に鼓曳会と、ややこしいてしゃあないわ」

「ややこしいことはない。みんな北陽連合や。そう考えたらええ」

その名のとおり、北陽連合は連合体なのだ。全体を束ねる大きな組がなく、構成員三十人くらいまでの小さい組が並列している。燦友会のように潰れた組もあれば、鼓曳会のように二代つづく組もある。組員同士は顔見知りだから、鼓曳会のシノギを燦友会が手伝うこともあるのだろう。それに、そのほうがあとあとの面倒を避けるには好都合なのかもしれない。解散した熊取の牛若組の駒井が枝ちがいの此花の美鞦会《みゆきかい》に拾われたように、除籍、破門された組員がほとぼりも冷めないうちに他の組織に加入するように、ヤクザ社会は世間が思っているより融通無碍《ゆうずうむげ》で、組員が生き残ることにおいてしぶとい。

そう、ヤクザの本質は暴力と犯罪だ。正業がないから定収入がなく、なにか頼まれごとがあれば請ける。そこに義理や人情というものはなく、金を積まれればなんでもする。殺人はともかく、死体を埋めることなど、まったく躊躇《ちゅうちょ》しない。

「なぁ誠やん、曲谷の処分場に埋まってるのは包岡だけやないやろ」

「そら、ひとりということないな。わしが西成署におったころ、先輩がいうてた。富南《とうなん》の百合川《ゆりがわ》処分場にはヤクザがまだ、十人は埋まってると」伊達は話しはじめた。

西成署の先輩が前任の花園署捜査一係にいたころ、組員をふたり逮捕して取り調べをした。闇金の集金係に対する強盗殺人と死体遺棄容疑だった。ふたりは否認したが、厳しい取り調べに弟分が先に落ち、死体は富南市百合川の最終処分場に埋めた、と自供したため、捜査班は百合川処分場の操業を停止させ、重機による掘削をはじめた——。

「死体を埋めてから三カ月も経ってたから、現場のようすも変わってる。死体は出てこん。捜索中止の声もあがったけど、捜査班は粘った」

そうして二十日後に、白骨化した腐敗死体を発見した——。

「地下十メートルや。コンクリート殻《がら》や廃棄食品や土砂が層になってた」

おまけもあった、と伊達はつづける。「もう一体、人骨が出たんや。ちょっと離れたところからな。DNA鑑定をしたけど、被害者《ガイシャ》は特定できんかった。……三百万や」

「三百万……。なんや、それ」

「百合川処分場の発掘費用。どえらい高うついたらしい」

「その処分場はいつ廃業したんや」

「ちゃんと知らん。九〇年ごろとちがうか。バブルのころの産廃処分場はなんでも捨て放題やったらしいな」

だからこそ、組筋の稼業として機能したのだと伊達はいい、煙草を吸いつけて、「堀やん、材料はそろた。そろそろ仕上げにかかろか」

「柳沢に会うんか」

「オードブルは有田、メインは種谷や」

「有田を連れて行くんか。柳沢のとこへ」

「柳沢がどう出るかや。それを見て対応しよ」

「誠やんの目算は」

「二千万。どうや」

「おれは二千万でも一千万でもええ」

「柳沢が値切ってきよったら、鍵本んとこへ行く。かまへんな」

「好きにせいや。誠やんが主犯で、おれは従犯や」

金の多寡にはさほど興味がない。それが自分でも不思議だった。「——おれは変わったんかな」

「なんやて……」

「二十万、三十万の小銭は欲しいくせに、一千万となったら実感がない。いっぺん、死にかけたせいかもしれん」

「ＩＣＵに放り込まれて仙人になったか」

「そんなんやない。人間、いつ死ぬや分からんと、妙に達観した。ＩＣＵで眼が覚めたあとは、おまけという感じがずっとしてる」

「堀やんは強いわ。わしは煩悩から逃れられん」

「強いことはない。アパートに極道が来たときはチビりそうになった。誠やん、助けてくれと、電話した」

「んなことはあたりまえや。そもそも、このシノギに堀やんを引っ張り込んだんは、わしやで」

「おれが仙人になってるのを見かねたんやろ」

「そんなきれいごとやない。堀やんとやったらシノギができる。そう思たんや」

「競売屋とは思えん発想やな」

「競売は腰掛けや。こっちがわしの本職やで」

「強きを挫《くじ》き、弱きも挫く、か」

「ただの無法者やの」伊達は笑った。

瓶ビールとつきだしが来た。鯛の刺身をぬたで和えている。ビールをグラスに注ぎ、箸を割った。

「堀やん、乾杯や」

グラスを合わせた。ぬた和えの鯛はこりこりしていた。

17

朝――。太股に巻いた包帯をとり、ガーゼを替えた。傷口はふさがり、腫れもひいてきたが、まだ痛みはある。抗生物質を服んだ。

東大阪の『ウィロー』に電話をし、パチスロ機の代理店を名乗って、柳沢の所在を訊いた。柳沢は今日、一時から関遊協の理事会があり、夕方までは昭電ビルの事務所にいるらしかった。

伊達に電話をした。五回のコールでつながった。

――おはよう、誠やん。

――おう、おはようさん。何時や。

――九時四十分。

――そうか、よう寝たな。

――寝る子は育つ、や。

――寝る子は腐る、やろ。

――柳沢は今日、一時から夕方まで関遊協におる。……どうする。

――さぁな……。有田を連れていくのはええけど、そのあとや。……ま、待て。そっちへ行くわ。

電話は切れた。堀内は裸になる。

バスルームへ行き、固絞りのタオルで全身を拭いた。髪はシャワーではなく、洗面器で洗う。新しいトランクスとTシャツを着てバスルームを出ると、伊達は窓際の椅子に座って煙草を吸っていた。

「物騒やな。錠もかけんと」

「そうか。この部屋はオートロックとちがうんや」

一泊、五千八百円のビジネスホテルでは無理もない。

「わし、考えた。柳沢を攫《さら》お」

「攫うのはええけど、どうやるんや」

関遊協では無理だ。柳沢が事務所から出るのを尾行し、夜になるのを待って拉致する。それが理想だが、柳沢がひとりでいるとは限らない。

「堀やん、ユンボを使えるか」

「ユンボな……。重機には縁がないな」

運転席にレバーがたくさんあるのは知っている。半日もあれば使えるようになる気がしないでもないが。「ひょっとして、掘り返すんか。曲谷の梅畑を」

「包岡の死体が見つかるとは思てへん。掘ってるとこを柳沢に見せるんや」

「それで……」

「柳沢を脅す」

「そら、ええプランやな」

いったが、簡単にいくとは思えない。有田の証言と種谷の映像だけで脅すよりはおもしろいだろうが。「他人の畑を掘ってるとこを見つかったら、めんどいぞ」

「なにも梅の木を倒すわけやない。畑の端を掘るだけや」

曲谷処分場の跡地は林業組合と農業組合の所有だから、常駐の管理人がいるわけではない。それも県道から奥に入った山の中だから、人目にはつかない、と伊達はいう。「堀やん、大事なんはリアリティーや。映画でもそうやろ。セリフで説明するよりは実写や。実際にユンボで穴掘ってるのを見たら、柳沢はビビる。あの爺は警察ＯＢやからのう」

「なるほどな。確かに、柳沢は警察ＯＢや」

「わしは思い出したんや。『ミシシッピー・バーニング』。知ってるか」

「ああ、おれも観た。ええ映画やった」

「失踪した公民権活動家三人の死体をＦＢＩが捜すんや。何万坪からの沼地を百人以上の軍隊まで出動させて、何週間もかけて浚《さら》う。広大な農場をユンボで掘り返す。その場面を丁寧に撮ってるんや。あれがほんまのリアリティーやと、わしは感心した」

「おれが感心したんは、ＦＢＩの特別捜査官が田舎町の廃業した映画館を支局として借りたやろ。映画館の家主から退去してくれといわれた捜査官が『それやったら、買いとる』と軽くいうた。あれにはびっくりしたな」

「わしもびっくりした。特別捜査官の権限とＦＢＩの金や。日本の警察とは桁がちがう」

いつのまにか、話がずれている――。

「誠やん、生野にいうたらどうや。あいつはむかしディベロッパーやったし、ユンボの段取りぐらいできるんとちがうか」

「おう、そうやな。生野に訊いてみよ」

伊達はスマホを出した。


西天満、ヒラヤマビル――。斜向かいの喫茶店で生野に会った。

「――そら、ユンボの手配はできるけど、日高町の山奥ですやろ。そんなとこをなんで掘り返しますねん」生野はコーヒーをブラックで飲む。

「わけありですわ。いまはいえんのです」伊達はただでさえ甘いココアに砂糖を入れる。

「知り合いの土建屋に電話して、日高町の業者を紹介してもらいましょ」

「すんませんな、ややこしいことというて」

「ユンボが現場に入るのは、早ようても四時ですな。どこを掘りますねん」

「梅林の南の端を掘ってくれますか」

「そんな簡単なことでええんですか。立ち会いは誰です」

「わしが立ち会いますわ」

四時には曲谷へ行く、と伊達はいった。

「堀内さんは」

「おれはあとで合流します」

「中津曲谷の産廃最終処分場跡地……。目印は」

「日高町の椿山《つばやま》ダムを越えて、小森から29号線に入ってください。五キロほど行ったら製材所がある。そのすぐ先に立看板がありますわ。確か、『日高町曲谷林業農業組合所管地』と書いてました」

「県道29号沿いね。小森から五キロ、製材所の先、立看板」

生野は復唱した。「手配したら、堀内さんに連絡します」

「ありがとうございます」頭をさげた。

「それと、こないだの手打ちの話、進展はありましたか」

伊達が訊いた。「金子さんから、平山さんが出るとか聞きましたけど」

「ああ、あれね、平山社長は三嶋会の三嶋会長と会うみたいです」

「いつ、会うんです」

「ちゃんとは聞いてないけど、多分、今週中です」

「話はつきそうですか」

「つきますやろ。社長もむかしは金看板、張ってたんやし」

生野はいって、「つまりは金ですわ。こっちが提示した四百万と、向こうが要求する六百万。中とって、五百万ほどで折り合いつくのとちがいますか」

「わしも堀内も、いま、家を出てますねん。首が寒いから」

家族には東京出張だといっている――。伊達はそういって笑った。

「ヤクザはめんどいですな」生野も笑う。

「ほんまにね。めんどいことに巻き込まれましたわ」

他人事《ひとごと》のように伊達はいい、ココアに口をつけた。


喫茶店を出た。堀内は立ちどまってメモ帳を見る。

「誠やん、今日はなんの日か知ってるか」

「なんの日……。分からんな」

「寝屋川の『ＭＡＹ』や。店長の須崎」

「おう、そうやった。四百万の受けとり日やな」

「誠やん、須崎に名刺もろたやろ」

「もろた。持ってる」

伊達もメモ帳を出した。挟んでいた名刺の束を繰り、須崎の名刺を抜く。堀内はそれを見て電話をした。

――パチンコホール『ＭＡＹ』です。

――ヒラヤマ総業の堀内といいます。須崎店長をお願いします。

――お待ちください。

少し待った。

——須崎です。

——堀内です。

——どうも。

——憶えてますよね。今日が四百万の支払日。

——それが、用意できてないんですよ。

——どういうことです。

——オーナーが、ウンといわないんです。四百万は高いって。

——約束がちがうな、須崎さん。

——どうでしょう。二百万円なら、今日にでも払えます。

——ちょっと待て。

マイクの部分をふさいだ。

「誠やん、二百万やったら、今日払うというとるわ」

「二百万……。えらい値切りよったな」

「どうする」

「わしはかまへんけど、堀やんは」

「交渉する」

——伊達と相談した。三百や。それが不服やったら、ディスクは府警の生安課に送る。

——分かりました。オーナーにいいます。

——三百万、これからもらいに行きますわ。

——じゃ、このあいだのファミレスに来てください。十二時に。

――十二時は無理や。一時でどうですか。

――けっこうです。

――あのバス通りのファミレス、なんでしたかね。

――『エスプリモ』です。

――了解。一時に『エスプリモ』で。

電話を切った。

「誠やん、三百や」

「上等や。行きがけの駄賃なら文句はない」

「どうせ須崎の金やない。オーナーの金や」

『ＭＡＹ』はパチンコとパチスロが二百台ほどの小型店だったが、一台あたりの売上が日に五万円として、還元率が八〇パーセントなら一万円の粗利《あらり》が出る。還元率が九〇パーセントでも一台で五千円だ。桁外れの日銭があがるパチンコのホールオーナーにとって、三百万は大した金ではない。

「誠やん、『ＭＡＹ』の遠隔のディスクは」

「家や。わしの部屋」

伊達は土岐から奪ったアタッシェケースごと、押入の隅においているといった。「取りに行こ。いまやったら、よめはんも娘も家におらん」

「よっしゃ。そうしよ」

イプサムを駐めたコインパーキングへ歩いた。

『エスプリモ』に入ったのは一時前だった。昼どきとあって、けっこう客がいる。須崎はレジ近くの席にいた。

「須崎さんはきっちりしてますな。今日の約束、忘れてなかったんや」

伊達はシートに腰をおろした。堀内も座ってホットコーヒーを注文する。

「金は」

「ここに」須崎は傍らの紙バッグに眼をやった。

「しゃれた袋ですな」

「商店街のケーキ屋です」

「それやったら、ケーキもつけてくれたらええのに」

ショートケーキとモンブランが好物だと伊達は笑ったが、須崎は眉根を寄せて、

「ディスクは」

「もちろん、持ってきてまっせ」

伊達はディスクを出してテーブルにおいた。

「コピーはとってませんよね」

「このディスクは土岐がコピーガードをかけてますわ。……仮にコピーがとれても、取引はこの一回だけ。わしらも面倒は避けたいからね」

「信用しましょう」

須崎は紙バッグをテーブルにおいた。堀内はとって中を覗く。帯封の札束が三つ、入っていた。

「ほな、わしらはこれで」

伊達は立ちあがった。「またトラブルがあったときはいうてください。きれいに始末しまっせ」

「まちがっても、あなたがたに連絡することはない」

横を向いて須崎はいい、ディスクを上着のポケットに入れた。

「コーヒー、飲んで帰ってください。わしと堀内の分」

伊達はこめかみに指先をあてて一礼し、堀内は紙バッグを提げて『エスプリモ』を出た。

イプサムに乗り、ひとつの札束の帯封を破って百五十万ずつに分けた。

「ありがとうな、誠やん。おまえが声かけてくれたおかげで、思わん金が稼げるわ」

「礼をいうのはこっちや。わしひとりでは頼りない。堀やんがおってこそのシノギやで」

伊達はジャケットのポケットに札束を押し込んだ。

堀内は携帯を開いて生野にかけた。

――堀内です。さっきお願いした件、どうですか。

――ああ、手配できましたで。日高町の『大栄土建』。今日いうて今日の話やから、ぐずぐずいうてたけど、割増払う、いうたらＯＫでしたわ。三時半ごろ、現場に着きます。

――割増て、なんぼですか。

――三万円。

掘削料金は、ユンボのリース料、運搬料、運転士の日当をすべて含めて十万円だと生野はいう。

――計十三万円。『大栄土建』に払うてやってください。

――了解です。現場で渡しますわ。

電話を切った。

「誠やん、三時半や。ユンボが曲谷に着く。業者は『大栄土建』。掘削の金はおれが払うわ」

札束から十三枚を抜いて、伊達の膝上においた。伊達は折半だといったが、押しつけた。

「おれは有田を拾《ひろ》て、関遊協に行く。誠やんは曲谷で立ち会いしてくれ」

有田には『エスプリモ』へ行く前に電話をし、関遊協につきあうよう頼んである。月曜に振り込んだ十五万円が効いたのだろう、有田は二つ返事で、柳沢に会うといった。

「ほな、堀やん、わしは寝屋川バイパスから高速に乗るわ」

「おれはタクシーで南港へ行く」

有田は今日、小学校には行かず、南港の自宅にいる。

「柳沢に会うたら、今日の予定を探ってくれ。柳沢を攫うのは夜や」

「まっすぐ家に帰りよったらどうする」

「堀やん、柳沢は『ウィロー』のホールオーナーや。今日は関遊協に詰めてたし、ホールを見まわってから帰るはずや」

「なるほどな。誠やんのいうとおりや」

伊達の読みが外れることは少ない。現役のころもそうだった。

堀内は車外に出た。ドアを閉める。イプサムは走り去った。


タクシーを拾って南港へ行き、有田を乗せて北浜へ行った。有田に残りの十五万円を渡し、ふたり並んで昭電ビルに入った。

「へーえ、あの柳沢がこんなとこにね。出世したもんですな」ロビーを見まわして、有田はいう。

「ここの事務所は関遊協の会費で借りてるんです。年間、四億三千万。使い途は副理事長の柳沢の思うままですわ」

「あいつはね、熊取署におったころから、札びらで署長や副署長にゴマすってましたわ」

有田は貧乏くさい。ジャケットもズボンも型が古く、革靴はソールが反っている。振り込んだ十五万円と今日の十五万円はありがたかっただろう。

「柳沢に会うたら、おれが話をします。有田さんが知らんこともいうかもしれません。有田さんはおれの隣で柳沢を見ててください」

「証言はせんでもええんですか」

「今日は顔見せですわ。おれがなにか訊いたら答えてください」

「なんでも話しますよ。嘘やないんやから」有田は大きくうなずいた。

三階にあがった。《関西遊技業協同組合》に入る。

「ヒラヤマ総業の堀内です。柳沢さんは」

手前のデスクの女性にいうと、堀内を憶えていたらしく、理事長室に案内してくれた。

女性がノックをし、ドアを開けた。

「ヒラヤマ総業の堀内さんがお見えです」

「ヒラヤマ総業……。通してください」

声が聞こえた。堀内と有田は部屋に入った。

「こんちは。こないだは、どうも」

頭をさげた。柳沢は奥のデスクでパソコンを眺めていた。

「堀内さん、ひとに会うときはアポをとりましょうよ。おたがい暇じゃないんだから」

さも不機嫌そうに柳沢は顔をあげ、「コンサルタント料は、月末振り込みでしょう」

「今日はその話で来たんやないんですわ」

堀内は有田の腕をとり、横に立たせた。

「そちらさんは」柳沢は眼鏡を外した。

「有田さん。有田出巳さんですわ」

名前をいっても柳沢は反応しない。有田のことを忘れているようだ。

「憶えてませんか。元熊取署地域課の有田さん。牛若組の若い者《もん》と揉めて、盗犯係長のおたくが片をつけたんです」

有田の背中を押した。有田は前に出て、

「その節は、お世話になりました」

「地域課の有田か……」

動揺を隠すように、柳沢は小さくいった。「なぜ、君がこんな男と……」

「こんな男でわるかったですな」

堀内は引きとった。「関遊協の非常勤理事内定者に、そのいいぐさはないでしょ」

「なにが狙いなんだ」柳沢は堀内と有田を睨《ね》めつける。

「有田さんはね、証言するというてくれてますねん」

「証言？　なんの証言だ」

「柳沢さん、あんたは牛若組との込み合いを鼓曳会に振った。対する牛若組組長の弁野は幹部の包岡健次を出して、鼓曳会との交渉にあたらせた。……そう、その証言を有田さんはするんですわ」

「ばかばかしい。有田がそんなことまで知っているはずはない」

「語るに落ちましたな。いま、あんたは認めた。加瀬と種谷と包岡のことを」

「笑わせるな。なにが証言だ。その男はヤクザを殴って金を奪《と》ったんだぞ」

「それを隠蔽したんが、柳沢さん、あんたや」

「いい加減にしろ。ひとを呼ぶぞ」

「呼んだらよろしいがな。呼べるもんならね」

堀内は笑った。「有田さんは熊取署盗犯係長であったあんたが、栄町商店街の強盗事件をどうやって揉み消したか、府警捜査一課の調べに対して証言する。そういうてくれてますねん」

「捜査一課とはなんだ。自分のいってることが分かってるのか」

「よう分かってるつもりですわ。あんたもおれも、同じ警察ＯＢでっせ」

柳沢から視線を離さず、有田の肩を叩いた。「有田さん、これからの話は生臭うなる。わるいけど、外してくれますか」

「どこで待ってましょ」

「いや、今日のとこは帰ってください。これ、タクシー代。また連絡します」

一万円札を有田の手に握らせた。有田は黙って部屋を出ていった。

堀内はソファに腰をおろして煙草をくわえた。

「こっちへ来たらどうです」

「ここでいい」柳沢は舌打ちする。

「おれはね、足がわるいし、耳も遠いんですわ」

「耳が遠いわりにはよく喋るな」

柳沢はさも面倒そうに立って、こちらへ来た。ソファに座って脚を組む。

「ええスーツですな。どこのスーツです」黒のローファーも見るからに造りがいい。

「これは誂《あつら》えだ」嫌味たらしくいう。

「テーラーメイドね……。生地は」

「ロロ・ピアーナ」

聞いたこともない。誂えのスーツなど縁がない。

「ネクタイはエルメス？」

「そんなことはどうでもいい。生臭い話をしてもらおうか」

「ま、ゆっくりしましょうな」

煙草を吸いつけた。堀内も脚を組み、ソファにもたれる。「柳沢さん、あんた、包岡健次を殺したんや」

「なんだと……」

「知らんとはいわせへんで。加瀬と種谷は包岡を射殺して、和歌山の産廃処分場に埋めたんや」

「バカも休み休みいえ。自分がなにをいってるのか、分かってるのか」

「殺人教唆。黒幕のあんたが指示したんや」

「くだらん。法螺話《ほらばなし》はほかでしろ」

柳沢の眼が泳いだ。まちがいない。この男は包岡殺しを知っている。

「順を追って詳しいに話そか。いまからおれがいうことは公判廷における検察側冒頭陳述やと思てくれたらええ」

ひとつ間をおいた。メモ帳を繰る。「——八九年の夏、熊取栄町商店街で牛若組の組員、駒井啓二と山村某が熊取署地域課の有田出巳と高柳修三に殴られて財布を奪《と》られた。盗犯係長のあんたは親父の徳雄に泣きついて五百万の治療費と慰謝料を用意し、牛若組組長の弁野に差し出して事件を揉み消した。……と、ここまではよかったけど、それで終わりやなかった。やっぱり、弁野はヤクザや。幹部の包岡にいうて、新たに二千万をあんたに要求した。あんたはかねてつきあいのあった鼓曳会の種谷にいうて交渉にあたらせたけど、手打ちにはいたらんかった。包岡は肚の据わった利かん気の極道やったらしいな。……八九年十一月半ば、包岡が失踪し、十一月末に包岡のクラウンが串本漁港で発見された。和歌山県警の捜査で、クラウンのトランクから採取した土が日高町中津曲谷の土と一致したんや。その当時、曲谷で稼働してた処分場が北陽連合燦友会の企業舎弟古川寿男がやってた田中興業中津曲谷廃棄物最終処分場で、包岡の死体はここに埋められた。……以上の調べに対しては、駒井啓二、有田出巳、古川寿男、包岡千恵子、和歌山県警捜査四課元刑事末松徹の証言がある」

顔をあげた。「どうや、柳沢さん、反対尋問があったら聞こか」

「………」柳沢はなにもいわない。じっと俯いている。

「曲谷の処分場は、いまは梅林になってるけど、おれは古川から包岡の死体を埋めた場所を聞いたんや。そう、証言だけではあかん。物証《ブツ》がないことには府警も動かんからな」

「君のいってることは分からん。作り話としてはおもしろいがね」

「せやから、いま梅林を掘ってるんや。ユンボでな」

「なんだと……」

「こんな込み入った嘘を誰がつく。曲谷に来てみいや」

「誰が行くか。なにがユンボだ」

「十万や。一日の掘削料。一週間もあったら骨は見つかる」

「これは脅迫か」

「そう、脅迫や」

「いくら欲しいんだ」

「コンサルタント料を含めて三千万。それと関遊協非常勤理事の椅子や」

「なんだ、それっぽっちか」

「すまんな。欲はかかんことにしてるんや」

「分かった。払おう」

「ほんまやろな」

「信用しろ」

「いつ、くれるんや」

「来週だ。月曜日」

「そらあかんな。今週の金曜日、三十日や」

「いいだろう」

「支払いが履行されんときは『コーラルベイ』の鍵本んとこへ行く。いまの話をしてやったら大よろこびやろ」

「鍵本に会ったのか」

「会うた。世間話をした」

「こいつ……」

「誰がこいつや。あんたはもう警部補やないし、おれも巡査部長やないんやで」

「伊達はどうした。いつも、いっしょだろ」

「伊達は今日、曲谷の処分場跡を掘ってる。……殺人罪に公訴時効はない。殺人教唆も同罪や。柳沢さんよ、あんたは死ぬまで枕を高うして寝られんのやで」

「なにが殺人教唆だ。おれは関係ない」

「そう主張したらええがな。捜一の取り調べでな」

柳沢の顔は紅潮し、視線が揺れる。はじめの余裕はまったくない。

「ほな柳沢さん、帰りますわ。次に会うときは三千万や」

短くなった煙草を消し、ステッキを支えに腰をあげた。柳沢はこちらを見ようともしない。舌打ちを背中に聞いて理事長室を出た。


天王寺駅からＪＲ阪和線で和歌山。紀勢本線に乗り換え、御坊《ごぼう》で降りた。タクシーで曲谷に向かい、処分場跡に着いたときは五時をすぎていた。西の空が赤い。

こんなとこでよろしいんか——。タクシーの運転手は怪訝な顔をしたが、料金を払って車外に出た。トラックヤードにイプサムが駐められている。エンジン音が聞こえるのはユンボだろう。梅林の外れで黄色いアームが動いているのが見えた。

堀内はアームを目指して歩いた。伊達が立っている。エンジン音で、堀内の足音には気づかないようだ。

「誠やん」

「おう」伊達は振り返った。「どうや、けっこう深いやろ」

「ああ、深いな」

アスファルト舗装の搬入路から少し離れた梅林の手前に三メートル四方の穴があいていた。深さは二メートルほどか。土砂混じりの瓦礫《がれき》や木材、プラスチック片などの廃棄物がユンボの後ろに堆《うずたか》く積みあげられている。

「なにか出たか」

「〝ここ掘れワンワン〟で、出るわけないやろ」

「いつ、来たんや」

「ちょうど三時半やった」

ユンボを搭載した大型トラックが、その十分後に来た。トラックには男がふたりいた。伊達が掘削場所を指示すると、近くにユンボを降ろし、ひとりがトラックを運転して帰って行ったという。

「なんで穴を掘るか、訊かれたか」

「訊かれはせんかったけど、このあたりに貯水槽を造るというた」

「しかし、ゴミの山やな」

「ええ加減なもんや。ゴミの上に七、八十センチしか土を被せてへん」伊達はいって、「柳沢は」

「会うた。有田を連れて関遊協に行った」

経緯を話した。「――三千万や。ふっかけたけど、払うといいよったわ」

「さすが、堀やんやな。メリハリがついてる」

「柳沢の予定は訊かんかったけど、あいつは今晩、ここに来る。包岡の骨が見つかるまでにカタをつけたいはずや。おれはそう思う」

「ほな、遠張りかな」

「遠張りや」

「よっしゃ、分かった。柳沢が来よったら、いわしあげたろ」

「何時まで掘るんや」

「あと、二、三十分かの」

伊達は空を仰いで、「そろそろ日が暮れる。……わしは、あの兄ちゃんを御坊まで送って行かなあかんのや」と、ユンボを操作しているヘルメットの男を見た。

「おれは御坊の駅から来た。ここから三十キロはあるで」

「ほな、やめるか。腹も減ったしな」

伊達はユンボの近くへ行き、両手をあげて交差させた。アームの動きがとまる。

「ご苦労さん。今日はここまでにしよ」

伊達がいうと、男はバケットをさげ、エンジンをとめた。あたりは一瞬にして静寂に包まれる。

「堀やん、ここで待っててくれ。土産はなにがええ」

「ホカ弁でも、コンビニのおにぎりでも、誠やんの好きにせいや」

「ほな、行ってくる」

伊達はいい、男とふたりでトラックヤードへ歩いていった。


堀内はプレハブの事務所に入り、ソファの埃を払って腰をおろした。窓のガラスはほとんど破《わ》れて素通しになっている。合成タイルの床は波うち、ところどころに糸くずの塊が落ちている。ステッキの先で塊を突くと、茶色の獣の毛だと分かった。

狸か――。野犬ではなさそうだ。狸がこの事務所に棲《す》みついているらしい。

そういえば、さっきのタクシーの運転手がいっていた。このあたりは猪が多いし、車とようぶつかるんですわ――。はねた猪はどうするんです――。そら、猪鍋《ししなべ》にしますんや――。解体できるんですか――。簡単ですわ。腹と脚の真ん中に包丁で切れ目を入れて皮を剝きますねん。

手早く血抜きをした、新鮮な猪の肉とレバーは臭みがなく、旨い、と運転手はいった。

狸も食えるんか――。狸汁という言葉があるくらいだから、むかしは食ったのだろう。人間は悪《あく》食《じき》だ。爬虫類、両生類から昆虫まで、なんでも食い、大して旨くもないのに珍味と称してうれしがっている。伊達は大食いだが、ジビエ料理を食おうといったことはない。

喉が渇いた。立って流し台の水栓をひねったら黒い水が出た。どぶのような臭いがする。処分場が稼働していたころは裏山の湧き水を引いていたのかもしれない。

ソファにもたれて眼をつむった。

18

エンジン音で眼が覚めた。ヘッドランプが消え、しばらくして、ハンディライトをかざした伊達が事務所に入ってきた。

「なんや、堀やん、風邪ひくぞ」

「車は」

「この裏に駐めた」

伊達はコンビニのレジ袋をテーブルにおいた。ライトの中に埃が舞いあがる。

「なんか臭わへんか。この事務所」

「狸やろ。棲んでるみたいや」

「〝狸のため糞《ぐそ》〟て、知ってるか」

「知らんな」

「狸はな、一族郎党、毎日、同じ場所に糞をする。積もり積もって塚になるくらいや」

狸はため糞の臭いで縄張りを識別する、北千里の団地の近くの竹林で塚を見たことがある、と伊達はいった。

「そういう雑学はどこで仕入れるんや」

「娘の図鑑や。動物図鑑」

「誠やんとおったら勉強になるわ」

「なんの役にも立たんけどな」

伊達はレジ袋から弁当を出した。ペットボトルの茶と缶コーヒーも出す。

「なかなかに、洒落た晩飯やな」

人里離れた山中、ハンディライトの明かりで弁当を食う——。「高校生のころのキャンプを思い出すわ」

「キャンプなんぞしたんか、堀やん」

「悪たれ四人組でな。オイルランプを灯して麻雀した」

「女はおらんのか」

「おるわけない。おれの初体験は十八や」

相手の名前は知らない。顔も憶えていない。「キタの地下街を歩いていた派手めの子に声をかけたら、ついてきたんや」

「その話、初めて聞いたな。わしは二十歳《はたち》やで」

大学柔道部の先輩に連れられてミナミのソープに行った、と伊達はいう。「先輩の奢りかと思たら、自分で払うたがな」

「誠やんもおれも、純情なころがあったんやな」

「どこが純情や。キタでひっかけた素人さんとしたんやろ」

「ま、金は払うてへん」

「堀やんはわしみたいなデブやない。シュッとしてるし、口も巧い。見習いたいわ」

埒もない話をしながらコンビニ弁当を食う。柳沢は来るのか。伊達には来るといったが、自信があるわけではない。ペットボトルの茶を飲み、缶コーヒーを飲んだ。

破れた窓から風が吹き込み、寒くなってきた。十時をすぎている。

「誠やん、柳沢は来んかもしれんな」

「そうやの。思いどおりにはいかんわ」

十二時までは待とう、と伊達はいう。「眠とうなってきた」

「車で寝ろや。ヒーターかけて。おれはここで張る」

いったとき、遠く微かに、エンジン音が聞こえた。

「誠やん……」

「来よったな」

伊達は弁当の容器やペットボトルをレジ袋に入れ、ソファの後ろに放った。ハンディライトを消す。堀内は立ってドアのそばに行き、窓から外を見た。

木々のあいだをヘッドランプが見え隠れする。それも四つ。

「二台や」

「くそっ、めんどいぞ」

トイレの横の裏口から外に出た。そばにイプサムが駐められている。

伊達はリアハッチをあげて、ホイールレンチを出した。ドライバーを放って寄越す。堀内はベルトに差した。

「誠やん、そのレンチは短いぞ」

月明かりの下、周囲を見まわしたが、道具になりそうなものはない。

伊達はかがんで、事務所の床下を照らした。腹這いになり、床下から棒を引きずり出す。足場用の丸パイプだった。長さ一メートル、外径は四センチほどか。伊達はライトを消した。

車が二台、入ってきた。一台が事務所の前に停まり、ドアが開く。足音が近づいた。事務所を覗いているらしい。

いてませんわ――。声が聞こえ、車のドアが閉まった。二台の車は梅林のほうへ遠ざかった。

「どうする、誠やん」

「まず、人数やな。四人も五人もおったら、どうにもならん」

伊達はいって、「柳沢もおるかな」

「いっしょやろ。たぶんな」

一台の車に柳沢、もう一台にヤクザ――。そんな気がする。

「よし、行こ」

トラックヤードの奥、フェンスのそばまで走った。左足が痛む。

上体をかがめ、フェンスに沿って梅林に近づいた。グレーのミニバンと、その後ろに黒のベンツが見える。

伊達の後ろにつき、梅林の中を進んだ。ミニバンのヘッドランプを背に、三人の男がシルエットになって見える。真ん中の男は長身で、ハットをかぶっている。

「あれが柳沢やな」小さく、伊達がいった。

「両側は」

「ガードやろ」

梅の木に隠れながら、なおも近づいた。

「誠やん、舛井や」

柳沢の右の男だ。肩にはおったブルゾンが不自然に膨れている。堀内が折った腕を吊っているのだろう。

「退院しよったか」

「あいつは左の膝もつぶれてる。手負いや」

「ということは……」

「チャカ、持ってるかもな」可能性はある。舛井は三嶋会の組員だ。

「もうひとりは」

「極道やろ。三嶋会のな」

柳沢より頭ひとつ背が低い。黒っぽいスーツ、白いワイシャツが目立つ。

「堀やん、ガードは二匹やで」

右手に丸パイプ、左手にホイールレンチを持って、伊達は近づいていく。梅林は土盛りをしているから、柳沢たちのいるところよりかなり高く、姿を隠すには好都合だ。

三人の声が耳にとどいた。話の内容は分からないが、柳沢の声は分かる。

「堀やん、危ないのはどっちや」

「舛井やろ」

「ほな、わしが舛井をやる」

「いや、誠やんはスーツをやってくれ」

撃たれるんなら、おれのほうがええ——。そう思った。それに舛井は、堀内と同じように足が不自由なはずだ。

「行くか」

梅林から出ようとしたとき、黒スーツがユンボのほうへ歩きだした。腰をかがめて掘削した穴に降りる。

こんなもん、ごちゃごちゃでっせ。どこ掘ってもいっしょですわ——。

それやったら、ええんや——。やりとりに合わせるように、伊達が梅林から出た。搬入路に飛び降りる。堀内もつづいた。

舛井が振り向いた。左手をベルトにやる。伊達は穴に飛び込んだ。

パンッと乾いた音がした。風が堀内の頬をかすめる。舛井の肩にステッキを叩きつけた。手応えがある。舛井は倒れたが、また発射音。その腕をステッキで薙《な》いだ。銃が飛ぶ。舛井の顔を蹴り、勢いあまって肩からころんだ。すぐに起きあがったが、ステッキがない。

舛井が突っ込んできた。揉み合って倒れる。ベルトに差したドライバーを抜いた。突き出す。悲鳴があがった。舛井は這って離れる。太股にドライバーが刺さっていた。

伊達が穴からあがってきた。堀内は膝立ちになる。

「スーツは」

「寝てる」

伊達はパイプを投げた。舛井はうずくまったまま動かない。柳沢は突っ立っている。

「柳沢さんよ、ガードを連れてきたらあかんがな。下手したら死人が出るんやで」

柳沢はなにもいわない。伊達を見つめている。

堀内はステッキを探した。ユンボのキャタピラーのそばに落ちている。その少し先に銃もあった。オートマチックだ。指紋をつけないよう、トリガーガードに小指をかけて拾いあげ、ステッキも拾って伊達のそばにもどった。

「あれは誰や」伊達が訊く。

「知らん」柳沢は首を振る。

「知らんではすまんやろ」

伊達は柳沢の中折れ帽をとり、穴に放った。黒スーツは穴の底で仰向きにのびている。

「おい、訊いとんのやぞ」

「菅沼だ」小さく、柳沢はいった。

「菅沼……。三嶋会の若頭かい」

伊達はいって、「どうする、堀やん」

「しゃあないな……」

堀内は舛井のそばに行って尻を蹴った。「若頭を介抱せいや」

太股に刺さったドライバーを抜いた。舛井はよろよろと立って、滑り落ちるように穴に降りていった。

「柳沢さん、あのふたりを埋めるわ」伊達はいった。

「なんだと……」

「あんた、見たやろ。舛井はチャカを撃った。二発もな。拳銃所持と発砲罪……。殺人未遂や。ちがうか」

柳沢は怯えている。俯いたまま動かない。

「ちょうどええがな。穴は掘れてる。ユンボもある。極道が二匹減ったところで、騒ぐやつはおらん。知ってるのは、あんたとわしらだけや」

「分かった。やめてくれ」

「なにが分かったんや」

「金を払う」

「なんぼや」

「三千万」

「それはさっきまでの話やろ。三嶋会の若頭と組員の命は、あんたにかかってるんやで」

「どうすればいいんだ」

「五千万や。菅沼と舛井を二千万で買うたれや」

「無茶だ……」

「なにが無茶や、こら。コンサルタント料に上乗せしたら懐は痛まんやろ。領収書が欲しかったら、書いたる」

「分かった。振り込む」

「なにを眠たいことというとんじゃ。命を買うのは現金やろ」

「分かった。払う」

「いつや」

「金曜日」

「堀やん、こいつは分かってへんぞ」

「そうやな。弾くか」

指にひっかけた銃をぶらぶらさせた。穴の底から菅沼の呻き声が聞こえる。

「分かった。いうとおりにしよう」柳沢はうなずいた。

「五千万、どこにあるんや」

「銀行だ」

「どこの銀行や」

「大同銀行。枚岡支店」

「通帳は」

「店だ。枚岡の『ウィロー』」

「ほな、いまから取りに行こ」

「ばかをいえ。警報が鳴る」

「おまえはオーナーやろ」

「オーナーでも入れないんだ」

午前零時から八時まで警報システムが作動している、解除できるのは店長だけという。

「そら、あかんな。待つか、八時まで」

「そうしてくれ」

柳沢はいって、ベンツを見た。

「おいおい、どうするつもりや」

「話は終わったんだろ」

「待たんかい。おまえには連れがおるんやぞ」

「あいつらはちがう」

「柳沢さんよ、夜は長いんや」

伊達はホイールレンチのL字部分を柳沢の肩にかけた。「見せたいもんもある。つきあえや」

「…………」柳沢はうなだれた。


拳銃をベンツのボンネットにおき、ハンディライトを借りて薬莢《やっきょう》を探した。ひとつは舛井が倒れていたところ、もうひとつはミニバンのフロントタイヤのそばに落ちていた。薬莢の口径を見ると、たぶん九ミリ弾だ。至近距離から撃たれ、被弾していたら、まちがいなく死んでいただろう。

事務所の裏にもどって、柳沢をイプサムに乗せた。堀内が運転席に座り、伊達がリアシートの柳沢の横に座る。

助手席のシートに拳銃をおいた。ルームランプを点ける。いかにも型の古いオートマチックだ。銃把《じゅうは》の上の部分が楕円に膨らんでいる。

「誠やん、マカロフや」

一九五〇年代、旧ソ連軍に制式採用された中型銃だ。ヤクザのあいだでは『赤星《あかぼし》』という通称で呼ばれ、近年、トカレフに代わって押収量が増えている。

「ビニール袋が要るな。グローブボックスや」

グローブボックスを開けた。任意保険の書類を入れたビニール袋を出し、中身をシートに放る。袋に薬莢とマカロフを入れてグローブボックスにもどした。

「明日、舛井と菅沼にいえや。今度、おれらの前に顔出したら、指紋つきのマカロフが警察にとどく、とな」

柳沢にいった。うなずく。堀内はエンジンをかけて処分場跡を出た。

県道26号、21号を経由し、広川南インターから湯浅御坊《ゆあさごぼう》道路にあがった。片側一車線だが、道は空いている。車中、伊達は柳沢にスマホの映像を見せた。

「どうや。種谷の証言に遺漏はないか」

「…………」柳沢は黙りこくっている。

「異議申し立てがないのは、認めたということやな」

伊達はつづけて、「種谷から連絡あったんかい」

「ない……」

「そら、そうやろな。堅気に責められて口を割ったとあっては、極道の名折れや。種谷はわしらに一千万払うというたけど、いまどきの下っ端極道にそんな金はない」

「なにが狙いだ。なんでこんなものを見せた」

「狙いもくそもない。今後、三嶋会と鼓曳会がわしらにちょっかい出してきよったら、マカロフとこの映像ディスクが府警本部四課と大阪中の新聞社にとどくというこっちゃ」

伊達は笑い声をあげた。「柳沢さんよ、あんたがせないかんのは、わしらに五千万払うだけやない。三嶋会と鼓曳会も抑えなあかんのや」

柳沢の舌打ちが聞こえた。

「極道とかかわったらろくなことはない。必ず、後腐れがある。それが分かってて極道を飼うとんのやろ。ちがうか」

「それがなんだ。説教してるつもりか」

「えらい強気やないか。さっきまでのしおたれた顔はどうした」

「こいつ……」

「誰にいうとんのや、こら。引きずり降ろしてぶち叩くぞ」

「誠やん、やめとけ」

ルームミラーを見た。「そいつはスポンサーや。五千万の」

「堀やんはこのくそ爺のせいで死にかけたんやぞ」

「ええがな。そいつも反省しとる。な、柳沢さん」

柳沢はふてくされたように、窓の外に顔を向けた。


東大阪市──。枚岡の『ウィロー』に着いたのは午前二時半だった。ホールの照明は消え、広大な駐車場の出入口にはチェーンがかかっている。

「あのチェーンはオートか」

伊達が訊いた。柳沢はうなずく。

「ほな、さげろや」

「キーは店長が持っている」

「嘘やな。おまえは毎朝、この駐車場に入って遠隔操作をする。キーがないことには入れんやないか」

「キーはない」

ベンツのドアポケットに入っている、と柳沢はいう。

「堀やん、どうするる。いうとるで」

「絞めあげたれや」

「そうやの」伊達は柳沢の首にホイールレンチをかけた。

「分かった」

柳沢は伊達の腕を払って上着のポケットから長尺の札入れを出した。ジッパーを引き、薄いリモコンのキーを出す。ゲートのポールに向かってキーのボタンを押すと、チェーンが下がり、床のガイドレールに沿って、もう一方のポールに収納された。堀内は駐車場に入り、ホールに近い端の区画にイプサムを駐めた。

「警報システムは店長しか解除できんとかいうたな」

振り返って柳沢を見た。「嘘やろ」

「ほんとうだ。午前零時から八時までは……」

「講釈はええ。新台入替で零時以降にひとが出入りすることもあるはずや」

「そのときは警備会社に連絡してシステムをオフにするんだ」

「どう思う、誠やん」

「ちがうな。最後にホールを出る人間が警報システムをオンにするんや」

オンにできるということは、オフにもできるということや、と伊達はいい、「柳沢さんよ、いっしょに入ろかい」

「待て。警報が鳴ったらどうするんだ」

「鳴ったらええがな。警備会社から所轄に連絡が行って、パトカーが来る。うっかりしてましたと、おまえは警官に説明するんや」

「分かった。オフにしよう」諦めたように柳沢はいった。

車を降りた。三人でホールの裏にまわる。《従業員出入口》の鉄扉の横にデジタル錠のコントローラーがあった。

「ほら、開けろや」

伊達がいった。柳沢は札入れからカードキーを出してコントローラーのスリットにスライドさせる。８・７・０・０──とボタンを押すと、緑のランプが点いてロックは解除された。

「おまえもしぶといオヤジやのう」

感心したように伊達はいい、ホイールレンチで柳沢の背中を押した。

ホール内に入った。当然だが、営業中の喧騒はない。微かなモーター音が聞こえるのはロビーの自販機か。柳沢を先にしてバックヤードから二階にあがり、《会長室》に入った。

「通帳や」

「急かすな」

柳沢はデスクの後ろのキャスターキャビネットを脇に寄せた。壁に金庫が埋め込まれていた。

「いうとくけど、ここで警報が鳴ったら、おまえの頭にレンチがめり込む。ええな」

「たった五千万で死ぬほどバカじゃない」

柳沢は金庫の前にかがみ、ダイヤル錠を操作して扉を引いた。中に現金はなく、銀行通帳と印鑑を出してデスクにおいた。

伊達は大同銀行枚岡支店の通帳を広げた。

「二千二百二十五万……。これはなんじゃい。どこが五千万や」

「ひとつの銀行にまとめて金を預けるわけがないだろう」

柳沢はまた通帳を出した。三協銀行枚岡支店、東洋銀行角田支店、阪和信託銀行東大阪支店の三冊だった。

堀内はひとつひとつ通帳の残高を確認した。三協銀行・千八百三十八万円――。東洋銀行・三百八十四万円――。阪和信託銀行・四百万円――。

「四千八百四十七万……。足らんぞ、百五十三万」

「百五十万くらい、いいだろ」

柳沢はデスクの椅子に腰かけた。

堀内は部屋を見まわした。ガラスキャビネットの中に小振りの花瓶とティーカップが並んでいる。

「あの黄色い花瓶はなんや」

「ガレだ」

「その隣は」

「ドーム」

花瓶はガレとドームとラリック、ティーカップは十九世紀初頭のセーブルとマイセンだと、訊きもしないのに柳沢はいった。

「あんた、アンティークのコレクターか」

「コレクターというほどじゃない」

出入りの古美術商が持ってくるものを、気に入れば買っているという。

堀内はキャビネットの扉を開いた。ガレの花瓶を出してテーブルにおく。

「なにをするんだ」

「見たら分かるやろ」

ステッキを振った。花瓶は飛び、破片が散った。

堀内はドームを出した。割りやすいよう、横に倒す。

「待て。やめろ」

「割るんや。百五十万円分な」

「分かった。待て」

柳沢はデスクの抽斗を開けて鍵を出した。キャスターキャビネットの錠付きの抽斗に挿して引く。中から帯封つきの百万円を出してデスクにおいた。

「まだ五十万、足らんぞ」伊達がいった。

「いまはこれしかない」堀内が割ったガレは七十万円だと、柳沢はいった。

「堀やん、この爺は、いうことなすこと、いちいち癇《かん》に障るのう」

伊達はテーブルのそばに来るなり、ドームをレンチで叩き割った。

「なんや、文句あるんか」

「いや……」柳沢は下を向いた。


百万円を伊達と折れにし、四冊の通帳と銀行印を持ってホールを出た。イプサムに乗る。エンジンをかけたとき、携帯の振動音が聞こえた。

「出ろや」伊達がいった。

柳沢はスーツのポケットからスマホを出し、着信キーに触れた。

「――ああ、わたしだ。――心配ない。いま枚岡にいる。――そう、車の中だ」

「貸せ」

堀内は振り返ってスマホを取りあげた。

――誰や。菅沼か、舛井か。

――おまえこそ、誰じゃ。

舛井の声ではない。菅沼だろう。

――堀内さんや。元マル暴担の。

――殺すぞ。

――怖いな、え。さっきは弾かれたがな。

――また弾いたる。背中に眼をつけとけや。

――おれを弾くのはかまへんけど、なんのメリットがあるんや。

――舐めんなよ、こら。

――タニマチの柳沢が困るぞ。おれが死んだら。

――じゃかましい。ほざくな。

――おまえと舛井の治療費は、柳沢が出すというとる。一千万や。

「そうやな。柳沢さん」

訊いた。柳沢は横を向く。

――おまえも若頭なら、よう考えるこっちゃな。おれを殺《と》って組をつぶすか、柳沢に金をもろて
シノギにするか、好きにせいや。

――このガキ……。

――どこにおるんや。舛井もいっしょか。

返答はない。

――まだ曲谷におるんやったら、ミニバンとベンツを運転して大阪に帰れや。朝になったらユン
ボの作業員が来るぞ。鼓曳会の加瀬と種谷が殺《や》った包岡の骨が出てくるんや。

――カマシはええわい。柳沢さんに代われ。

――すまんな。代わりとうないみたいや。

通話終了キーに触れた。

「柳沢さんよ、家に電話せいや。今日は帰らんと。心配してるやろ」

「よく気がつくんだな。心配しているのはそっちだろう」

「誘拐犯にはなりとうないんや」

スマホを渡した。柳沢はスクロールして発信する。

「――寝てたのか。――いま、京都だ。そう、筏屋《いかだや》。――今日は泊まるから」

短くいって、柳沢は電話を切った。

「筏屋て、お茶屋か」

「筏屋も知らないのか。宮川町の旅館だ」

こんな時間までやっているお茶屋はないと、さも侮ったように柳沢はいう。

「羨ましいな。京都の花街に定宿《じょうやど》があるか」

「案内しようか。祇園《ぎおん》、宮川町」

「そのときは頼むわ」

柳沢のスマホをとった。電源を切り、グローブボックスに入れた。

「マカロフを府警四課に送るときは、あんたの携帯もいっしょにしとくわ」

いうと、柳沢は鼻で笑った。

『ウィロー』の駐車場を出た。東大阪に土地勘はない。

「誠やん、どこで夜明かしする」

「そうやの。コンビニやファミレスというわけにもいかんしな」

伊達はいい、「ラブホはどうや」

「ラブホテルな……」

「シャワーを浴びたいんや。交替で寝られるやろ」

「ツインやな」

ドライブイン方式のラブホテルなら、三人でも咎《とが》められることはないだろう。


十月二十八日、水曜――。八時に伊達を起こした。柳沢は隣のベッドで眠っている。

「朝飯、食うか」

「おう、食お」

「ルームサービスや」メニューを放った。

伊達はハンバーグとスパゲティ、堀内は天ぷらうどんにした。柳沢を起こして注文を訊いたが、首を振った。

二十分後にドアがノックされ、伊達がトレイを受けとった。三名さまですね――。入室時にロビーのカメラで見ていたのだろう、従業員はいったが、追加料金は請求されなかった。

伊達とふたりで飯を食い、服を着た。伊達のズボンも堀内のチノパンツも曲谷の土で汚れていたが、固絞りのタオルで拭くと目立たなくなった。

「どういう道順で銀行をまわったら早いんや」柳沢に訊いた。

枚岡から角田、石切が早い、と柳沢はいい、「君らは勤勉だな」

「勤勉？　お褒めの言葉かい」と、伊達。

「次々に仕掛けて、じっとしていることがない。わたしを脅迫する手口も確かだ。そんな部下が欲しかったよ」

「おいおい、警部補面でいうとんのか」

「刑事として優秀だったんだろう」

「優秀やったことはまちがいないな。それで道を踏み外したんや」

「出る杭は打たれる。特に、警察はな」

「打たれすぎて底を突き破った。あとはダダ漏れや」

伊達はにやりとして、「ほな、行こかい」

八時五十分、部屋代を精算して外環状線沿いのラブホテルを出た。


国道１７０号――。東体育館に近い大同銀行枚岡支店の駐車場にイプサムを駐めた。

「な、副理事長、銀行の中で揉めとうないんや」

伊達がいった。「あんたも通報されるようなトラブルは避けたいやろ」

「いまさら、ジタバタはしない。早く済ませよう」

「賛成や」

車を降り、三人で行内に入った。

柳沢は預金引出伝票に〝￥２２、２５０、０００〟と書き、氏名を書いて黒檀《こくたん》の印鑑を捺した。伊達と堀内はロビーのシートに座って、窓口の柳沢を監視する。不審なやりとりはなかった。

しばらく待って、案内係が柳沢のそばに来た。高額のお取引なので、こちらへ、という。堀内は柳沢に随《つ》いてパーティションに囲まれた別室に入った。年輩の行員がデスクの向こうに座り、帯封つきの札束が積まれている。

「いつもありがとうございます。お確かめください」

柳沢は黙ってうなずいた。椅子に座ろうとも札束に触れようともしない。

「それでは」

行員は紐つきの紙袋を広げた。こちらに確かめさせるように五百万円ずつ四つを袋に入れ、その上に二百二十五万円を重ねた。

「お世話さまでした」

柳沢はいい、紙袋を提げて別室を出た。


三協銀行、東洋銀行、阪和信託銀行をまわり、総計四千八百四十七万円を引き出した。イプサムに乗る。

「長いことひきずりまわしてすまんかったな。取引完了や」伊達がいった。

「携帯を返してくれ」仏頂面で柳沢はいう。

「堀やん、どうする」

「マカロフとスマホはセットやろ」

「いい加減にしろ。携帯がないと仕事にならん」

「怒ってるで、おい。返したろか」

「そうやな」金は手に入れた。もう柳沢を脅すことはない。

グローブボックスからスマホを出して柳沢に渡した。

「念のために確認しとこや」

伊達がいう。「三嶋会と鼓曳会はあんたが抑える。マカロフと種谷の映像はこっちで処分する。曲谷の掘削もやめる。それでええな」

「映像が表に出ない保証は」

「保証もへったくれもない。種谷を責めたんは、わしや。自分で自分の首を絞めるような真似はせえへんがな」

「分かった。信用しよう」

「こっちもな」伊達は小指を立てた。

「なんだ、それは」

「指切りや」

「ばかばかしい」

柳沢はドアを開けた。「いいんだな」

「ああ。バイバイや」伊達は手を振る。

柳沢は伊達と堀内を睨みつけて車を降りていった。

「くそ生意気な爺やったのう」

「頭から尻の穴まで性根が腐っとる」

柳沢の後ろ姿を眼で追った。タクシーに手をあげている。「若いころから札ビラ撒いて世間を舐めきっとる。極道をあごで使うて、おのれは高みの見物や」

「金はなんぼでも関遊協から引っ張れます、か。股ぐらに飯櫃《めしびつ》抱えてるやつは強いのう」

「柳沢だけやない。新井も鍵本も平山も、金を持ってるやつの天下や」

「ふたりで五千万では天下をとれんか」

「とる気もないけどな」

シートベルトを締めた。「どうする。これから」

「まだ家には帰れんな。柳沢が三嶋会と鼓曳会に話《ナシ》つけるまで」

「帰れんのは、おれもいっしょや。豪遊するか」

「豪遊？　温泉で芸者でも揚げるんか」

「温泉はいらん。博打をしよ」

「ボートか、競輪か」

「博打はバカラと決まってるやろ」

「裏カジノかい」

「誠やん、豪遊やぞ」

ソウル、釜山《プサン》、済州島《チェジュ》、マカオ、ゲンティンハイランド——。近場のカジノをあげた。「どこも観光目的やったらビザは要らん。パスポートと帰りのチケットがあったらＯＫや」

「そんな簡単に行けるんかい。外国に」

「関空で乗れる飛行機を訊いたらええんや」

カジノという異界に身をおきたかった。パスポートは二年前、杏子と東南アジアを旅行したときにとった。有効期限は十年だ。「誠やんはいま、東京出張中やろ。ちょうどええやないか」

「ちょっと待て。今日いうて、今日行けるんかい」

「チケットが買えたらな」キャンセル待ちでもいい、といった。

「そらおもしろい。パスポートは家にある」

「ほな、行こ。カジノで豪遊や」

セレクターレバーをドライブに入れた。

北千里へ走った。団地の駐車場で四千八百四十七万を折半し——端数の一万円はジャンケンをして堀内がとった——伊達は紙袋を提げて2号棟に入って行った。堀内は煙草を吸いながら待つ。伊達はパスポートを持ってもどってきた。肩掛けのバッグに下着と三百万円が入っているという。そんなにいらんやろ、といったら、倍にするんや、と伊達は笑った。

伊達の運転で西今川へ走った。アパートの周辺に不審な車は駐まっていない。部屋に入ると、中のようすは堀内が出たときと変わりなかった。パスポートと三協銀行の通帳、着替えをバッグに入れ、アパートをあとにした。イプサムに乗る。針中野駅近くの三協銀行に寄って二千四百二十四万円を預金し、寝屋川の『ＭＡＹ』で稼いだ百五十万円の残金をポケットに入れて、駒川出入口から阪神高速松原線にあがった。

19

十月三十一日——。関空の税関を出た。

「バッグを見ようともせんかったな。わし、人相がわるいのに」

「顔は怖いけど、運び屋には見えんのやろ」

済州島から金浦《キンポ》を経由して覚醒剤やドラッグが密輸入されることはない。いま、日本の覚醒剤の調達圏はアフリカ、中東、メキシコだ。

空港ビルを出た。パーキング棟へ歩く。

「堀やん、八時や。飲みに行こうや」

「今日は土曜やぞ」

「ミナミの店はやってるがな」

クラブでもラウンジでも、わしが奢る、と伊達はいう。

「『ミルキーウェイ』にしとけや。新井の払いや」

「それもええのう。倹約や」

「倹約してる人間が、ひと勝負に十万も二十万も張るか」

「堀やんがいうたんやぞ。ビギナーズラックというやつは、ほんまにあると」

「真に受けるとは思わんかったんや」

四日間、伊達はずっとツイていた。

済州島のカジノでは、まずルーレットをし、堀内は二時間で二十万円ほど溶かしたが、伊達は十万円勝った。出目表示ボードも見ずにぽんぽんとチップをおいて、それがよく当たる。堀内はブラックジャックテーブルに移り、そこでまた三十万ほど負けた。熱くなったが、一日目はそこで洗い、ホテルのバーで酒を飲んだ。

二日目は大侑《デュ》ランドの射撃場へ行って拳銃を撃った。スミス&ウェッソンの九ミリ弾オートマチック。反動はさほど大きくなかったが、十メートルほど離れた標的をほとんど外した。そういえば警察学校のころの射撃練習でも、堀内の成績順は下から数えたほうが早かった。というより、拳銃を撃つという行為に興味がない。刑事になってからは射撃練習などしたことがなかった。

伊達も銃を撃ったが、堀内よりひどかった。ろくに狙いもせず、玩具のように引鉄をひく。あれでは五メートル先のドラム缶にも当たらない。伊達は三十発ほど撃って、あほくさい、とやめた。済州島でのレジャーといえるものはそれだけだった。

その夜はふたりで大酒を飲みながらバカラをした。相も変わらず、伊達はその場の勘でバンカーとプレイヤーに賭けていく。それがまた、よく当たった。バンカーに張りつづけて八連勝したこともあった。堀内も伊達に乗って、前日の負けをとりもどした。

三日目も昼からカジノへ行き、葉巻とウイスキーグラスを片手にバカラをした。伊達の賭け方は大胆になり、多いときは二十万円分のチップを張る。いちばん波に乗ったときは伊達が三百万円、堀内が百万円ほど勝ち越していただろうか。誠やん、ちょっと休もうや——。そうやの——。レストランでなにか食い、部屋にもどって寝る。夜中に起き出してカジノに行き、またバカラテーブルに座る。堀やん、博打はガサかけるより、自分でするほうがおもしろいのう——。そらおもしろいやろ。勝つ博打はな——。

そのあとは部屋にもどらず、四日目の朝までカジノに入り浸った。さすがに眠い。伊達は最後に大勝負に出た。プレイヤーに百万円分のチップをおく。堀内も乗った。

結果は5—5のイーブンだった。堀やん、ここまでやな——。伊達は冷静だった。そこで潮目が変わったのだ。チップを現金に替えたら、伊達は百七十万円の勝ちだった。堀やん、ホテル代はわしが持つわ——。誠やんのおかげや。おれは三十万の負けで済んだ——。ビギナーズラックやのう——。伊達は上機嫌で、そういった。

そう、ほんの三十分ほど銃を撃ったほかは、ずっとホテルにいた。ただただ虫のようにテーブルに張りついて金を賭け、酒を飲み、食ったものなど憶えていない。

あんなもんが豪遊か——。

堀内には豪遊だった。伊達にとってもそうだったろう。博打は時間を忘れる。四日間はあっというまだった。

駐車棟に駐めていたイプサムに乗った。

「誠やん、すまんけど西今川に寄ってくれへんか」

「かまへんけど、なんや」

「ステッキや」

「ああ、そうやったな」

中に鉄筋を仕込んだステッキが通関検査でチェックされないはずがない。だからアパートにおいてきた。

「堀やん、手ぶらやけど、違和感なかったわ」

そう、堀内は手ぶらだ。着替えもバッグも済州島のホテルに捨ててきた。

「それと、『ミルキーウェイ』に生野を呼んで、ようすを聞きたいんやけどな」

「おう、わしも聞きたい。電話してくれ」

伊達はシートベルトを締め、エンジンをかけた。

生野に電話をすると、ヒラヤマ総業にいた。これから『ミルキーウェイ』に行くといったら、二つ返事で、行くといった。

千年町のコインパーキングにイプサムを駐め、『ミルキーウェイ』に入った。マネージャーがそばに来て、お待ちでです、といった。

生野はボックス席で蘭の膝に手をやり、ブランデーを飲んでいた。

「早いですね」

「そら早いですわ。会社から二十分です」上機嫌で生野はいい、「堀内さんと伊達さんは」

「関空から電話したんです。生野さんに」シートに腰をおろした。

「へーえ、どこ行ってましたんや」

「済州島《チェジュ》です。四日間」

「これですか」

生野はベットテーブルにチップを置くしぐさをした。堀内はうなずく。

「成績は」

「伊達は勝ち。おれは負けでした」

「ほう、四日も博打をして勝ちましたか。本場のカジノでね。大したもんや」

「ほんの小遣い程度ですわ」伊達は、ビール、と蘭にいった。

「堀内さんは」

「そうやな、おれもビールにしよか」

蘭はウェイターを呼び、オーダーした。

「済州島って、韓国ですよね」

「韓国のリゾートアイランドや。新婚さんが多かった」

「行きたい。わたしも」

「おれと行くか。ふたりで手をつないで」

「咲季ちゃんも連れてってください。両手に花ですよ」

まるで、その気はないらしい。

「済州島は大阪より北か南か」伊達が訊いた。

「北ですよね。韓国なんやから」

「南や。佐賀の西」

「ふーん、そうなんや」

さも感心したように蘭はいう。スカートが短い。蘭は堀内の視線を意識したのか、そろえた脚を斜めにした。

ビールが来た。つまみはナッツ。

「わるい。十分ほど外してくれるか」

蘭にいった。蘭は立って、カウンターのほうに行った。

「酔わんうちに聞いときたいんやけど、よろしいか」

生野を見た。「平山さん、三嶋会の三嶋に会うたんですか」

「昨日、会いました。手打ちができたそうです」

場所はリッツ・カールトンのティールーム。金子も同席したという。

「向こうは何人です」

「ふたりです」

「三嶋と、若頭の菅沼ですか」

「いや、菅沼やなかったそうです。会長つきのガードでしょ」

「なんで菅沼が交渉の場におらんかったんですかね」

「それは聞いてません。ほかに用事があったんやないですか」

菅沼はやはり、曲谷で傷を負ったようだ。穴の底で伊達に殴られ、肋骨の二、三本も折ったのだろう。若頭がみっともない姿をさらすと組員に哄《わら》われる。

「三嶋いうのは、齢なんぼですか」

「さぁ、七十すぎてるのとちがいますか。平山さんと同じくらいやし」

火曜日の夜、曲谷で見た菅沼は六十に近かった。三嶋会のような小さい組の若頭にしては齢を食いすぎている。三嶋が七十すぎまで組長を張っているのは、金がないからだ。ヤクザが引退すると、途端に金ヅルがなくなる。だから、やめたくてもやめられない。暴対法と暴排条例施行以降、組長の平均年齢があがったのはまちがいない。

「手打ちができたということは、平山さん、三嶋に金を渡したんですか」伊達が訊いた。

「そう、こないだの四百万に百万を足して、三嶋に渡したそうです」

「そうか。やっぱりな……」伊達は首に手をやった。

「なにか……」

「いや、三嶋会を走らせたタニマチを突きとめたんですわ。名前はいえんけど、パチンコチェーンのオーナーです。そのオーナーがいままでの非を認めて、三嶋会を抑えるといいよったんです」

「ほう、そんなことがありましたか」

「ま、しかし、平山さんが話《ナシ》をつけてくれたんなら、なおのこと安心ですわ」

伊達はいって、上着の内ポケットから封筒を出した。「これ、ちょうど五十万入ってます」

「五十万……」

「平山さんが足してくれた百万の半分、わしが払います」

「なんと、義理堅い……」

「誠やん、その金は折れや」堀内はいった。

「あかん、あかん。堀やんは博打で負けたんや」

「んなことは関係ない。誠やんとおれはなんでも折れでやってきた」

堀内もポケットから札束を出した。二十五枚を数えて、伊達の膝上におく。

「堀やん、やめてくれ」

「そういうわけにはいかん。折れや」

膝上の金をとって、伊達の上着のポケットに入れた。

「おたくら、きっちりしてますな」生野が笑った。

「親しき仲にも金はあり、ですねん」

「分かりました。この五十万、確かに平山さんに渡します」

生野は封筒をとり、ジャケットの内ポケットに収めた。

五十万円は伊達の義理堅さではない。保険をかけたのだ。平山に三嶋会に対するトラブルの解決金を支払ったという保険を——。それは生野も分かっている。

「もうよろしいな。蘭がこっちを見てますわ」

生野は蘭を手招きした。咲季と茉莉子も来た。

「済州島、行きはったんですね」咲季が伊達の煙草に火をつける。

「さっき、関空に着いたんや。その足で来た。咲季ちゃんの顔を見とうてな」

「ほんまに？」咲季はにっこりする。

「わしはな、嘘がつけんのや。顔は強いけど、気が弱いから」

「カジノ、したんですか」

「ルーレットとバカラや。勝ったで」伊達は片手を広げる。

「五万円も？」

「五千円や。ビール、飲め。奢ったる」

いつにも増して、伊達は上機嫌だ。

『ミルキーウェイ』から生野の馴染みのラウンジに流れ、伊達と生野のカラオケをいやというほど聞いて悪酔いした。もう一軒、行きましょ、と生野がいう。

「えらい元気ですね」時計を見た。そろそろ二時だ。

「明日は日曜ですわ。たまには羽目を外さんと、病気になりますがな」

「生野さん、博打は」

「好きでっせ。遊びごと全般、心得てます」

「麻雀は」

「麻雀ね。自分でいうのもなんやけど、免許皆伝ですわ」

「どうです。三人で打ちますか」

「もちろんですがな。いうとくけど、勝ちまっせ」

「ほな、行きましょ。朝まで麻雀や」

済州島の負けを取りもどしたいと思ったわけではない。ツキをもどしたかった。

宗右衛門町から堺筋を渡り、中央署暴対係だったころによく通った『マツオカ』へ行った。マスターは堀内を憶えていた。久しぶりですね、お元気そうで――。もう四十路になりましたわ――。わしも還暦です――。マスターは愛想がいい。

先客は二組。卓に座り、場決めをした。

「二万五千点持ちの三万点返し。ルールは普通のサンマーで」レートは〝デカデカピン〟といった。

「ハコ割り、三万円ね」生野はうなずく。

「あと、トビの一万と、ウマの○×がつきます。チップは一枚、二千円」

「はい、はい。分からんときは訊きますわ」

生野が賽子《シャイツ》をまわした。起家《チーチャ》は伊達ではじまった――。


牌《パイ》をツモり、切りながら、生野にいった。

「おれ、引っ越ししようと思うんやけど、適当なアパートないですか」

「そら、不動産屋はぎょうさん知ってるけど、どのあたりがよろしい」

生野は三嶋会とのトラブルを察したのか、あっさりそういった。

「天神橋筋《てんじんばしすじ》商店街界隈を紹介してくれませんか。なにかと便利やし、リハビリの病院にも近い」

「了解ですわ。探しましょ」生野はいって、「引っ越し業者も手配せなあきませんな」

「トラックに積むほどの荷物はないんです。レンタカーのライトバンでこと足ります」

「いつが希望です。引っ越し」

「来週中にも」

「ほな、明日にでも、知り合いの不動産屋に訊きますわ」

「すんませんな。頼みます」

『二筒《リャンピン》』を捨てた。〝ロンッ〟生野がいった。

午前九時をすぎて半荘《ハンチャン》十六回が終わった。酒も抜けて、ひどく眠い。

伊達が集計した。生野が二十八万円、伊達が十三万円の勝ち。堀内のひとり負けだった。

生野は意外に強かった。牌の扱いがきれいで、打ちまわしが巧く、リーチが早かった。伊達も聴《テン》牌《パイ》すれば迷わずリーチをする。堀内はツイてなかった。伊達のリーチに、場に一枚出ている『西《シャ》』を対子《トイツ》切りすると、一発で単騎待ちに放銃《ホーチャン》し、〝リーチ・一発・七対子《チートイツ》・ドラ4〟で、荘家《オヤ》の倍満だった。もっとひどいのは、荘家の伊達の捨て牌を見て〝国士無双〟だろうと思いつつ、七順目に『一索《イーソ》』を切ると、伊達はにやりとして手牌を倒した。荘家の役満は四万八千点。サンマーはいったん沈みはじめると、挽回がむずかしい。それで四十一万円も負けた。雀荘の払いは、勝ち頭の生野がした。


十一月二日、月曜――。ホテルの部屋に生野から電話があった。天神橋筋商店街に近い天満四丁目に適当なアパートが見つかったという。

――四十平米の2DKで、敷金、礼金、十二万。家賃は八万やけど、どないします。

――けっこうです。決めてください。

――部屋、見んでもよろしいんか。

――風呂とトイレがあったら、文句はありませんわ。

――ほな、契約します。……引っ越しは。

――今日にでも。

――わしも立ち会いますわ。堀内さんに判子《はんこ》もらわんとあかんし。

保証人は生野がなるという。

――何時に、どこへ。

——そうと決まったら早いほうがよろしいな。十二時にしましょか。天満四丁目の滝川公園の西側に慈教寺いう寺があって、その西隣の『桜ハイツ』いうアパートです。

——了解です。十二時に現地で。

電話を切り、伊達にかけた。

——はい。

——おれや。生野がアパートを見つけた。今日、引っ越しする。

——分かった。シャワー浴びるわ。

電話は切れた。

ベッドに座り、太股の包帯とガーゼをとった。傷口は腫れがひき、赤みも消えて肉が盛りあがっている。あと三、四日もすれば抜糸ができそうだ。消毒液で拭き、滅菌ガーゼをあてて固定する。もう包帯は巻かなかった。

チノパンツを穿き、ポロシャツを着たところへノック。ドアを開ける。伊達が入ってきた。

「どこや、引っ越しは」

「天満四丁目。滝川公園の近くや」

「滝川公園は知ってる。桜で有名な大きな公園や」

「十二時に向こうへ行く。生野が待ってるんや」

西今川のアパートに寄って、着替えと身のまわりのものを運びたいといった。

「分かった。朝飯食お」

阪急南方《みなみかた》駅近くに朝からやっている定食屋がある、と伊達はいう。

「どこでも、よう知ってるんやな。ほんまに」

「食い物屋にはな、自然と眼が行くんや」

伊達とふたり、部屋を出た。


十時すぎにホテルへもどり、それまでの宿泊費を精算してチェックアウトした。イプサムに乗り、伊達の運転で西今川へ。アパートに入って必要なものを三つのボストンバッグと二つのスポーツバッグに詰め、冷蔵庫やテレビなど、かさばるものはすべて残して部屋を出た。駒川の大家の自宅へ行って鍵を返し、天満へ向かう。今月分の家賃は要らない、と大家はいったが、これでゴミを捨ててくれ、と三万円を渡した。


十二時前、滝川公園に着いた。『桜ハイツ』はプレハブの二階建てで、階段は屋内にあるらしく、すっきりした外観だった。建てられてまだ間がないのか、白いサイディングにも汚れがない。伊達が玄関前にイプサムを停めると、生野と見知らぬ男がアパートから出てきた。

「不動産屋の河村さん」生野がいう。

「どうぞ、よろしくお願いします」男は愛想よく頭をさげた。

「河村さんとこは南森町《みなみもりまち》やし、契約は部屋でしたらよろしいやろ」

生野はいい、「今度は一階にしときましたわ」と、堀内のステッキを見る。

「一〇二号室です」

河村の案内でアパートに入った。中廊下の左側、河村がドアに鍵を挿して開ける。ダイニングにはテーブルも椅子もなく、台所にはコンロも鍋のひとつもなかった。

「えらい、さっぱりしてますな」伊達がいった。

「最近の入居者は生活臭のあるものを嫌うんです」

「へーえ、そうでっか」

伊達はトイレのドアを開けた。「ほんまや。トイレットペーパーもない」

「ま、ちょっとずつそろえますわ」

堀内はいい、河村に、「賃貸契約書は」

「これです」

河村は提げていたアタッシェケースを流し台におき、書類を出した。堀内は河村にいわれたとおり署名をし、印鑑を捺す。敷金、礼金、家賃の二十万円を手渡した。

「ありがとうございました。それでは、これで」

河村は頭をさげ、出て行った。

「どないです。よろしいか」生野が部屋を見まわして、いった。

「上等ですわ。思てたよりきれいし」

「とりあえず、冷蔵庫とコンロを買わなあきませんな」

「鍋と皿もね」

「いまどき、ウォシュレットのついてへん便器は珍しいで」伊達がいう。「堀やん、痔《じ》になるぞ」

「ほんまやな」温水洗浄便座も買おうと思った。

「堀やん、百均、行こ。当座の日用品をそろえるんや」

「誠やんは家に帰らんとあかんやろ」伊達の東京出張は今日までだ。

「わしは夜、帰ったらええんや。それまでは堀やんにつきあう」

「飯でも食いますか。そこの商店街で」生野がいう。

「さっき食うたとこですねん」

「ほな、コーヒーでも」

「よっしゃ。荷物入れて、車を駐めてきますわ」

伊達は煙草をくわえて出ていった。


ホームセンターで温水洗浄便座を買い——実際、腰を浮かして尻を拭くのはつらい——水道業者に依頼して便器に取りつけた木曜日、伊達から電話があった。

——堀やん、変わりないか。

——ないな。安寧なる日々や。そろそろ抜糸に行こかと思てる。

——それやったらえんや。

伊達のものいいにぎごちないものを感じた。

——どうかしたんか、誠やん。

——いや、昨日な、ヒラヤマに挨拶にいった帰り、尾けられたんや。

グレーのミニバンが西天満から御堂筋、千里ニュータウンを追走してきたという。

——いつも駐めてる駐車場には入らずに、団地の入口で車を停めたんや。そしたら、ミニバンも停まった。向こうが何人か分からんから、アヤつけて引きずり出しはせんかった。

ミニバンは尾行を隠そうともしなかった、と伊達はつづけた。

——誠やん、下手に手出しはするな。危ないぞ。

——それで今朝、金子に電話した。三嶋会のようすを探ってくれ、とな。……そしたら、若頭の菅沼が組に顔出してへんのや。

——菅沼は入院してるんか。誠やんにいわされて。

——頭突きを入れて、二、三発、殴ったら、穴ん中で倒れよった。戦意喪失や。入院するほどの怪我やない。

いくら顔に怪我をしたとはいえ、組を束ねる若頭が組事務所に出てこないというのはおかしい。菅沼は自前の子分を持つ組長ではないのだから、いつも事務所にいるのが普通だろう。

——舛井はどうなんや。

——いっしょや。事務所に出てへん。

舛井はヤサにいるとしても使いものにはならないだろう。堀内のステッキで肩を砕かれ、太股にドライバーを突きたてられたのだから。

——菅沼と舛井のほかに、榊原と遠山も事務所に寄りついてへんのや。

——誠やん、おれもおまえも恨みを買うたな。

——そうらしいな。

やっぱり極道や、上で手打ちをしても下は跳ね返る、と伊達はいう。

——グレーのミニバンは曲谷で見た車といっしょか。

——分からん。ミニバンてなもんは見分けがつかん。

——金子はどういうたんや。

——平山にいうて、もういっぺん念押しをするそうや。

——しかし、めんどいな。

——めんどい。わしはかまへんけど、よめはんと娘がな。

——マカロフは。

——車のグローブボックスに入れたままや。

――荒木に頼むか。

――そうやの。あいつにはわるいけどな。

――土産があるがな。マカロフという土産が。

マル暴担当の刑事にとって拳銃の摘発はなによりの勲章だ。覚醒剤十キロより拳銃一梃のほうが値打ちがある。

――堀やん、いっしょに行ってくれるか。鴻池署に。

――なんや、そのいいぐさは。キャラに似合わんぞ。

これがいい機会だ。どうせにしろ、マカロフは処分しないといけない。二時に天神橋筋商店街の『春菜《はるな》』で会うことにし、携帯を閉じた。


『春菜』の暖簾をくぐると、伊達は炒った銀杏《ぎんなん》をアテに酒を飲んでいた。イプサムは団地に駐めているという。

「チャカは」椅子に腰をおろした。

伊達はジャケットの内ポケットに手をやった。少し膨らんでいる。

「荒木は署におる。三時すぎに行くというといた」

「ゆっくりはしてられんな」

手をあげた。作務衣《さむえ》のような着物を着た女がそばに来る。堀内は鴨せいろ、伊達は天ぷら蕎麦を注文した。

「酒、飲まんのか」

「いまは要らん」

「堀やんが飲まんのは珍しいな」

「昨日、久しぶりにリハビリ病院へ行ったんや。前に採血した結果が出てた。ガンマなんとかが二〇〇を超えてて、アルコール性の脂肪肝やといわれた」

「堀やんの肝臓はフォアグラ状態かい。食うたら旨いやろのう」

「おれは鴨か」

鴨が鴨せいろを食うのもおもしろい。また手をあげて、「生ビール」といった。


タクシーで鴻池へ走った。途中、前から来るトラックのプレートナンバーで〝カブ〟をして堀内が勝ち、タクシー代は伊達が払った。

鴻池署近くのバス通りから伊達が荒木に電話をした。さすがに荒木も堀内たちと署で会うことはためらったようで、鴻池西町の『セビルロード』という喫茶店を指定した。

『セビルロード』はその店名どおり、英国調のインテリアの古めかしい喫茶店だった。伊達と堀内は窓際に席をとり、ブレンドを注文した。

「堀やん、わしも採血したら脂肪肝やろな」

「そらそうやろ。どこか店に入って酒を飲まん誠やんは見たことがない」

「一年三百六十五日、わしは飲むもんなぁ」

「せやけど、誠やんは運動する。柔道の稽古をな」

「このごろはサボッてばっかりや。体重計に乗るのが怖いわ」

そういえば、伊達は一時期より肥っている。堀内はいわないが。

「ちぃとは身体を考えないかん齢になったかのう。堀やんもわしも」

「一日ずつ死に近づいてるんや」

堀内は一度死んだ。ＩＣＵで覚醒したあとはおまけの人生だと考えているが、命を粗末にしたいとは思わない。まして、ヤクザに殺されるようなことは。

カウベルが鳴り、荒木が現れた。堀内たちをみとめてこちらに来る。

「えらいすんません。待たせました」

「忙しいのに、すまんな」伊達がいった。「コーヒーでええか」

「いただきます」

「ブレンド」伊達はカウンターのマスターにいった。

「このところ、ずっと書類仕事ですわ。被害届を整理してますねん」荒木は座る。

「例の隠蔽事件か」

「そう、あのとばっちりですわ」

二カ月ほど前、横堀《よこぼり》署の電気室で大量の段ボール箱が発見され、市民から寄せられたここ十年分の盗難届と被害届の多くが放置されていたことが発覚した。事態は新聞沙汰になり、大阪府警の職務怠慢だと糾弾されたが、そんなことはどこの署でもやっている。届をすべて受理して捜査をしていたら、いくら人員がいても足りない。横堀署は届を秘密裏に廃棄せず、放置していただけまだ良心的なのだ――。

「ほんまにもう、一端の刑事《デカ》が事務屋になってしもたな。わしらの若いころ、先輩刑事てなやつは鬼より怖かった。情報集めのプロ、鑑取《かんど》りのプロ、筋読みのプロ、落としのプロ、どいつもこいつも職人やったで」

書類作りの巧い刑事は重宝されたが、ただそれだけでは仲間うちの評価はよくなかった、と伊達はいい、「神戸の大学院生リンチ殺人事件、憶えてるか」

「ああ、あれはひどかった」

荒木はうなずく。「あのときの警官、まだのうのうと県警におるそうやないですか」

「あのころから事務屋になってしもたんや。警察官がな」

事件は堀内もよく憶えている。もう十数年前だ——。

深夜、神戸商船大の院生が友人を神戸市西区の県営団地に車で送った際、川坂会系三次団体の組長と情婦が立ち話をしているところに遭遇し、情婦と眼が合った。組長は院生に「どこに車を駐めとるんじゃ」と因縁をつけ、殴りつけた。友人は仲裁に入り、揉み合いになったが、情婦は組事務所に電話して組員を呼んだ。三人の組員が駆けつけて院生と友人に暴行を加え、意識のなくなった院生を自分たちの車の後部座席に押し込んだ。

住民の通報で、近くの二カ所の交番から四人、パトカーでふたり、計六人の警官が現場に来たが、警官たちは血まみれの友人と、服に血の付着した組長、組員を前にしながら暴行傷害容疑による任意同行すら求めず、組員たちの車を検《あらた》めもしないまま、後日、事情聴取するとして、現場を立ち去った。その後、組長と組員は二キロほど離れた空き地まで院生を運び、凄惨なリンチを加えたため、院生は翌日、死体となって発見された——。

「わしは腹が立ってしかたなかった。友だちは現場で、院生が車に乗せられてる、と警官にいうたんやで。そやのに、調べはまた後日、ときた。警官が極道にイモひいてどないするんや。頭に血がのぼってる極道に囲まれてチビりよったんや」

「切腹もんですね。自分には考えられませんわ」

「兵庫県警だけやない。大阪府警にも似たようなタマなしがぎょうさんおる」

「依田か」

堀内はいった。「あれもそうとうのタマなしやで」

依田は新任で配属された春日丘《かすがおか》署の地域課で交番勤務をしていたころ、本署からの警電で、近くのコンビニへ行った。両腕に刺青《すみ》を入れたヤクザ風の男がコンビニの駐車場で女を蹴りつけている。依田がとめに入ると、男は痴話喧嘩だといい、女は腕と脚に傷を負っていたが、依田は男に職務質問もせず、身柄を拘束もしなかった。顚末を聞いて、職務怠慢やろ、と堀内はいったが、民事不介入や、と依田はうそぶいていた——。

「そんなやつが出世して、いまは監察室の警部補さまや」

「なんか、聞いてるだけで反吐が出ますね」荒木がいう。

「健ちゃんは依田を知らんやろけど、反吐がスーツ着たような、ぶよぶよのデブや」

伊達がいった。「わしはいつか、依田をぶち叩いたろと思てる」

「誠やん、あれをぶち叩いたら、被害届と診断書を出しよるぞ」

「ほんまやのう。やめとこか」

「あんなクズでも監察や。おれらの〝S《エス》〟にしといたら、役には立つ」Sはスパイのことをいう。

「たまに府警本部へ行って、ちくちくいじめるのがええかのう」

そこへ、コーヒーが来た。堀内と荒木はブラック、伊達は砂糖とミルクを入れて飲む。

「話は変わるけど、最近、鴻池署の暴対はチャカを挙げたか」荒木に訊いた。

「挙げてませんね。今年はゼロです」

一昨年《おととし》、御厨《みくりや》のガンマニアの自宅を捜索して、改造銃を三梃、押収したという。

「チャカがあるんやけどな。真正拳銃《モノホン》のマカロフ」

「えっ、ほんまですか」

「これや」

伊達がジャケットを広げた。ビニール袋の端をつまんで荒木に見せる。荒木は真顔になった。

「持ち主は三嶋会の組員で舛井重人。舛井の指紋と舛井が弾いたときの薬莢も入ってる」

「先輩、まさか……」

「ちがう、ちがう。弾かれたんは堀やんや」

伊達は首を振った。「もし弾を食らうてたら、堀やんもわしもこんなとこにおらへん」

「どういう状況で撃たれたんですか」

「日高町の曲谷や。いまは梅林やけど、廃業した産廃処分場がある。稼働してたころは田中興業いうて、燦友会会長の田中功が企業舎弟にやらせてた」

「燦友会……。北陽連合ですね。解散したんとちがいますか」

「田中が死によったからな」

詳しい経緯は堪忍してくれ、と伊達はいい、「わしと堀やんはいま、標的《マト》にかけられてる。三嶋会会長の三嶋にはヒラヤマ総業の平山を通して話《ナシ》をつけたけど、舛井と若頭の菅沼、準構成員の榊原と遠山いうのが組に顔出してへんのや」

「潜ってるということですか」

「たぶん、わしらを狙うてるんや」

「そら先輩、ガサかけんとあきませんな。三嶋会に」

「そうしてくれたらありがたいんやけど、鴻池署がガサに入ったら、平山の顔に泥を塗ることになる。わしと堀やんも事情を訊かれるやろ」

「ほな、どうしたらええんですか」

「このチャカは健ちゃんにやる。健ちゃんは三嶋に会うて、『ある人物からマカロフを預かった。付着指紋を照合したら、おたくの組員の舛井の指紋と一致した』というてくれ。それで三嶋は察しがつく。なにがなんでも菅沼を抑えにかかるやろ」

「ほんまにもらえるんですか、マカロフを」

「健ちゃんの判断で挙げてくれ。首なしでもなんでもええ、ここぞというときに使うんや」

伊達のいう〝首なし〟とは、駅のロッカーなどで発見される所有者不明の拳銃のことをいう。摘発した刑事には『大阪府警本部長賞』という褒賞がくるのだ。

伊達はジャケットの内ポケットからビニール袋を出し、テーブルの下で荒木に渡した。

「わしもホッとした。チャカてなもんを持ってると寝覚めがわるいんや」

そう、伊達がホッとしたというのは本音だろう。堀内も中央署の暴対係にいたころ、主任が知り合いのヤクザに金をやって、なんば駅のロッカーにフィリピン製の改造銃を入れさせたことがある。堀内も押収に同行したが、主任は指が震えてキーを挿すのに難渋していた。それほどに拳銃というやつは、暴対の刑事にとって感覚的に重い。

「三嶋会のネタ集めて、できるだけ早いうちに行きますわ。三嶋にクンロク入れときます」

荒木はビニール袋ごとマカロフをベルトに差し、上着で隠した。

「すまんな、いつも、いつも」

「礼をいうのはこっちですわ。高い土産をもらいました」

最近の真正拳銃の相場は実包が十発ほどついて七十万円を超える、と荒木はいう。「ロシア製のマカロフやったら百万円ですわ」

「人民軍の刻印がないから、ロシアもんやろ」

マカロフもトカレフも中国製は粗悪だ。すぐに故障するし、百発も撃てばバレルが破《わ》れたりする。

「先週、済州島に行った。『S&W』の九ミリを撃ったんやけど、一発も当たらんかった」

「先輩は狙うて撃たんでしょ」

「なんで分かるんや」

「そういう気性ですわ」荒木は笑う。

「バカラはよう当たったぞ」伊達も笑った。

「勝ったんですか」

「ちょっとな」

「堀内さんは」

「あんなもん、勝てるわけがない。パチンコといっしょや」コーヒーを飲んだ。

「ほな、今度、先輩に奢ってもらいますわ」

「おう、今晩でもええぞ。鮨でもステーキでも、なんでも食えや」

「残念やな。今晩は先約がありますねん」

「これか」伊達は小指を立てる。

「交通課の課長の姪ですわ。写真を見たんです」

「どうやった」

「かわいいですよ。色白で、ぽっちゃりして」

荒木はまた笑う。「身長は百六十。体重は七十キロオーバーとちがいますか」

「そら、ぽっちゃりやない。ぽっちゃりや」

「年に四、五回はそういう話が来るんです。なんでか知らん、ぼっちゃり系ばっかり」

しかし、だいたいは向こうから断ってくる、と荒木はいう。

「なんでや」

「めちゃくちゃ食うて、いやというほど飲んで、途中で寝ますねん」

「わざとそうしてるんやろ」

「こっちから断ったら気がわるいでしょ」

「もったいないのう。わしやったら、二、三回してから断るで」

ひとしきり、見合い話をした。伊達も荒木もノリがいい。そうして荒木は署に帰っていった。

「誠やん、荒木が三嶋に会うまで、また出張せいや」

「それもそうやの」伊達はシートにもたれかかる。

「おれんとこへ来い。よめはんに電話するから」

「分かった。そうしてくれ」伊達はあっさりうなずいた。

堀内は伊達のよめさんに、今度は九州出張です、と電話をしたが、さすがに怪しんだのか、仕事の内容を訊かれた。鹿児島と宮崎の競売物件調査です、と堀内はとりつくろい、生野に電話して、伊達のよめから連絡があったら話を合わせてくれるよう頼んだ。

アリバイ工作いうやつはめんどいのう――。他人事《ひとごと》のように伊達はいい、翌日から『桜ハイツ』に来た。

20

午後、携帯が鳴った。開く。生野だった。

——堀内さん？

——なんです。

——いま、鍵本いう男から会社に電話があったんやけど、確か、『コーラルベイ』いうパチンコ屋のオーナーですな。

——そう。次の関遊協理事長候補で、柳沢とは反目です。

——伊達さんか堀内さんの番号を教えてくれと鍵本にいわれたんやけど、教えてもよろしいか。

——かまわんですよ。おれの携帯の番号を教えてください。

——ほな、おっつけ、堀内さんのほうにかかると思いますわ。

電話は切れた。

「誠やん、鍵本がおれらの携帯を知りたがってるそうや」

「鍵本がな……。害はないやろ」

伊達はがらんとした八畳間のカーペットに胡座をかいて、煙草を吸っている。「堀やん、テレビぐらい買うたらどうや」

「そんなに退屈か」

「することがない。昼間はラウンジもスナックもやってないしな」

「パチンコでも行けや」

「いまさら行けるかい。相手はコンピューターシステムやで」

カジノのベットテーブルのように、ディーラーが前にいないと勝てる気がしない、と伊達はいう。

「ひと対ひとはツキのやりとりや。パチンコやパチスロにはツキもへったくれもないがな」

「おっしゃるとおりや」

「なんぞ食いたいのう」

「さっき食うたばっかりやろ。出前の鮨」

この男は認知症の老人か――。「商店街でも徘徊《はいかい》してこいや」

「雨が降ってる」

「傘、買え」

伊達は嵩高《かさだか》い上に口数が多い。ふたりで話をしていると、七割は伊達が喋る。

携帯が鳴った。着信番号は登録していないものだ。鍵本だろう。

――はい。堀内。

――鍵本です。

――生野から電話もらいましたわ。

――伊達さんは。

――連絡はとれます。

――折入って話があります。おふたりにお会いしたいんですが、よろしいですか。

――こっちはかまいません。

鍵本はやけに低姿勢だ。

――じゃ、そちらに行きます。場所を指定してください。

――天神橋筋商店街。四丁目のあたりに『エンゼル』いう喫茶店がありますわ。

――ごめんなさい。こちらは神戸なので、大阪の地理には疎いんです。

――車ですか。

――車です。

――ほな、滝川公園にしましょ。公園の西口。……車は。

――黒のセンチュリーです。

――ええ車や。

最近、組長クラスのヤクザがよく乗っている。

――滝川公園の西口。三時でいいですか。

――けっこうです。

電話を切った。時計を見る。一時十五分だ。

「誠やん、三時に鍵本が来る」

「なんの用や」

「関遊協の理事長選挙とちがうか。情報が欲しいんやろ」

「そういや、鍵本から種谷のことを聞いたよな」

「そうやったな。ま、多少の役には立った」

「あんな狸には会いとうもないけどな」

「暇つぶしにはなるで。話によっては金になるかもしれん」

「それもそうやの」

伊達は煙草をビールの空き缶に入れた。座布団を折って枕にし、横になる。「わし、思たんやけどな。生野にいうて、ほんまの物件調査に行くのはどうや。九州の別府《べっぷ》とか、雲仙《うんぜん》とか」

「そんな都合のええ物件はないやろ」

「ほな、香港でも行くか。マカオで博打や」

伊達は済州島のカジノで味をしめたらしい。

「誠やんが勝ったんはビギナーズラックや。柳の下にドジョウは何匹もいてへん」

「柳川鍋、食いたいのう」

「おれは柳川より丸鍋が食いたい」

「なんや、それは。スッポン鍋か」

「浅い土鍋に割り下入れて、ドジョウを十匹ほど丸ごと煮る。ネギを山ほど盛って山椒《さんしょう》か唐辛子をかけるんや。あれは旨い。浅草でよう食うた」

「よっしゃ、堀やん、今日はその、丸鍋を食いに行こ」

「どこでやってるんかな」

大阪でドジョウの丸鍋を食ったことはない。鰻屋に行っても、メニューにあるのは柳川鍋だけだ。

「誠やん、スマホで検索してみいや。ドジョウの店」

「おう、分かった」

伊達は腹這いになり、太い指でスマホのキーを押す。食うことに関しては、なによりマメだ。伊達は一時間近くもスマホをいじって、堀やん、ないみたいや——と、しょげたようにいった。

三時——。雨を避けながら滝川公園の西口へ行くと、黒のセンチュリーが停まっていた。手をあげて近づく。鍵本は運転席にいた。

リアドアを開けて乗り込んだ。伊達も乗る。

「雨ですね」

鍵本がいった。グレーのツイードジャケットに糊の利いた白のワイシャツを着ている。

「傘がないんですわ」ティシュペーパーで髪を拭いた。

「センチュリーてな車は初めてですな」伊達がいう。「十二気筒?」

「そうです」鍵本は革シートが濡れるのがいやそうだ。

「で、話というのは」堀内は訊いた。

「先週、立ち入り検査がありました。堀内さんたちが来られた新開地店です」

「所轄は」

「湊川署です。生安課」

「なんの検査です」

「新台の無承認変更容疑です」

「容疑を認めたんですか」

「認めるわけがない。無承認もなにも、変更なんかしてないんやから」

「近くに『モコ』とかいうホールがありましたな」伊達がいった。

「『モコ』に検査は入ってません。うちだけです」

「『モコ』も同じころ、今年の盆前に新台入替をした、と鍵本はいう。

「『モコ』のオーナーは関遊協の木村派ですか」

「そう、木村派です。体制派ですよ」

「つまりは、嫌がらせですか」

「そうでしょ。柳沢が糸を引いてるにちがいない」

「それで、鍵本さんはどうしたいんですか」堀内は訊いた。

「柳沢の弱みをつかみたい。あなたがたに協力してもらいたいんです」

「協力ね……」

「このあいだ、店に来られたときにいってましたよね。柳沢を追い込むためのネタを集めている、と。種谷とかいうヤクザに会うたんですか」

「会いました。よう喋りましたわ」

「その話、教えてくれませんか」

「聞いてどうするんです。柳沢を叩くんですか」

「叩ける値打ちがあればね」

まわりくどい男だ。ストレートに〝ネタが欲しい〟といえ。鍵本は口調に抑揚がなく、表情も乏しい。柳沢のように警察ＯＢヅラをしないだけ気には障らないが、肚も読みにくい。

「ヤクザがひとり死んでますねん」

伊達がいった。「包岡健次。牛若組の幹部ですわ」

「えっ……」鍵本は伊達を見た。

「死体は和歌山の日高町に埋まってる。産廃処分場跡地にね。柳沢の立ち会いで、掘り起こしにかかりましたんや」

「ほんまですか」

「これが種谷の証言ですわ」

伊達はスマホを出した。動画を再生し、鍵本に見せる。「――首にロープ巻かれて、ぴいぴい泣いてますやろ。柳沢は包岡に、一千万までやったら出す、といいよったそうでっせ」

鍵本は動画に見入って何度も大きくうなずいた。

「どうです」伊達は再生を終えた。「柳沢は殺人と死体遺棄のスポンサーですわ」

鍵本は黙っている。よほどの衝撃だったようだ。

「この動画、値打ちはありますか」

「ありますね……」

「売ってもよろしいで」

「いくらです」

伊達は人差し指を立てた。

「百万円？」

「鍵本さん、洒落がきついわ」

「一千万円？」

伊達はうなずいた。

「高くないですか」

「そうは思いませんな。おたくが木村と柳沢を追い落として関遊協の理事長になったら、もう『コーラルベイ』に検査が入ることはない。年間、四億三千万の会費も鍵本さん、おたくの使い放題や」

「分かりました。その動画、いただきましょう」鍵本はあっさり、そういった。

「一千万で？」

「そう。一千万円で」

「いつです。取引は」堀内は訊いた。

「今日でもいいですよ」

「銀行、閉まってますわ」もう三時をすぎている。

「堀内さん、一千万くらいの現金は店の金庫に入ってます」

「なるほどね」

以前、『ダラス』を辞めた宮平から、パチンコ台とパチスロ機の一日あたりの売上は五万円だと聞いた。『コーラルベイ』新開地店は二百五十台規模のホールだったから、一日に千二百五十万円の売上がある。

「じゃ、店に行きましょか」鍵本はいって、「堀内さん、車は」

「この近くに駐めてます」

「マンションかアパートの駐車場ですか」

「コインパーキングです」

「じゃ、乗ってきてください。ここで待ってます」

「いや、六時に行きますわ。新開地の『コーラルベイ』へ」

伊達がいった。「ドコモのショップに寄って、動画をCDかSDカードにコピーせないかんしね」

「いいでしょ。六時に来てください。わたしは会長室にいてます」

「ほな、鍵本さん、取引成立や。おたくは柳沢みたいにぐずぐずいわんからよろしいわ」

「柳沢と取引したんですか」

「しましたで。どえらいしぶといおっさんでしたわ」

伊達はドアを開けた。雨が降り込む。いつしか本降りになっていた。

堀内はステッキを持って車外に出た。伊達も降りる。センチュリーはハザードランプを点滅させたまま走り去った。

「堀やん、棚からぼた餅や」

「ほんまやな。鴨がネギくわえて飛んできよった」

会いたいというから会っただけで、なんの期待もしていなかった。「新井といい、柳沢といい、あいつらの金銭感覚はおかしいぞ」一千万円を超える日銭が入ってくればおかしくもなるだろう。

「ぼた餅が美味すぎてミスった。二千万というたら出しよったで」

「誠やん、保険や。あちこちに包岡殺しのネタをばらまいたほうが、菅沼や舛井に対するガードになる」

「そのとおりやのう。保険はぎょうさん掛けといたほうがええ」

伊達は笑って、「この近くに、ドコモショップあったか」

「あるやろ。傘も買お」

天神橋筋商店街へ歩いた。


六時五分前、新開地の『コーラルベイ』に入った。景品交換所の〝主任〟に名前をいうと、店長が来て、会長がお待ちです、といった。

ホール奥のバックヤードから二階にあがった。会長室のドアをノックする。どうぞ——、と声が聞こえた。

鍵本はソファに腰を沈めていた。伊達が正面に座り、堀内は隣に座る。

「時間どおりですね」鍵本はいった。

「いや、もっと早めに来るつもりやったけど、高速が込んでました」

「神戸線は慢性的に渋滞してますよ」鍵本はいって、「車は」

「駐車棟に駐めてます。ほとんど満車でしたわ」

「収容台数は八十台です。建てた当初は、それで充分、間に合うたんですがね」

駐車棟に車を駐めて福原の風俗街に行く客がいる、と鍵本はいう。「いちおうチェックはしているんですが、百円でも使えば、うちの客ですから」

「福原の浮世風呂て、まだあるんですか」

「ありますよ。いまはソープランドです」

「そらよろしいな。堀やん、帰りに寄っていくか」

「ああ、それもええな」

「車は駐めておいてもいいですよ」鍵本はいう。「車種はなんですか」

「イプサムです。白のイプサム。泥だらけやけど、今日の雨でちょっとはきれいになりましたわ」

「分かりました。駐車棟の案内係にいうときます」

鍵本は小さくうなずいて、「じゃ、動画をいただきましょうか」

「SDカードにコピーしました。ドコモショップで」

伊達はブルゾンのポケットからカードを出した。テーブルにおく。鍵本はそれを見て、テーブルの下から白いビニール包みを出した。

「一千万円です。確かめてください」

「すんませんな」

伊達は包みを広げた。札束は帯封ではなく、百万円ずつ輪ゴムでとめてあった。

「鍵本さんが数えたんですか」

「金庫から出してね」

「そら、ごくろうさんです」

伊達は札束を五つ、ブルゾンのポケットにねじ込んだ。堀内はふたつと三つに分けてジャケットの左右のポケットに入れる。鍵本は驚いたような顔をした。

「わしらはなんでも折れですねん。その場でね」

「そうですか……」

「ほな鍵本さん、取引終了ですわ」

伊達は立って踵を返す。堀内も立って、会長室を出た。

バックヤードからホールにもどった。騒音が耳をつく。

「堀やん、金というやつは簡単に稼げるんやな」

「思わぬ展開や。昼すぎに生野から電話があって、いまは五百万をポケットに入れてる」

「ソープ、行くか」

「ソープな……」

どちらでもいい。伊達が行きたいのなら、つきあう。

伊達はホール係を呼びとめた。

「福原て、どの方向かな」

「あっちですわ」ホール係は指をさす。

おおきに。遊んでくるわ──。伊達はホールを出て、右のほうへ歩きだした。

「堀やん、先に終わったほうがビール飲んでもええことにしようや」

「なんのこっちゃ」

「待合室でボーッと待ってんの退屈やろ。先に終わったほうがビールを飲む。あとに終わったほうが車を運転する。そういうこっちゃ」

「いろいろ考えてるんやな」ある意味、感心する。

「わしは自信があるんや。若いころからピュッといく」

「ピュッでもポッでも好きにせい」

笑ってしまった。伊達は湯あがりのビールが飲みたいのだ。

おれが運転したらええんやろ——。そう思った。


阪神高速神戸線から環状線、北浜出口をおりた。雨脚は強い。イプサムのワイパーブレードは劣化しているのか、動くたびに軋んだ音がし、油膜が残る。油膜に対向車のヘッドランプが映り込むから、視界がわるい。

「誠やん、いつからブレード換えてへんのや」

「なんや、ブレードて」

「ワイパーのゴムや」

「五年は換えてへんな。この車を中古で買うてから」

「タイヤは」

「換えてへん」

「新しい車を買うたらどうや。金はあるんやから」

「よめはんにバレるやないか。ヘソクリしてると」

「情けないの。自分の稼ぎを自分で使えんて」

「堀やん、なんべんもいうけど、わしが世の中でいちばん怖いのはよめはんや」

「それがソープへ行くか。総額五万の」

「病気が怖いやろ。よめはんに感染《うつ》したら殺される」

「まだ、よめさんとしてるんか」

「あなた、今日も楽しい夜が来ましたね、と流し目で見よるんや」

「そら怖いな。病気より怖い」

伊達の恐妻話は芸だ。バッタかカマキリのようなよめさんを知っているだけに、おかしくてしかたがない。

「いっぺん殺されてみいや。外でわるいことばっかりしてます、とカミングアウトして」

「堪忍してくれ。想像するだけでサブイボができる」

「おれはときどき、おまえのキャラが分からんわ」

「そう、わしも分からんのや」

ふたりして笑った。この男はほんとうによめさんが怖いのか――。

いや、それはない。伊達はふたりの娘に嫌われるのが怖いのだ。

天満四丁目――。コインパーキングにイプサムを駐めた。

と、ヘッドランプの前に車が現れて停まった。ダークシルバーのミニバン……。

「誠やん……」

いった。ミニバンの助手席とリアシートに男がいる。「尾けられたか」

「かもな……」伊達はシートベルトを外す。

ミニバンのドアが開いた。男がふたり、降りてくる。手にキラッと光るもの。

堀内はシフトレバーをドライブに入れた。アクセルをいっぱいに踏む。

タイヤが軋んだ。イプサムは車止めを乗り越え、バウンドしてミニバンの横腹に突っ込む。ドンッと衝突音がした。そのままアクセルを踏み込む。ミニバンは動かない。

伊達が飛び出した。堀内もステッキをつかんで出る。

男がナイフを突き出してきた。躱したが、バランスをくずして倒れる。反転してステッキを振る。手応えがあった。男は怒号をあげ、蹴ってくる。その足にステッキを叩きつけた。男はフェンダーに顔を打ちつけたが、すぐに起きあがって堀内を刺しにくる。

やみくもにステッキを振った。ナイフが飛ぶ。堀内は膝立ちになり、男の脛《すね》にステッキを入れた。男は横倒しになる。

クラクションが鳴った。もうひとりの男がそばに来る。堀内はステッキをかまえたが、男は倒れた男を引き起こしてミニバンに乗せた。ミニバンはスライドドアを開けたまま走り去った。

雨が打ちつける。堀内は我にかえった。伊達の姿がない。

「誠やん」呼びかけた。

「ここや」聞こえた。

イプサムの左サイドにまわった。伊達はリアフェンダーにもたれていた。

「大丈夫か」

「ああ、どうってことない」

心なしか、伊達の声に力がない。「内藤医院や。連れてってくれ」

「なんやて……」

見ると、伊達が手で押さえているベルトのあたりから血が滴っていた。

「刺されたんか」

「そういうこっちゃ」

「救急車やな」

「あかん。内藤医院や」

「余裕かましてる場合やないぞ」

「堀やん、わしの身体や。自分で分かる」

「ほんまにええんか」

「かまへん。わしがええというてるんや。内藤医院に連れてってくれ」

「分かった」

イプサムのドアを開け、伊達を押し込んだ。堀内は運転席にまわる。

足もとにナイフが落ちていた。堀内が叩き落としたナイフだ。拾って刃をたたみ、車内に放る。ステッキを持って運転席に乗り込んだ。

「エアバッグ、開かんかったな」伊達がいう。

「あの程度のスピードでは開かんやろ」

髪から垂れる水を手で払い、シートベルトを締めた。いったんバックし、ステアリングをいっぱいに切って走り出した。

「堀やん、顔見たか」

「男の顔か。見る余裕なんかなかった」

「わしは見たぞ。若造で髪が長かった。『ドミール海老江』で堀やんを刺した三下や」

「遠山やな……。ほな、おれを刺そうとしたんは榊原やろ」

「車を運転してたんは菅沼か」

「そんなとこやな。三下におれらをやらせて、自分はやる度胸がない」

「けど、あいつら、どこから尾けてきよったんや」

「誠やん、喋るな。腹刺されてるのに」

「黙ってたら、眠とうなるんや」

「寝るなよ。絶対に」

松屋町筋《まつやまちすじ》に出た。左折して南へ走る。「――おれ、気になってたんや。滝川公園で鍵本が訊いてきたやろ。車はマンションかアパートに駐めてるんですか、と」

「コインパーキングに駐めてると、堀やん、いうたよな」

「新開地の『コーラルベイ』でも、鍵本は訊きよった。車はどこや、と」

「鍵本のボケ、探りを入れてきたんか」

「車は白のイプサム。泥だらけやけど雨できれいになったと、誠やんはいうた」

「くそったれ、新開地から尾けてきよったんやな」

「鍵本が菅沼に知らせた。そう考えてええのとちがうか」

「しかし、鍵本は三嶋会と関係ないやろ」

「そこは分からん。柳沢と鍵本の関係や」

柳沢は主流派、鍵本は反主流派とはいえ、ふたりはパチンコホールチェーンのオーナーで、同じ関遊協の大物だ。鍵本は柳沢に懐柔されて寝返った可能性もなくはない。「柳沢が狸なら、鍵本は背中に苔むした亀や。なにがほんまで、どこまでが嘘か、おれには分からん。鍵本からもろた一千万、柳沢の懐から出てるかもな」

「なるほどな。堀やんのいうこと、一理あるで」

伊達はいい、「どっちにしろ、わしは刺された。三嶋会には落とし前つけたというこっちゃ」

「どえらい痛い落とし前やな」

「平山がねじ込むやろ。三嶋会の三嶋にな。おまえんとこの若頭は組長の命令を聞かんのか、と」

「菅沼は下手打ったんやな」

「そういうことや」

菅沼は指を詰めるか破門だろう、と伊達はいうが、堀内には分からない。菅沼が下手を打ったのは確かだが、ヤクザにはヤクザの論理がある。いまの時代、ヤクザの論理は金次第で右にも左にもなびく。

中央大通、阪神高速道路の高架をくぐった。長堀通にさしかかる。島之内まで、あと五分だ——。

内藤医院の前にイプサムを停めた。午後五時までの診療時間はとっくにすぎて、玄関のガラス戸の向こうに明かりはない。

堀内は車を降りた。インターホンのボタンを押す。

返答がない。留守か。内藤がいないと面倒なことになる。出てくれ——。願うようにボタンを押しつづける。

——はい。

いかにも不機嫌そうな声が聞こえた。

――ヒラヤマ総業の堀内です。

――堀内？　こないだ、太股を縫うた兄《あん》ちゃんか。

――診てください。頼みますわ。

――薬を渡したやろ。ちゃんと服んでるんか。

――おれの傷が膿んだんやない。伊達を診て欲しいんです。

――あの相撲とりか。

――腹を刺されたんです。

――救急車を呼べ。わしは取り込み中や。

――先生、このとおりです。お願いします。

レンズに向かって頭をさげた。

――君らはほんまに疫病神やの。診療時間に来られんのかい。

――来られる怪我やったら、ほかの病院に行ってます。

――分かった。待っとけ。

舌打ちが聞こえてインターホンは切れた。堀内はイプサムから伊達を降ろす。伊達は歩いて門柱に寄りかかったが、玄関は暗いままだ。じりじりする。五分ほど待って、ようやく明かりが点き、煙草をくわえた内藤がガラス戸を引いた。

「入れ」

「すんません」

伊達を先に入れた。待合室を抜けて診察室へ行く。ドアを閉めようとしたとき、女が廊下をとおった。看護師ではない。

「なんです、あれ」

「取り込み中やというたやろ」

内藤が気にするふうはない。女はおそらく、デリヘル嬢だ。

「ええ女ですね」顔は見なかったが、スカートは短かった。

「二万円や。キャンセル料払えよ」

「まだ、やってなかったんですか」笑ってしまった。

「やかましい。ひとの娯楽を邪魔しよってからに」

内藤の娯楽は賭場の博打だけではないらしい。

「先生、早よう診てください。痛いんですわ」

伊達がいった。出血のせいだろう、顔が白っぽい。

「ごちゃごちゃいうてんと、横になれ」

伊達はブルゾンを脱いで診察台に寝た。堀内がベルトを外す。白のオープンシャツとグレーのズボンは血で真っ赤だ。

内藤は煙草を捨てて、眼鏡をかけた。椅子に座ったまま伊達に近づき、鋏でシャツを切り裂いてズボンのジッパーをおろした。紐パンツも切る。消毒液を浸した脱脂綿で腹を拭いた。伊達の傷は右の下腹部、たぶん盲腸のあたりにあった。すぐに血が滲み出る。

「なにで刺された」

「ナイフです」伊達が答える。

「刃渡りは」

「分からんです。いきなりグサッときたし」

「ま、これから刺します、いうて刺すやつはおらんわな」

内藤は左手にシリコンゴムの手袋をはめた。「痛いぞ」

「なにしますねん」

「眼、つむっとけ」

内藤は左手の中指を傷口に差し入れた。伊達は呻く。

「けっこう、深いな」

「重傷ですか」

「重傷や。腸が傷ついてたら、腹腔内で出血してる。オペや」

「先生、手術は困るんです」

「そんなこと、いうてる場合か。なんぼ身体が大きいても、死ぬときは死ぬんやぞ」

「手術するんやったら、先生が執刀してください」

「患者のくせに注文が多いのう。ここでオペはできん。救急病院に転送するんや」

「訳ありですねん。転送は堪忍してください」

救急病院へ行ったら事情を訊かれる、と伊達はいう。

「適当に話を作れ。君ら、元は刑事やろ」

内藤はいい、堀内に向かって、「湊町の大橋病院や。君が救急車に同乗せい」

大橋病院の外科部長は内藤の大学の後輩だから、あとあとの融通が利くという。

「先生、救急車でないとあきませんか」堀内は訊いた。

「そらそうやろ。救急患者のための車や」

「玄関先に車を停めてるんです」大橋病院は知っている、といった。

「しゃあないな。その車で連れてったれ」

「先生、止血は」

「する」

内藤は伊達の傷口を拭き、ガーゼを重ねて圧迫した。幅広のテープを何重にも貼り、

「立てるか」と、伊達に訊く。

「立てます」

伊達は上体を起こした。堀内がブルゾンを着せる。

「先生、診療費は」

「そうやな、三万円ほどもろとこか」

「さっきのキャンセル料込みですか」

「ああ、そうや」内藤はうなずく。

堀内は内藤に金を渡し、伊達の脇下に肩を入れて立たせた。

「誠やん、もうひとがんばりせい」

「大したことない。わしは大丈夫や」

伊達は傷口を押さえ、自力で歩きはじめた。

大橋病院——。伊達はストレッチャーに乗せられ、手術室に運ばれた。堀内は伊達のスマホで荒木に電話をした。
——荒木くん、堀内です。

——あ、どうも。こんばんは。

——伊達が刺されたんですわ。三嶋会の極道に、下腹を。

——えっ、先輩は……。

——命に別状はない。おれはいま、付き添いで湊町の大橋病院にいてます。

いま開腹手術をしている。腸管が損傷しているかもしれない、といった。

——どっちにしろ入院ですわ。腸管損傷やったら、長びくと思います。

——おれ、行きましょか。大橋病院。

——そうしてもろたらありがたい。ちょっとした頼みごとがありますねん。

——それは。

——会うて話します。病院の前の『さくらぎ』いう喫茶店。そこで待ってます。

——了解です。すぐに行きますわ。


五十分後、荒木は『さくらぎ』に現れた。堀内は手をあげる。

荒木はビニール傘をたたんで傘立てに差し、こちらに来た。シートに腰をおろして、

「どうですか、容体は」

「まだ手術中ですわ」

大橋病院へ来る前、島之内の内藤医院に行ったといった。「飲んだくれの内藤に、ここで手術はできん、大橋病院へ連れて行け、といわれてね」

「おれ、内藤の噂は聞いてるけど、会うたことないんです」

「変人や。口が荒いし、女癖もわるい。腕は確かやけど」

「阪大でしょ。頭がよすぎるんかな」

「内藤の親父も阪大らしいな。二代目を継いだんや」

「親父も変人やったんですかね」

「どうやろな。まだ生きてたりして」

内藤は六十代半ばだ。父親が九十なら、介護施設にいるかもしれない。

ウェイトレスが来た。荒木はアイスコーヒーを注文した。堀内はコーヒーをすすって、

「伊達は天満四丁目で、三嶋会の遠山に刺された。おれも刺されかけたけど、助かった。おれを襲うたんは、たぶん、榊原いうチンピラで、若頭の菅沼もおったように思う」

イプサムをコインパーキングに駐めてからの状況を説明した。それまで堀内たちがどこにいて、どこから尾けられたかはいわずに。

「ダークシルバーのミニバンですか」荒木がいう。

「車種は不明。ナンバーも見てない。左の横腹が凹んでる」

「堀内さんもやりますね」

「なにが……」

「そのステッキで榊原を殴り倒したんでしょ」

「こいつは中に鉄筋が詰まってる」

ステッキのハンドルに手を添えた。「相手はただのステッキやと見て避けへんから、まともに当たる。そこが付け目や」

「そら、腕も折れますわ」

荒木は笑い、視線をもどした。「――三嶋会の菅沼、遠山、榊原ですね」

「榊原が落としたナイフを拾うたから、指紋を採れると思うけど、三匹を引くのは目的やない。あんたに頼みたいんは、襲われた場所や。鴻池署管内にしてもろたらありがたい」

「その、天満四丁目に目撃者は」

「おらんと思う。伊達の血も雨で流れたやろ」

「それやったら、うちの管内にしましょ。おれが調べをして書類をあげますわ」

「行きずりの喧嘩、でかまへんか」

「ガラのわるそうなんがふたり、ガンを飛ばしてきた。それで喧嘩になった。気がついたら、先輩が血を流してた……。そういうことにしましょ」

「場所は」

「そうですね、菱江の一丁目にしますか。あのあたりは工場街で人通りが少ない。……化成工場の裏手に菱江神社いうのがあるし、そこの鳥居の近くで喧嘩になったことにしましょ」

「分かった。菱江で競売に出そうな工場を調査に行ったことにする」

「そんなに都合よう、競売物件があるんですか」

「競売いうのは、債務者は隠したいもんなんや」

「なるほどね」

「菱江一丁目、菱江神社、行きずりの喧嘩……。医者にはそういうわ」

「おれが書類をあげても、上は見もせんでしょ」

そこへ、アイスコーヒーが来た。荒木はミルクを入れ、ストローで混ぜる。

「あんた、今日は空《あ》いてるんか」

「空いてます」荒木はにこりとする。

「ほな、飲みに行こ」

「先輩をほっといて？」

「病院で待ってても、伊達はよろこばへん。あんたとおれが飲んでたら、伊達はうれしいんや」

「それやったら、今日はとことんつきあいますわ」

荒木のとことんが怖い。堀内はつぶれるのを覚悟した。

21

師走――。

伊達から電話があった。

――堀やん、なにしてるんや。

――なにしてるて、さっき起きたとこや。

――腹は。

――空いてる。

――飯、食いに行こ。

伊達はヒラヤマ総業にいるという。

――どこで食う。

――天神橋にこましな店はないか。

――おでん屋があるな。昼からやってる。

——よっしゃ。そこへ行くわ。

——二丁目や。商店街から東に入ったら、繁昌亭の近くに『山惣《やまそう》』いう縄暖簾の店がある。おでんはあっさりした出汁《だし》で、旨い。日本酒もぎょうさん置いてるわ。

——分かった。『山惣』な。いまから出るわ。

電話は切れた。


シャワーを浴びて着替えをし、『山惣』に行くと、カウンターに伊達が座っていた。

「えらい早いな」

「歩いてきた。ヒラヤマから天神橋は眼と鼻の先や」

「傷はどうや」

「治った。一昨日、抜糸もした」

伊達はおでんの大根と糸こんにゃく、ごぼてん、すじ、冷やの大吟醸、堀内は盛り合わせと瓶ビールを注文した。

「酒はええんか」

「先週から飲んでる」

伊達は十日ほど前に退院した。開腹手術をしたところ、小腸に一カ所傷があり、微量だが腸液が腹腔に漏れていた。執刀医は腸の傷をふさぎ、腹腔内を洗滌《せんでき》して腹の傷を閉じた。伊達の入院が長びいたのは経過観察のためだった。

「点滴いうやつはかなわんで。慢性的に腹が減ってて、七キロも痩せたがな」

「強制ダイエットをしたと思えや」

「ダイエットな……。わしは生まれてこのかた、デブでないときがなかった」

「それより、よめさんのお怒りは解けたか」

「どうやろな。機嫌はようないけど、飯はつくってくれる。わしはずっと、よめはんの顔色をうかがいながら小そうなってる」

伊達と堀内は九州出張だと嘘をついたのだ。にもかかわらず、伊達は東大阪で負傷した。伊達は以前、女がらみで腹を刺されたことがあるから、よめはそれを疑った。堀内は荒木とふたりでよめに事情を説明し、その場はなんとか治まった。

「堀内さんはうちの誠一となにしてるんですか――。えらい剣幕で怒られた。おれはしどろもどろや。……けど、よめさんは誠やんに惚《ほ》れてるな」

「すまんのう。堀やんには世話かけた」

「それをいうな。おたがいさまや」

おでんが来た。大吟醸とビールで乾杯する。伊達は煙草を吸いつけて、

「今日、金子に聞いた。舛井は三嶋会を破門になったそうや」

「誠やんとおれに二へんもどつきまわされたからか」

「舛井は前々から菅沼とわるかった。カバン屋の土岐のケツ持ちしたり、あちこちでシノギをしながら、組に金を入れんかったらしい」

「菅沼と遠山と榊原はどうなんや。三嶋と平山の顔をつぶしたやろ」

「遠山と榊原はもともと組員やないし、三嶋会とは縁切りや。菅沼はお咎めなしやな」

三嶋会の会長は三嶋だが大した力はない、資金面で組を動かしているのは若頭の菅沼だろう、と伊達はいう。「組内のことは外からでは分からん。菅沼が代をとらんのは、三嶋を御輿に担いでた

ほうが都合がええからちがうか」

「あんな骨なしでも金儲けは巧いんか」

「堀やん、極道は金や。いまどきの極道から金とったら、義理も人情も残らへん」

「それは堅気もいっしょやで」

「そのとおりかもな」

伊達は箸を割り、おでんに芥子《からし》をつける。「どっちにしろ、わしを刺したことで三嶋会の落とし前はついた。連中が顔を出すことは二度とない」

「誠やんが身体を張ってケリをつけたか」

「よう暴れた。おもしろかったわ」金も稼いだ、と伊達はいう。

「ヒラヤマはどうするんや、誠やん」

「辞めるとはいうてへん。堀やんも復帰せいや」

「競売屋の調査員か……。パッとせんな」

「わしは堀やんと組みたいんや」

「おれ、足手まといやで」

足もとに立てかけたステッキに眼をやった。傷だらけで曲がっている。

「それはちがうな。堀やんには肚がある。人間は肚や」

「そら、褒めすぎや」

ビールを注いだ。「誠やん、また出張するか」

「なんやて……」

「今度はマカオや」

「勝てるかのう」

「勝てる。誠やんは大怪我をした。禍福は糾《あざな》える縄の如しや」

「ときどき賢いことをいうのう、堀やんは」

伊達は糸こんにゃくをほおばった。

年が改まり、関遊協の理事長選挙があった——。

木村が退き、鍵本が新理事長になった。副理事長は柳沢が留任。奇妙な人事だと噂された。

荒木はまだマカロフを持っている。いつか適当なときに〝首なし拳銃〟で挙げるらしい。

参考文献

『パチンコがなくなる日』（ＰＯＫＫＡ吉田、主婦の友新書）
『遊技機取扱主任者の手びき』（日本遊技関連事業協会）

本書は、左記の新聞に連載された作品に加筆、修正したものです。
函館新聞、デーリー東北、岩手日日新聞、北羽新報、南信州新聞、
大阪日日新聞、紀伊民報、日本海新聞、愛媛新聞、宮崎日日新聞、
夕刊フジ

作品に登場する人名・団体等は、すべてフィクションです。

装画　黒川雅子
装幀　多田和博

〈著者紹介〉
黒川博行　1949年3月4日、愛媛県生まれ。京都市立芸術大学美術学部彫刻学科卒業。大阪府立高校の美術教師を経て、83年、「二度のお別れ」が第1回サントリーミステリー大賞佳作。86年、「キャッツアイころがった」で第4回サントリーミステリー大賞を受賞。96年、「カウント・プラン」で第49回日本推理作家協会賞を受賞。2014年、「破門」で第151回直木三十五賞を受賞。『疫病神』『文福茶釜』『国境』『蒼煌』『暗礁』『悪果』『大阪ばかぼんど』『蜘蛛の糸』『煙霞』『螻蛄』『繚乱』『落英』『後妻業』『勁草』『喧嘩』など著書多数。

GENTOSHA

果鋭
2017年3月15日　第1刷発行

著　者　黒川博行
発行者　見城　徹

発行所　株式会社　幻冬舎
〒151-0051　東京都渋谷区千駄ヶ谷4-9-7

電話：03(5411)6211(編集)
03(5411)6222(営業)
振替：00120-8-767643
印刷・製本所：中央精版印刷株式会社

検印廃止

ISBN978-4-344-03088-6 C0093
幻冬舎ホームページアドレス　http://www.gentosha.co.jp/

この本に関するご意見・ご感想をメールでお寄せいただく場合は、
comment@gentosha.co.jpまで。